LES LUMIÈRES DE BULLET PARK

Du même auteur

Aux éditions Le Serpent à Plumes

Insomnies, nouvelles, 2000
Falconer, roman, coll. Motifs n° 82
L'Ange sur le pont, nouvelles, coll. Motifs n° 163

John Cheever

LES LUMIÈRES DE BULLET PARK

Roman

Traduit de l'anglais (États-Unis)
par Dominique Mainard

LE SERPENT A PLUMES

La traduction et la publication de cet ouvrage ont été réalisées avec le soutien du Centre national du Livre

N° ISBN : 2-84261-425-9

LE SERPENT A PLUMES

20, rue des Petits-Champs – 75002 Paris
http://www.serpentaplumes.com

À Suzanne et Robert Cowley

PREMIÈRE PARTIE

I

IMAGINEZ UNE PETITE GARE, dix minutes avant la nuit. De l'autre côté du quai coulent les eaux de la Wekonsett River où se reflètent les dernières sombres lueurs du jour. L'architecture de la gare est étrangement informelle, maussade mais dénuée de sérieux, et ressemble avant tout à une pergola, un cottage ou une maison de vacances, bien que sous ce climat les hivers soient rudes. Il émane des lampadaires allumés bordant le quai une atmosphère chagrine presque palpable. Le cadre paraît, en un sens, être au cœur même du sujet. Nous voyageons le plus souvent en avion, et pourtant l'esprit de notre pays semble être resté celui d'un pays de chemins de fer. Vous vous réveillez à trois heures du matin dans le compartiment couchette d'un wagon Pullman, dans une ville dont vous ignorez – et dont vous ne découvrirez peut-être jamais – le nom. Un homme se tient sur le quai, un enfant juché sur les épaules. Ils adressent des signes d'adieu à un voyageur, mais que fait l'enfant debout à une heure si tardive et pourquoi l'homme pleure-t-il ? Sur une voie de garage, au-delà du quai, on aperçoit un wagon-restaurant éclairé où un serveur, assis seul à une table, fait ses comptes. Plus loin se trouve un château d'eau et plus loin encore, une rue vide et bien éclairée. Vous songez alors avec bonheur que ce pays est le vôtre – unique, mystérieux et vaste. On n'éprouve pas de tels sentiments dans les avions, les aéroports et les trains d'autres pays.

Un train arrive, un passager descend et est accueilli par un agent immobilier du nom de Hazzard* ; qui d'autre, en effet, pourrait connaître précisément l'âge, la commodité, la valeur et l'état des demeures de cette ville ?

« Bienvenue à Bullet Park. Nous espérons que vous vous y plairez suffisamment pour vous joindre à nous. »

M. Hazzard, en fait, n'habite pas Bullet Park. Son nom, comme celui de n'importe quel agent immobilier, est cloué aux arbres de terrains à construire, mais il procède à ses transactions dans un petit bureau de la ville voisine. L'étranger a laissé sa femme à l'hôtel Plaza, devant la télévision. La quête d'un toit lui semble revêtir une importance presque primordiale. Les prix sont élevés, de nos jours, et rien n'est exactement ce que l'on cherche. La peinture éraflée et les objets abandonnés par les anciens propriétaires semblent aussi vivants et exigeants que les vêtements et les papiers que l'on trie après un décès dans la famille. Il faudra, il le sait, que la villa ou l'appartement qu'il cherche soient apparus au moins deux fois dans ses rêves. Quand tout sera fini, le jardin planté et les

* Hazzard signifie hasard, mais également risque, péril. *(N.d.T.)*

meubles installés, les épreuves du voyage seront camouflées ; mais ce soir le souvenir du périple et de la migration coule dans ses veines. Les habitants de Bullet Park n'ont pas tant pour idéal d'être arrivés là que d'y avoir été plantés et d'y avoir poussé, mais ce n'est pas le cas, bien sûr. Désordre, camions de déménagement, emprunts bancaires à taux élevés, larmes et désespoir ont marqué la plus grande partie de leurs départs et de leurs arrivées.

« Voici notre centre commercial, dit Hazzard. Nous avons toutes sortes de projets pour son amélioration. Et voilà Powder Hill, poursuit-il, désignant d'un signe de tête une colline éclairée sur leur droite. Il y a là une propriété que j'aimerais vous montrer. Le prix demandé est de cinquante-sept mille dollars. Cinq chambres à coucher, trois salles de bains… »

Les lumières de Powder Hill scintillaient, ses cheminées fumaient et une housse de siège de toilettes en peluche rose flottait au vent, épinglée à une corde à linge. Vu à une distance improbable par un adolescent passionné et vengeur arpentant le terrain de golf, ce morceau d'étoffe pelucheuse aurait paru être l'imprimatur, le trophée, le blason et la bannière de Powder Hill derrière lesquels défilaient, chaussés d'étroits souliers anglais, des légions d'hommes spirituellement ruinés qui s'échangeaient leurs épouses, persécutaient les juifs et s'adonnaient à la boisson. Oh, qu'ils soient tous maudits, songeait l'adolescent. Maudites soient les lampes à la lumière desquelles personne ne lit, maudite soit la musique incessante que personne n'entend, maudits soient les pianos à queue dont personne ne sait jouer, maudites soient les villas blanches hypothéquées jusqu'aux gouttières ! Maudits soient-ils de piller les mers de leurs poissons afin d'en nourrir les visons dont ils portent la fourrure, maudites soient leurs étagères sur lesquelles repose un unique livre – un annuaire téléphonique relié de brocart rose ! Maudits soient leur hypocrisie, leurs lieux communs et leurs cartes de crédit, maudits soient-ils de faire si peu de cas de la nature indomptée de l'esprit humain, maudites soient leur vertu immaculée et leur lubricité, et maudits soient-ils par-dessus tout d'avoir ôté à l'existence la force, l'indécence, la couleur et la passion qui lui donnent son sens ! Ô rage, ô désespoir !

Mais l'adolescent, comme tous les adolescents, aurait tort. Prenez les Wickwire, par exemple ; Hazzard et le voyageur passaient justement devant leur villa blanche (prix de vente estimé : soixante-cinq mille dollars). Si l'adolescent s'était avisé d'attaquer les rites sociaux de Powder Hill, les Wickwire auraient représenté une cible splendide. Ils étaient charmants, ils étaient brillants, ils étaient incandescents, et leur agenda mondain était rempli de *Labor Day* jusqu'au 4 juillet*. C'étaient, au sens littéral du terme, des « travailleurs sociaux » – des célébrants – qui faisaient usage de leur charme et de leur éclat pour jouir d'une considération sociale toujours croissante. Ils avaient compris que les cocktails et les dîners étaient, à leur échelle, aussi importants pour le bien-être de la collectivité que le comité électoral, la commission scolaire et les services municipaux. Dans une communauté qui disposait de si peu d'autels – quatre, pour être exact – et dont

* Respectivement la fête du travail, fixée au premier lundi de septembre, et la fête nationale. *(N.d.T.)*

aucun n'était sacrificiel, ils semblaient, en qualité d'officiants convaincus et dévoués, en avoir improvisé un auquel ils faisaient don de leur chair et de leur sang. Ils chutaient sans cesse dans l'escalier, se cognaient dans des meubles aux arêtes aiguës et faisaient verser leur voiture dans des fossés. Quand ils se rendaient à une fête, ils étaient impeccablement vêtus, mais Mrs. Wickwire avait un bras en écharpe. Son époux s'appuyait sur une canne à pommeau doré pour soulager sa claudication et portait des lunettes noires. Elle s'était foulé le bras en descendant une marche. Il s'était cassé la jambe après avoir levé le coude, et ses lunettes noires masquaient une ecchymose dont les rouges et les violines flamboyants étaient ceux de la lune à la fin de l'hiver, ensevelie dans les nuages et observée par une jeune personne avide et ébahie. Leurs blessures n'altéraient nullement leur éclat. De fait, ils se présentaient presque toujours une jambe ou un bras en écharpe, l'extrémité d'un membre ou d'un autre enveloppée de bandages, ou encore exhibant un plâtre.

Leur éclat, la ferveur avec laquelle ils officiaient, étaient considérables. Après un week-end ordinaire où ils avaient déjeuné et dîné dehors trois jours d'affilée, le sérieux de leur rôle pouvait être évalué dans toute son ampleur lorsque la lumière du lundi matin les éclairait dans leur sommeil.

Quand l'alarme du réveil retentit, il confond sa sonnerie avec celle du téléphone. Leurs enfants sont en pension et il en conclut que l'un d'eux est malade ou qu'il a des ennuis. Lorsqu'il comprend que c'est le réveil et non le téléphone, il pose les pieds sur le plancher. Il grogne. Il jure. Il se lève. Il a l'impression d'être un homme creux, mais un homme qui n'aurait été éviscéré que depuis peu et se souviendrait encore de l'ivresse qu'on éprouve à posséder ces organes palpitants de vie. Son épouse geint de douleur et se couvre le visage d'un oreiller. Éprouvant la sensation de n'être qu'une cavité douloureuse, il se rend à la salle de bains, à l'extrémité du couloir. Lorsqu'il se regarde dans la glace, il laisse échapper un grand cri de terreur et de dégoût. Ses yeux sont injectés de sang, son visage strié de rides, ses cheveux clairs semblent maladroitement teints. L'espace d'un instant, il est doué du pouvoir étrange de s'effrayer lui-même. Il baigne son visage d'eau et se rase. Cela le vide de toute son énergie et il rebrousse chemin jusqu'à la chambre, déclare qu'il prendra un train plus tard, se recouche et tire les couvertures sur son visage pour fuir le matin. Elle gémit et pleurniche. Puis elle sort du lit, sa chemise de nuit retroussée sur son charmant postérieur. Elle se rend à la salle de bains mais ferme les yeux en passant devant la glace. De retour sous les draps, elle couvre son visage d'un oreiller et ils restent tous deux étendus là, geignant bruyamment. Puis il la rejoint de son côté du lit et ils s'adonnent au corps-à-corps éreintant de l'amour qui les occupe durant vingt minutes et les laisse tous deux affligés d'une migraine lancinante. Il a déjà manqué le train de 8 h 11, ainsi que ceux de 8 h 22 et de 8 h 30.

« Café », marmonne-t-il, et il se lève une fois encore. Il descend à la cuisine. Quand il entre dans la pièce, il laisse échapper un autre cri de douleur en apercevant les cadavres de bouteilles posées sur le plan de travail près de l'évier.

Elles sont alignées là comme les dieux de quelque panthéon consacré au remords. Elles semblent avoir pour intention de le jeter à genoux et de lui arracher une prière. « Bouteilles vides, ô bouteilles vides, bouteilles vides infiniment charitables, ayez pitié de moi, pour l'amour de Jack Daniel's et de Seagram Distillers ! » Qu'elles soient si immuablement vides leur donne un air cruel et sévère. Leurs étiquettes – whisky, gin et bourbon – ont la férocité de démons chinois, mais il a le sentiment très net que s'il essayait de les amadouer avec une génuflexion, elles se montreraient impitoyables. Il les jette à la poubelle, mais cela n'élimine pas leur force. Il met de l'eau à bouillir et, tâtonnant le long du mur comme un aveugle, s'achemine jusqu'à la chambre où il peut entendre les plaintes de sa femme.

« Oh ! Je voudrais être morte, s'écrie-t-elle. Oh ! Je voudrais être morte.

– Voyons, voyons, ma chérie, dit-il d'une voix pâteuse. Voyons, voyons. »

Il prépare un costume propre, une chemise, une cravate et des chaussettes, puis se remet au lit et tire les couvertures sur son visage. Il est maintenant presque neuf heures et la lumière baigne le jardin. Ils entendent à l'angle de la rue le bus scolaire, qui klaxonne à l'intention du fils des Marsden. La semaine a commencé sa splendide procession de jours. La bouilloire se met à siffler.

Il se lève pour la troisième fois, retourne à la cuisine et fait du café. Il apporte une tasse pour eux deux. Elle se lève, se lave le visage sans l'examiner puis retourne se coucher. Il enfile des sous-vêtements puis retourne lui aussi se coucher. Durant l'heure qui suit, ils sont debout et allongés, hors du lit et dedans, luttant pour regagner le cours de l'existence ; enfin il s'habille et, en proie au vertige, à la mélancolie, à des nausées et à des érections capricieuses, il embarque dans son Gethsémani – le 10 h 48 du lundi. Les lundis matin des Wickwire n'avaient rien d'hypocrite, que l'adolescent se le tienne pour dit. L'étranger pourrait observer que l'endroit paraît très tranquille ; ils semblent s'être retirés loin du tumulte du monde – mouettes, trains, cris de souffrance et d'amour, craquements, coups de marteau, de pistolet ; pas même un enfant ne joue du piano en ces lieux à l'acoustique stérilisée. Ils passent devant chez les Howeston (sept chambres, cinq salles de bains, soixante-cinq mille dollars) et les Welcher (trois chambres à coucher, une salle de bains et demie, trente et un mille dollars). Balayés par le vent, des feuilles d'orme jaunes, une carte de crédit, des chips, des factures, des chèques et des cendres défilent dans le faisceau de leurs phares. Y a-t-il des chansons en ce lieu ? pourrait se demander l'étranger ; et, de fait, il y en a. Des comptines que l'on chante aux enfants et qu'ils chantent, des chansons qu'on fredonne en cuisinant, des chansons qu'on fredonne en se déshabillant, des chansons qu'on fredonne dans les salles d'eau, des chants ecclésiastiques saugrenus (*Nous jetons nos couronnes à Tes pieds*), des madrigaux, des chansons populaires, et un petit air local. M. Elmsford (six chambres à coucher, trois salles de bains, cinquante-trois mille dollars) exhume son psautier terni qu'il n'est jamais parvenu à maîtriser et entonne :

« Hotchkiss, Yale, un mariage sans intérêt, trois enfants et vingt-trois ans chez Universal Tuffa Corporation, chantonne-t-il. Oh, pourquoi suis-je si désenchanté, pourquoi ai-je l'impression d'être passé à côté de tout ? »

Il se produit une ruée vers la porte avant qu'il ne commence son deuxième couplet, mais il continue à chanter. « Pourquoi tout a-t-il un goût de cendres, pourquoi n'y a-t-il ni éclat ni promesses dans ce que j'essaie d'entreprendre ? »

Les serveurs vident les cendriers, le barman verrouille la grille métallique qui abrite les bouteilles et enfin ils éteignent les lumières, mais il continue à chanter : « J'ai essayé, j'ai essayé, j'ai fait du mieux que je pouvais, pourquoi alors ce sentiment de tristesse et de mélancolie ? »

« Le bar est fermé, monsieur, lui disent-ils, et c'est grâce à vous. »

Il y a aussi les chanteurs optimistes : « Bullet Park grandit, grandit, Bullet Park restera, Bullet Park embellit considérablement, tous les jours et sur tous les plans… »

Les statistiques humaines ? Elles étaient sans importance. Le taux de divorces était très bas, le taux de suicides était gardé secret ; les accidents de la route étaient en moyenne de vingt-deux par an, à cause d'une nationale tortueuse qui semblait avoir été tracée sur la carte par un enfant avec un crayon à mine grasse. Les hivers étaient trop peu cléments pour les agrumes, mais beaucoup trop pour le bouleau blanc indigène.

Hazzard gara sa voiture devant une villa blanche dont les fenêtres étaient éclairées.

« Voici la propriété que j'avais à l'esprit pour vous, dit-il. J'espère qu'il n'y aura personne. C'est une piètre vendeuse. Elle m'a dit qu'elle sortait. »

Il sonna, mais Mrs. Heathcup ouvrit. Apparemment elle se préparait à sortir, mais n'était pas encore tout à fait prête. C'était une femme trapue aux cheveux argentés hérissés de bigoudis métalliques, vêtue d'une robe de chambre. Au bout d'une de ses pantoufles en soie, il y avait une rose en tissu ; sur l'autre, il n'y en avait pas.

« Ma foi, vous pouvez regarder si vous voulez, lança-t-elle d'une voix rauque et sonore. J'espère qu'elle vous plaira assez pour que vous l'achetiez. Je commence à en avoir un peu assez que les gens laissent des traces boueuses partout puis se décident pour autre chose. C'est une maison charmante et tout y fonctionne, vous devrez me croire sur parole, mais je connais des gens par ici qui vendent des maisons avec des installations électriques dangereuses, des fosses septiques qui refoulent, une plomberie ancestrale et des toits qui fuient. Vous ne trouverez rien de la sorte ici. Avant que mon mari décède, il veillait à ce que tout marche comme sur des roulettes et la seule raison pour laquelle je vends, c'est que je n'ai plus rien à faire ici maintenant qu'il a disparu. Plus rien du tout. Une femme seule n'a rien à faire dans un endroit comme celui-là. Pour une tribu, c'est une vraie tribu. Veuves, *divorcées**, hommes célibataires, les ancêtres de la tribu les font tous déguerpir d'ici. Cinquante-sept mille dollars, c'est mon prix. Ce n'est pas un prix de départ, c'est un prix définitif. Nous avons investi vingt mille dollars dans cette maison et avant son décès, mon mari la repeignait chaque année. En janvier, il repeignait la cuisine. Les samedis, les dimanches et le soir, j'entends dire. Puis il repeignait le couloir, le salon, la salle à manger et enfin les chambres, et au mois de jan-

* En français dans le texte original. *(N.d.T.)*

vier de l'année suivante il recommençait à zéro avec la cuisine. Il était en train de peindre le salon le jour où il est décédé. Quand je dis qu'il est décédé, je ne veux pas que vous pensiez qu'il est mort dans son sommeil. Alors qu'il était en train de peindre, je l'ai entendu parler tout seul. « Je ne peux plus supporter ça », a-t-il dit. Je ne sais toujours pas ce qu'il voulait dire. Puis il est sorti dans le jardin et il s'est tiré une balle dans la tête. C'est alors que j'ai réalisé quel genre de voisins j'avais. Vous pouvez chercher dans le monde entier, vous ne trouverez jamais des voisins aussi généreux et attentionnés que les habitants de Bullet Park. Dès qu'ils ont appris la mort de mon mari, ils sont venus me réconforter. Ils devaient être dix ou douze, nous avons tous pris un verre, et ils étaient si réconfortants que j'en ai presque oublié ce qui s'était passé. Je veux dire qu'on n'aurait pas cru qu'il s'était passé quoi que ce soit. Bon, voici le salon. Cinq mètres sur dix. Nous avons reçu cinquante invités ici pour l'apéritif, mais on n'a jamais l'impression d'être à l'étroit. Je vous vendrai le tapis pour la moitié de ce que je l'ai payé. De la pure laine. Si les rideaux intéressent votre femme, je suis sûre que nous pourrons trouver un arrangement. Vous avez une fille ? Ce hall d'entrée serait un endroit superbe pour un mariage. Je veux parler du moment où la mariée jette son bouquet. Maintenant, la salle à manger… »

La table de la salle à manger était dressée pour douze personnes avec assiettes à soupe, verres à vin, chandeliers et fleurs en cire. « Je garde toujours la table mise, déclara Mrs. Heathcup. Ça fait des mois que je n'ai reçu personne, mais M. Heathcup détestait voir une table nue et donc je la garde toujours mise, en souvenir de lui pour ainsi dire. Une table nue le déprimait. Je change le couvert une ou deux fois par semaine. Il y a quatre églises en ville. Je suppose que vous avez entendu parler du Gorey Brook Country Club. Il a un bon terrain de golf de dix-huit trous conçu par Pete Ellison, quatre courts de tennis En-Tout-Cas* et une piscine. J'espère que vous n'êtes pas juif. Ils sont très stricts sur ce point. Je n'ai pas de piscine et franchement, en un sens, c'est un handicap. Quand les gens se mettent à parler de produits d'entretien et ainsi de suite, vous vous trouvez exclu de la conversation. J'ai fait procéder à une estimation, vous pouvez en faire installer une dans le jardin derrière la maison pour huit mille dollars. L'entretien s'élève à environ vingt-cinq dollars par semaine et ils vous prennent cent dollars pour l'emplir et la vider. Les voisins, comme je vous l'ai dit, sont des gens merveilleux, bien qu'il faille apprendre à les connaître. On pourrait penser que Harry Plutarch, qui habite de l'autre côté de la rue, est un peu bizarre à moins d'être au courant de toute l'histoire. Sa femme s'est enfuie avec Howie Jones. Elle a fait venir un camion de déménagement un matin et elle a tout emporté à l'exception d'une chaise, d'un lit pour une personne et d'une cage à perroquet. Quand il est rentré du travail, il a trouvé la maison vide et depuis il vit avec une chaise, un lit et un perroquet. Voici un exemplaire du journal du soir. Cela vous donnera peut-être une petite idée de ce à quoi ressemble notre ville. »

Alors que Mrs. Heathcup tirait des chasses d'eau, ouvrait et fermait des portes, l'étranger, qui s'appelait Hammer, sentait l'absence d'intérêt que lui inspiraient

---

* Entreprise anglo-saxonne fabriquant des courts de tennis de conception particulière. *(N.d.T.)*

les lieux croître jusqu'à ressembler à une sorte de neurasthénie ; mais la maison tragique et brillamment éclairée était pratique et fonctionnelle, et c'est dans de telles maisons que l'on habite. Restait le fantôme du pauvre Heathcup, mais chaque demeure a son fantôme.

« Je crois que c'est ce que nous cherchons, déclara-t-il. J'amènerai Mrs. Hammer demain et je la laisserai décider. »

Hazzard le reconduisit à la gare, alors, et l'y laissa. En banlieue, les salles d'attente ne sont pas entretenues et l'endroit avait été mis à sac. Des vitres cassées laissaient entrer le vent de la nuit. Le cadran de la pendule était brisé. Ses aiguilles avaient disparu. L'architecte, voici très longtemps, avait conçu le bâtiment avec un certain esprit de l'essence érotique et romantique du voyage, mais toutes ses trouvailles avaient été volées ou dégradées et Hammer se trouvait dans une ruine semblable à celle d'une guerre. Il ouvrit le journal et lut : « Le dîner annuel du Lightgow Club s'est tenu jeudi soir au restaurant Harvey. La soirée a débuté par un défilé de belles dames – les épouses des membres – suivi par une démonstration de hula-hoop pratiquée par Mrs. Leonard A. Atkinson, accompagnée de son mari au ukelele…

« Dix-sept débutantes ont fait leur entrée dans le monde au Gorey Brook Country Club…

« M. Lewis Harwich a été mortellement brûlé hier soir lorsqu'un bidon de liquide d'allumage de barbecue a explosé, mettant le feu à ses vêtements au cours d'une soirée barbecue dans son jardin, au 23 Redburn Circle…

« Les frais de scolarité devraient augmenter. »

Il prit le train de 19 h 14.

II

LA COMMUNION. La sexagésime. Tandis qu'il récitait ses prières, Nailles entendait un grillon chanter dans le chœur et un tambourinement métallique s'élever des gouttières. Le calendrier liturgique était, à ses yeux, beaucoup plus étroitement associé au temps qu'aux révélations et aux commandements de l'Évangile. Saint Paul signifiait le blizzard. Saint Matthias le dégel. Pour les noces de Cana et la Purification des lépreux, le poêle à pétrole brûlait encore, bien que les orifices de ventilation des vitraux soient parfois ouverts à l'air vif du printemps. Abstenez-vous de forniquer. Possédez votre corps dans l'honnêteté. Jésus quittait la côte de Tyre et Sidon au moment où s'achevait la saison de ski. Pour la Crucifixion, une luge était échouée sur un parterre de fleurs, sa corde lovée sur elle-même au milieu des premières violettes. À l'ouverture de la pêche à la truite coïncidait la Résurrection. Aux tentures cramoisies de la Pentecôte et au miracle des langues, la natation. Saint James et les Révélations survenaient durant les premières journées chaudes de l'été, quand on pouvait humer l'arôme des roses grimpantes près de la fenêtre et qu'une abeille égarée s'aventurait parfois en bourdonnant dans la maison du Seigneur. La Trinité incarnait le plein été, les jours de canicule et de sécheresse, et l'on déclamait la Parabole du bon Samaritain alors que la saison tirait à sa fin et que le doux murmure de la nuit au jardin devenait aussi discordant qu'un bruit de quincaillerie. La chair convoitait contre l'esprit alors que s'élevait la fumée des feux de feuilles, tout comme la Résurrection des morts. Puis revenaient Saint Andrew et les neiges de l'Avent.

L'attention de Nailles avait commencé à vagabonder lorsque, adolescent, il consacrait la majeure partie de son temps à examiner les formes prisonnières des bancs en bois de chêne. Sous certaines lumières, dans un certain état d'esprit, elles semblaient tout à fait réalistes. Il y avait une charge de cavaliers mongols sur le troisième rang sur la droite, à côté du bénitier. Le banc situé devant celui-là semblait abriter un vaste lac – une quelconque étendue d'eau – et un phare à l'extrémité d'une péninsule. Sur le banc de l'autre côté de l'allée, c'était une passe d'armes, et sur le banc qui le précédait semblait se trouver un troupeau de bétail. Ce manque de concentration n'affectait pas Nailles. Il ne s'attendait pas à se dissocier de sa chair ou de sa mémoire dans le narthex. À l'église, ses préoccupations demeuraient au moins en partie terre-à-terre, et en cette matinée d'hiver, il remarqua que Mrs. Trencham pratiquait la dévotion empreinte de compétitivité qui lui était chère. Mrs. Trencham s'était récemment convertie (elle appartenait auparavant à l'Église unitarienne) et elle était plus que fière de la façon dont elle maîtrisait les réponses et les signes de croix pendant le service : elle était combattive. À peine la voix du prêtre retentissait-elle dans la sacristie qu'elle bondissait sur ses pieds et lançait ses *Amen* et ses *Gloria* d'une voix sévère et résonnante, bien avant le reste des paroissiens, comme si elle était engagée dans quelque course à pied ecclésiastique. Ses génuflexions étaient profondes et gracieuses, son *Credo* et sa Profession de foi étaient récités selon les règles de l'art, son *Agneau de Dieu* était inspiré, et si elle se heurtait à quelque compétition, comme c'était parfois le cas, elle s'empressait d'ajouter quelques signes de croix comme preuve de la supériorité de sa dévotion. Mrs. Trencham avait l'esprit d'une gagnante.

Des chrysanthèmes étaient posés sur l'autel. La nappe était mauve. Seuls brûlaient les deux cierges représentant la chair et l'esprit. Charlie Stuart entra dans l'église et s'installa sur un banc, un peu plus loin. Quelque chose, dans son apparence, intrigua Nailles. Ses vêtements pendaient, informes, sur son corps. Il avait certainement perdu du poids ; mais combien ? Vingt kilos. Vingt-cinq kilos. Sa veste bien trop ample lui donnait un air saisissant d'extrême maigreur et de décrépitude. Était-ce le cancer ? se demanda Nailles. Mais leurs femmes étaient bonnes amies et, si cela avait été le cancer, il l'aurait su. Dans le quartier, des rumeurs de cancer, vraies et fausses, circulaient aussi librement que le vent. La vue de son ami souffrant lui amena à l'esprit de graves pensées quant au mystère de l'infirmité et de la mort. Ces pensées lui rappelèrent soudain que le père de Charlie était mort dans un accident d'avion en Amérique du Sud six mois plus tôt, et l'amenèrent à la réjouissante conclusion que Charlie portait les habits de son père. Comme tout cela était simple ! Il rayonna devant ce triomphe du pragmatisme sur la mort.

Puis les inconnus entrèrent.

Nailles connaissait bien la poignée d'hommes et de femmes qui venaient à l'office. Les nouveaux communiants étaient rares et sa curiosité était légitime. Ils avaient peut-être la quarantaine ; l'homme était brun ; des produits supérieurs de la monogamie hétérosexuelle. Elle fit une profonde génuflexion, une révérence, de fait. Il inclina avec raideur la tête devant la croix. Au nom de la Vierge Marie dans le *Credo*, elle fit une nouvelle génuflexion tandis qu'il restait immobile. Elle avait été ravissante et ne perdrait sans doute jamais l'autorité que cette heureuse fortune lui avait donnée dans sa jeunesse. Le visage de l'homme était frais, respectable et intelligent. Mais sans cette intelligence, il aurait pu sembler banal. Ils prononçaient les réponses d'une voix claire.

Elle était, songea Nailles, par sa grâce et son charme, l'une de ces femmes qui semblent s'épanouir dans la condition extraordinaire et visionnaire du mariage. Le regret n'avait laissé aucune ride sur son visage. Elle devait exceller dans tous ses rôles : ardente, avisée, sage et tendre. Le mariage semblait avoir été inventé pour les femmes de son genre ; de fait, peut-être même avaient-elles joué un rôle dans son invention. Quelqu'un de moins généreux que Nailles aurait vu en son époux l'un des hommes dont on découvre, à l'apogée de leur perfection, qu'ils ont détourné deux millions de dollars des comptes dont ils ont la charge pour financer la mise en pratique et la rançon de leurs appétits sexuels sauvages et dénaturés. Le même esprit critique aurait imaginé que son épouse s'ennuyait, qu'elle était vindicative, sirotait du sherry en secret et rêvait chaque nuit de se livrer à la débauche dans un harem masculin. Mais aux yeux de Nailles, en cette matinée pluvieuse, ils semblaient invincibles. Leur honneur, leur passion et leur intelligence étaient bien réels. Leur vie ne serait pas exempte de dangers, mais ils affronteraient déceptions et succès avec le même bon sens immuable.

Quand la paix de Dieu, qui surpasse toute intelligence, fut dispersée parmi eux, le prêtre quitta l'autel et marmonna une prière dans la sacristie. Pour Nailles, l'écho d'une prière marmonnée semblait receler une ancienneté organique ; elle semblait s'échouer dans son oreille comme la rumeur rocailleuse d'une vague. L'enfant de chœur éteignit les cierges de la chair et de l'esprit ; Nailles acheva ses prières et remonta l'allée derrière les inconnus.

« Nous sommes les Hammer », déclara l'homme au prêtre.

Nailles, prévoyant que presque tous les autres habitants du quartier en jugeraient autrement, ne trouva pas cela drôle. Combien de centaines, de milliers de soirées, peut-être, devraient-ils passer côte à côte, Hammer et Nailles*. Nailles affirmait ne pas être superstitieux, mais il croyait au pouvoir mystérieux de la nomenclature. Il était convaincu, par exemple, que les gens portant les noms de John et Mary ne divorçaient jamais. Pour le meilleur et pour le pire, dans la folie et la raison, ils étaient liés pour l'éternité par la

* *Hammer* signifie marteau et Nailles (*nails*) clous. *(N.d.T.)*

simplicité de leurs noms. Ils pouvaient se haïr et se mépriser, se disputer, sangloter et s'infliger les pires sévices, mais ils n'étaient pas libres de divorcer. Tom, Dick et Harry pouvaient se rendre à Reno sur un simple coup de tête, mais rien, hormis la mort, ne pouvait séparer John et Mary. Comme le sort de Hammer et de Nailles était pire encore !

« Bienvenue à l'Église du Christ ! s'exclama le prêtre. Bienvenue à Bullet Park ! Le Père Frisbee m'a écrit à votre sujet. »

Le Père Frisbee n'avait sans doute pas abordé le sujet de leurs finances mais le Père Ransome, d'un coup d'œil, jugea qu'il pouvait attendre d'eux cinq cents dollars par an ; cependant, il avait connu de multiples déconvenues. Les Follansbees, par exemple, qui possédaient des chevaux de selle et allaient en Europe chaque été, déposaient un dollar sur le plateau de la quête chaque fois qu'ils se rendaient à l'église et s'en tenaient là. Pour couronner le tout, ils réclamaient probablement une déduction d'impôts de mille dollars. On en apprend tous les jours.

« M. et Mrs. Hammer, reprit-il, permettez-moi de vous présenter votre voisin, M. Nailles. »

Il se mit à rire.

Le regard que les deux hommes échangèrent était profondément curieux et, à certains égards, hostile. L'étranger prévoyait manifestement le rapprochement indésirable que la similitude de leurs noms allait entraîner dans un tel lieu. Des sentiments conflictuels incitèrent Nailles, qui détestait la généalogie, les armoiries, les investigations futiles dans l'élégance du passé, à rétorquer :

« Notre nom était De Noailles, autrefois.

– Je ne me suis jamais intéressé à l'histoire du nôtre », rétorqua l'étranger.

Peut-être pouvait-on voir là une certaine hostilité. Il prit sa femme par le bras et quitta l'église.

« Dites-moi donc, demanda le prêtre à Nailles, ce qui est arrivé à Tony et à ses cours de préparation à la confirmation.

– Il fait partie de l'équipe de basket-ball de son université, répondit Nailles d'une voix sonore. (Les Hammer étaient encore à portée d'oreille.) C'est l'unique membre de son niveau dans l'équipe et cela m'ennuie terriblement de lui demander d'abandonner.

– Ma foi, soupira le Père Ransome, l'archevêque reviendra au printemps, mais j'imagine qu'à ce moment-là Tony jouera au base-ball.

– Je le crains », répliqua Nailles, cédant sa place à Mrs. Trencham qui esquissa une révérence et aurait probablement embrassé l'anneau du prêtre s'il en avait porté un, mais ses doigts étaient nus.

S'éloignant de l'église au volant de son véhicule, Nailles mit ses essuie-glaces en marche bien que la pluie se soit arrêtée. La raison en était que (à l'époque dont je vous parle) la société était devenue si mécanisée et nomade que des signaux ou des moyens de communication nomades avaient été établis grâce à l'utilisation des phares, des feux de position, des clignotants et des essuie-glaces. Le journal du soir exposait les sujets traités et les signaux adéquats. Pendez les assassins d'enfants (phares). Réduisez les impôts sur le revenu (feux de position). Abolissez les services secrets (feux de détresse). L'évêque diocésain avait suggéré aux paroissiens de mettre leurs essuie-glaces pour exprimer leur foi en la résurrection des morts et la vie du monde à venir. Poursuivant sa route, Nailles traversa un quartier où toutes les maisons étaient bâties sur des terrains d'un acre ou d'un demi-acre. Toutes étaient blanches. La sienne se trouvait à la périphérie ouest de la ville. Il possédait trois acres. À la limite de son terrain était plantée une pancarte indiquant : « Décharge interdite. cinquante dollars d'amende. Toute violation fera l'objet de poursuites. » Au pied de la pancarte gisaient une carcasse de voiture, trois postes de télévision ayant rendu l'âme et un matelas souillé. Les noctambules de Bullet Park étaient rares, mais leurs membres les plus mystérieux et les plus impénétrables étaient à l'opposé des pilleurs de poubelles : ils vidaient les leurs. Quatre ou cinq fois par an, Nailles trouvait dans son jardin un assortiment de frigos cassés, de téléviseurs, de voitures désossées et impossibles à identifier, et toujours quelques matelas, déchirés, salis, humains et obscènes. Les matelas étaient inévitables. Le secrétaire de mairie lui avait expliqué que le coût et l'embarras qu'entraînait l'enlèvement légal des ordures ménagères surpassaient la valeur de celles-ci. Il était moins cher et plus facile de les transporter en voiture de New York jusqu'à Bullet Park et de les jeter là que de payer un professionnel pour qu'il vous en débarrasse. Jamais un contrevenant n'avait été pris sur le fait et condamné. En ce qui concernait Nailles, le problème était d'ordre purement émotionnel ; Nellie passait un coup de fil au secrétaire de mairie et un camion venait les en débarrasser au matin – mais la colère qu'il éprouvait en voyant son jardin défiguré, la tristesse et le malaise que lui inspiraient les allusions humaines de ces ordures ménagères et intimes le perturbaient.

La maison de Nailles (blanche) était l'une de ces demeures coloniales hollandaises dont la porte est flanquée de colonnes et dont l'agencement intérieur varie si peu qu'il est possible, lorsqu'on se tient dans le couloir prolongé par un escalier incurvé, de deviner sans erreur la disposition de chacun des meubles et de presque chaque accessoire, du lit double de la chambre principale, au nord-est, jusqu'à la machine à laver dans la buanderie, au sous-sol, en passant par le bar dans l'office. Une vieille chienne setter rousse du nom de Tessie, que Nailles avait dressée et avec laquelle il chassait depuis douze ans, l'accueillit dans le vestibule. Tessie devenait sourde et à présent, chaque fois que la porte-moustiquaire claquait, elle confondait ce bruit avec la détonation d'un fusil et surgissait au petit trot sur la pelouse, prête à rapporter un oiseau ou un lapin dans sa gueule. Son museau, ses poils pubiens et les coussinets de ses pattes étaient devenus gris et il lui était difficile de monter l'escalier. Le soir, quand il allait se coucher, Nailles lui soutenait l'arrière-train. Elle laissait parfois échapper des plaintes de douleur. Ces gémissements étaient pitoyables et séniles et c'étaient les seuls (ou les premiers) que la demeure ait entendus depuis que Nailles en avait fait l'acquisition. Il parlait à la vieille chienne avec une familiarité qui aurait pu sembler absurde. Il lui souhaitait bien le bonjour et lui demandait comment elle avait dormi. Quand il tapotait le baromètre et scrutait le ciel par la fenêtre, il lui demandait son avis concernant le temps. Il l'invitait à prendre une tranche de pain grillée, l'entretenait des éditoriaux du *Times* et lui souhaitait une bonne journée, comme un directeur d'école privée, lorsqu'il s'en allait prendre le train. Le soir, à son retour, il lui donnait des biscuits d'apéritif ou des cacahouètes pendant qu'il mixait les cocktails et faisait souvent une flambée pour son plaisir autant que pour autre chose. Il avait décidé que s'il arrivait un jour où elle devait être tuée, il l'emmènerait derrière les rosiers et l'abattrait lui-même. En vieillissant, elle avait acquis deux faiblesses fort répandues. Elle avait le vertige et peur de l'orage. Quand retentissait le premier grondement de tonnerre, elle se mettait en quête de Nailles et demeurait à ses côtés jusqu'à ce que la violence ait sans doute possible gagné le comté voisin. Nailles chassait encore avec elle en automne.

Nellie faisait rissoler du bacon à la cuisine ; il l'embrassa et l'enlaça passionnément. Nailles était amoureux de Nellie. S'il avait un destin tout tracé, c'était d'être amoureux de Nellie. Fût-elle morte, il se serait peut-être immolé sur son bûcher funéraire, bien que la pensée qu'elle puisse mourir ne lui ait jamais effleuré l'esprit. Il la pensait immortelle. L'intensité de sa monogamie et la foi inébranlable qu'il vouait au caractère sacré du mariage semblaient morbides, aberrantes et tortueuses à un nombre surprenant de gens. Au fil du temps et des événements, de nombreuses autres femmes lui auraient été accessibles mais lorsqu'une divorcée, une veuve ou une épouse volage brûlantes d'ardeur lui faisaient des avances, son membre viril adoptait une pénible attitude d'indifférence. Il semblait lui enjoindre de rentrer chez lui. C'était un organe domestiqué qui manifestait un goût prononcé pour les bons petits plats, les feux de bois et les cuisses de Nellie. Si Nailles avait eu le moindre talent, il aurait écrit une ode aux cuisses de Nellie. Cette idée lui était venue à l'esprit. Il aurait sincèrement aimé commémorer son amour spirituel et charnel. Les paysages qui s'offraient à son regard quand il soulevait la chemise de nuit de Nellie lui faisaient tourner la tête. Quelle beauté ; quelle incroyable beauté ! Là se trouvait la clef de voûte de l'amour qu'il vouait au monde visible.

Ils prirent leur petit déjeuner dans la salle à manger. Nailles se dirigea vers le couloir et, au pied de l'escalier, lança à l'attention de son fils : « Le petit déjeuner est servi, Tony !

– Mais il n'est pas là, mon chéri, répliqua Nellie. Il est chez les Pendleton. Tu l'y as déposé sur le chemin de l'église.

– Ah oui », murmura Nailles, mais il semblait perplexe. Il paraissait ne jamais tout à fait comprendre que l'adolescent était libre d'entrer et de sortir de chez lui, d'évoluer ou non à portée de son orbite et de son affection. Alors même qu'il le savait absent, alors même qu'il l'avait, de fait, conduit à l'aéroport et mis dans un avion, il rentrait chez lui et partait à sa recherche dans le jardin. L'amour qu'il éprouvait pour sa femme et son fils unique ressemblait à quelque écoulement inépuisable d'un fluide ambré translucide qui les aurait enveloppés et recouverts, les protégeant et les préservant tout en les laissant visibles, comme le contenu d'une gelée.

Assis à la table du petit déjeuner, Nailles et Nellie semblaient avoir moins de substance qu'une bande dessinée, mais pourquoi donc ? Ils possédaient une profondeur érotique, des origines, des souvenirs, des rêves et des élans soudains de mélancolie et d'enthousiasme. Nailles soupira. Il songeait à sa mère. Elle avait été victime d'une crise cardiaque quatre mois plus tôt et n'avait jamais tout à fait repris conscience. Elle était hospitalisée dans une maison de santé à l'ouest de la ville. Nailles allait la voir chaque dimanche et se remémorait avec un sentiment de malaise sa visite de la semaine précédente.

La maison de santé était située dans l'une de ces vastes demeures – les préférées des entrepreneurs de pompes funèbres – qui sont tombées en désuétude depuis la disparition de la domesticité. Il y avait dans le vestibule un lustre en cristal et des sols de marbre, mais les meubles semblaient provenir de quelque véranda poussiéreuse et les fleurs décorant la table étaient en cire. Le directeur était un Suédois et manifestement un Suédois prospère puisque les tarifs qu'il pratiquait commençaient à cent cinquante dollars par semaine, mais il ne consacrait pas son argent à l'achat de vêtements. L'étoffe de son pantalon luisait et il portait une veste en coton marron informe. Il s'exprimait sans accent mais avec l'intonation plaisante, chantante, des Scandinaves. « Le Dr Powers est venu hier, avait-il chantonné, mais il n'a rien de nouveau à communiquer. Sa pression sanguine est de cent soixante-douze. Son cœur a subi des lésions, mais il est encore très vigoureux. On lui administre vingt-deux centimètres cubes de PLM six fois par jour ainsi que les anticoagulants d'usage. » Le directeur n'avait pas fait d'études de médecine, mais il récitait les données médicales qu'il avait mémorisées avec le même brio qu'une jeune recrue déclamant sa nomenclature militaire. « Le coiffeur est venu mercredi, mais je l'ai prié de ne pas toucher à ses cheveux. Comme vous me l'aviez demandé.

« Ma mère ne les a jamais teints.

– Oui, je sais, mais la plupart de mes clients aiment que leurs parents aient belle allure. Je les appelle mes poupées, ajouta-t-il avec une tendresse non feinte. Ils ressemblent à des êtres humains, et pourtant ce n'en sont pas. »

Nailles se demanda sombrement s'il était arrivé au directeur de jouer avec des poupées. Comment, sinon, la comparaison lui serait-elle venue à l'esprit ?

« Nous les habillons. Nous les déshabillons. Nous les coiffons. Nous leur parlons, reprit le directeur, mais bien sûr, ils ne peuvent pas nous répondre. Je les considère comme mes poupées.

– Pourrais-je la voir ? demanda Nailles.

– Mais certainement. »

Le directeur le précéda dans l'escalier de marbre et ouvrit la porte menant à la chambre de la vieille femme. C'était une petite pièce dotée d'une seule fenêtre. Du temps où une famille habitait les lieux, c'était probablement la chambre d'un enfant.

« Elle a parlé jeudi dernier, déclara le directeur. L'infirmière était en train de la faire manger. Elle a dit : " Je vis dans un trou à rat." Ses mots étaient difficilement audibles, bien sûr. Je vous laisse à présent. »

Il referma la porte derrière lui et Nailles murmura : « Mère, mère… »

Ses cheveux blancs étaient clairsemés. Ses dents se trouvaient dans un verre sur une table, près du lit. Elle respirait légèrement et remuait la main gauche sur la couverture. Nailles avait imploré le médecin de la laisser mourir – c'était le terme qu'il avait employé – mais l'homme avait rétorqué qu'il avait la responsabilité de sauver des vies. Inerte, au-delà de toute compréhension, la silhouette émaciée lui inspirait encore une immense émotion. Elle avait été en toutes circonstances une femme juste – généreuse, respectable et aimante – et le fait qu'elle soit si cruellement atteinte, oscillant au bord de la mort, ébranlait la croyance qu'avait Nailles en la justice du monde. Elle aurait dû être récompensée de ses immenses vertus par une mort digne. Nailles interprétait au pied de la lettre l'adage selon lequel la mort est le salaire du péché. Les méchants hommes étaient malades, les bons étaient robustes, bien que l'inertie de la vieille femme allongée sur le lit tournât ces convictions en ridicule. La main ridée remua et il remarqua qu'elle portait ses bagues de diamants. Une infirmière, jouant à la poupée, devait les avoir enfilées à ses doigts.

« Mère, demanda-t-il. Mère, puis-je faire quoi que ce soit pour toi ? Aimerais-tu que Tony vienne te rendre visite ? Aimerais-tu voir Nellie ? »

Il parlait tout seul.

Nailles, alors, songea à son père. Son paternel avait été un bon fusil, un pêcheur chanceux, un grand soiffard et le boute-en-train de son club. Il se souvenait d'un jour où il était rentré de l'université, durant sa première année d'études. Il avait invité son camarade de chambrée. Il admirait ce dernier et, à la gare, l'avait fièrement présenté à son père ; mais celui-ci avait décoché à l'inconnu un regard de mépris et de rejet immédiat et avait secoué la tête devant l'incroyable mauvais goût dont avait fait preuve son fils quant à l'ami qu'il avait choisi. Nailles s'était imaginé qu'ils rentreraient à la maison pour dîner, mais son père les avait emmenés dans un hôtel pourvu d'un orchestre et d'une piste de danse. Quand il avait passé commande, Nailles s'était aperçu qu'il était très saoul. Il avait plaisanté avec la serveuse, tenté de lui palper les fesses et renversé son verre d'eau. Lorsque l'orchestre s'était lancé dans l'interprétation de *I'm Forever Blowing Bubbles*, il s'était levé de table, s'était frayé un chemin à travers les danseurs, s'était emparé du bâton du chef d'orchestre et avait dirigé les musiciens. Dans le restaurant, tout le monde avait trouvé cela amusant hormis Nailles qui, s'il avait possédé un pistolet, aurait abattu son père d'une balle dans le dos.

Le vieil homme secouait sa tête grise, gesticulait, s'inclinait, dictait des fortissimo et pianissimo et se livrait à une interprétation hilarante d'un chef d'orchestre. C'était l'un de ses numéros qui connaissait le plus de succès au club. Les membres de l'orchestre s'esclaffaient, le chef d'orchestre s'esclaffait, les serveuses posaient leurs plateaux pour profiter du spectacle et Nailles sombrait de plus en plus profondément dans un abîme de détresse et d'embarras. Il aurait pu quitter les lieux et rentrer chez lui en taxi, mais les relations déjà tendues entre son père et lui se seraient encore envenimées. Il s'excusa et se rendit aux toilettes, où il s'appuya contre un lavabo. C'était le seul moyen qu'il eût d'exprimer son chagrin. Quand il revint à table, la performance avait pris fin et son père entamait son troisième ou son quatrième verre. Ils avaient fini par dîner et, dans le taxi qui les ramenait chez eux, son père avait sombré dans un sommeil éthylique. Nailles l'avait aidé à gravir les marches du perron, reconnaissant d'avoir la possibilité de jouer ne serait-ce que cette infime partie de son rôle de fils. Il voulait ardemment aimer le vieil homme, mais c'était là l'unique occasion qu'il eût de se comporter filialement. Puis son père était monté dans sa chambre et Nailles avait été accueilli par le sourire pâle, douloureux, avisé et gracieux de sa mère.

Sur l'unique autre fauteuil de la chambre était posé un oreiller propre. Nailles pouvait, en avançant d'un pas, le saisir, l'appuyer fermement sur le visage de la vieille femme et abréger ses souffrances en quelques minutes. Il accomplit ce pas, souleva l'oreiller du fauteuil et retourna s'asseoir. À supposer qu'elle résiste, à supposer qu'en dépit de ses souffrances et de sa vertigineuse perte de conscience, elle aimât encore instinctivement et obstinément ce qui restait de sa vie ; à supposer qu'elle reprît conscience assez longtemps pour s'apercevoir que son fils était un matricide ? Telles étaient les pensées de Nailles à la table du petit déjeuner.

Nellie n'était pas le genre d'hôtesse qui, vous accueillant pour le dîner, enfourne sa langue dans votre bouche jusqu'aux amygdales avant même que vous ayez accroché votre chapeau. Elle était gracieuse. Ce matin-là, elle portait de la dentelle et embaumait l'œillet. C'était une femme frêle aux cheveux tirant sur le roux dont les œuvres au sein de son comité, les compositions florales et les valeurs morales auraient pu constituer le matériau brut d'un numéro de music-hall. Elle s'intéressait à l'art. Elle avait peint les trois tableaux accrochés au salon. La toile était vendue imprimée d'un réseau de lignes bleues, comme une carte de levé géodésique. Les espaces séparant les lignes étaient numérotés – un pour jaune, deux pour vert et ainsi de suite – et en suivant soigneusement ces instructions elle avait pu créer, sur la toile sans vie, l'intensité et l'éclat d'un après-midi d'automne dans le Vermont ou (au-dessus du buffet) le portrait des filles du Major Gillespie exécuté par Gainsborough. C'était vulgaire et elle n'était pas dupe, mais cela lui plaisait.

Voici peu, elle s'était inscrite – sincèrement curieuse et désireuse de s'informer – à un cours sur le théâtre moderne. Il lui avait été notamment demandé de se rendre à New York et de rédiger un compte rendu au sujet d'une pièce jouée dans le Village. Elle avait prévu d'y aller avec une amie, mais cette dernière était tombée malade et elle s'y était rendue seule.

La pièce avait été jouée dans un loft devant un public peu nombreux. L'air était confiné. Vers la fin du premier acte, l'un des comédiens avait enlevé ses chaussures, sa chemise, son pantalon puis, tournant le dos au public, son slip. Nellie ne pouvait en croire ses yeux. Si elle s'était insurgée en quittant le théâtre tambour battant, comme l'aurait fait sa mère, elle aurait donné l'impression de rejeter les réalités de l'existence. Elle était résolument décidée à être une femme moderne et à s'accommoder du monde tel qu'il était. Puis le comédien s'était lentement retourné, bâillant et s'étirant avec un parfait naturel. Tout cela était parfaitement réaliste, mais une violente série de juxtapositions, de notions de décence et sa propre excitabilité naturelle, l'avaient plongée dans un paroxysme d'émotions qui l'avait mise en sueur. S'il s'agissait simplement des réalités de la vie, pourquoi ses yeux étaient-ils rivés à l'épaisse toison pubienne dont pendait, comme une fleur découragée et assoiffée, cet organe viril ? Les lumières avaient baissé. La troupe était demeurée vêtue durant le reste de la pièce, mais Nellie était profondément troublée. Quand elle avait quitté le théâtre, le temps était pluvieux et humide. Elle avait traversé Washington Square pour prendre le bus. Des étudiants de l'université voisine tournaient en cercle autour de la fontaine en brandissant des pancartes sur lesquels était écrit *Baise*, *Bite* et *Con*. Avait-elle perdu la tête ?

Elle avait suivi des yeux le cortège jusqu'à ce qu'il disparaïsse de sa vue. *Merde* était la dernière pancarte qu'elle avait déchiffrée. Elle se sentait défaillir. Lorsqu'elle était montée dans le bus, elle avait cherché du regard le visage rassurant de ses semblables, avait cherché désespérément du regard des mères et des épouses honnêtes, des femmes qui s'enorgueillissaient de leurs foyers, de leurs jardins, de leurs compositions florales et de leurs petits plats. Sur le siège devant le sien, deux jeunes hommes s'esclaffaient. L'un d'eux avait entouré de son bras les épaules de l'autre et l'avait embrassé sur l'oreille. Devait-elle les assommer à coups de parapluie ? À l'arrêt suivant, ce à quoi elle aspirait – une femme honnête – s'était installée sur le siège voisin. Elle avait souri à l'inconnue, qui lui avait retourné son sourire et avait déclaré d'une voix lasse : « Je viens de chercher partout de la cretonne anglaise, de la bonne cretonne anglaise, et il ne semble pas y en avoir un seul mètre dans toute la ville de New York. J'ai de beaux objets anglais et une maison de style anglais ; du reps à côtes extensible ne convient absolument pas à ma décoration, mais il est impossible de trouver autre chose que des reps côtelés extensibles. J'imagine qu'il doit bien y avoir de la cretonne quelque part, mais j'ai été incapable d'en trouver. Ma vieille cretonne est tout à fait magnifique mais elle commence à être usée. Iris, pivoines et bleuets sur fond bleu. J'en ai un échantillon ici. »

Elle avait ouvert son sac et en avait sorti un lambeau d'étoffe imprimée.

C'était ce qu'avait voulu Nellie, mais alors même que l'inconnue continuait à parler tissu, les mots écrits sur les pancartes des manifestants – *Baise* et *Bite* – semblaient brûler dans sa conscience avec une incandescence prolongée et elle ne parvenait pas à oublier la toison pubienne du comédien et sa fleur assoiffée. Elle semblait incapable de retourner d'où elle venait. L'inconnue s'était lancée dans la description de son intérieur et la réaction de Nellie s'était muée d'ennui en irritabilité. Combien étaient méprisables une existence ployant sous le poids de tapis et de chaises, une conscience débordant de biens matériels, la vertu incarnée par la cretonne et le mal par le reps ! Cela semblait plus méprisable que les jeunes hommes amoureux assis devant elle et les sottises des étudiants. Elle avait, semblait-il, fugitivement entrevu une révolution érotique qui l'avait emplie de perplexité et de détresse mais avait également terni l'enthousiasme que lui inspiraient les compositions florales. Elle s'était dirigée à pied vers la gare sous la pluie, en direction de l'est, et était passée devant plusieurs kiosques à journaux qui semblaient spécialisés dans les photographies d'hommes nus. Monter dans le train était accomplir un pas dans la bonne direction. Elle rentrait chez elle et pourrait, une heure plus tard, refermer sa porte sur cet après-midi déconcertant et pluvieux. Elle redeviendrait elle-même, Nellie Nailles, Mrs. Eliot Nailles, honnête, consciencieuse, intelligente, chaste, etc. Mais s'il lui suffisait de fermer une porte pour retrouver sa tranquillité d'esprit, cette dernière n'était-elle pas méprisable ? Méprisable ou non, Nellie avait éprouvé, tandis que le train s'ébranlait, des symptômes de rétablissement. Lorsqu'elle était descendue du train à son arrêt et avait traversé le parking en direction de sa voiture, elle était de nouveau elle-même. Elle avait gravi la colline au volant de son véhicule, avait ouvert la porte d'entrée. La cuisinière faisait revenir des champignons dans du beurre et leur arôme emplissait le salon.

« Vous avez passé une bonne journée ? avait demandé la cuisinière.

– Oui, merci. Très bonne. Dommage qu'il ait plu, mais nous avons besoin de pluie pour les réservoirs, n'est-ce pas ? »

Le manque de naturel absolu de ses sentiments l'avait irritée, mais comment aurait-elle pu exprimer la vérité ? Pouvait-elle dire merde à la cuisinière et décrire ce qu'elle avait vu sur scène ? Gravissant l'escalier, elle avait gagné son agréable chambre et pris un agréable bain, mais les seuls moyens de compréhension dont elle disposait, semblaient être le mensonge, l'emprisonnement, l'exclusion et une sorte d'aveuglement. Elle n'avait pas parlé à Nailles de cette expérience.

Après le petit déjeuner, Nailles monta dans la chambre de son fils. La veille au soir, il avait passé un moment en sa compagnie quand, au retour d'une soirée, Nellie et lui avaient trouvé l'adolescent en train de lire.

« Vous vous êtes bien amusés ? avait demandé Tony.

– Plutôt, oui.

– Un dernier verre avant de te coucher ?

– Mais oui. Pourquoi pas. Tu veux une bière ?

– Oui. Je vais les chercher.

– Non. J'y vais », avait répliqué Nailles d'un ton non pas sévère, mais sans appel.

Il n'aimait pas voir un adolescent de l'âge de son fils faire office de barman. Certains de ses amis et de ses voisins laissaient leurs enfants servir à boire et mixer les cocktails. Nailles jugeait que c'était une erreur tant sur le plan de l'efficacité que sur celui des convenances. Les enfants se trompaient généralement dans les proportions et perdaient au cours de ce rituel, estimait-il, une innocence précieuse. Muni des verres de bière et de whisky, il avait regagné son fauteuil. Il semblait profondément plongé dans ses pensées et contemplait, sourcils froncés, le vide au-dessus du tapis. Il régnait entre les deux hommes qui s'apprêtaient à parler mais étaient encore silencieux le sentiment de douce quiétude qui est l'essence même de l'amour.

Nailles avait décrit la soirée à Tony, lequel connaissait la plupart des invités. L'adolescent se demandait si sa mère s'était endormie et si les ordres, les encouragements, les exclamations et les acclamations charnels qu'il entendait si souvent s'élever de la chambre de ses parents lui seraient épargnés. Il espérait que sa mère serait endormie. Il régnait entre eux le sentiment plaisant quoique teinté de gêne qu'ils jouaient les rôles écrits pour eux en qualité d'un Père et d'un Fils. De l'amour, voilà ce qu'éprouvait indubitablement Nailles, et alors qu'un homme plus démonstratif, dans un autre pays, aurait serré son fils dans ses bras et lui aurait déclaré ses sentiments, lui s'en abstenait. Il alluma une cigarette et toussa. C'était une toux convulsive et grasse, elle le secouait pitoyablement et lui amenait le sang au visage. Elle soulignait, plus que toute autre chose, leur différence d'âge. Tony se demanda pourquoi son père n'arrêtait pas de fumer. S'il avait arrêté de fumer, il se serait peut-être arrêté de tousser. La discordance de cette toux, son pouvoir de l'affaiblir brièvement, rappelaient abruptement à l'adolescent les réalités de la maladie, de la vieillesse et de la mort. Mais son père, songea-t-il fièrement, paraissait beaucoup plus jeune que son âge et se conduisait comme tel. Il paraissait beaucoup plus jeune que le père de Don Waltham, celui de Henry Pastor et celui de Herbert

Matson. Il ne pratiquait aucun sport à la perfection, mais il pouvait encore se tirer honorablement d'une brève mêlée de hockey sur glace, marquer occasionnellement un but au *touch football* et skier sur des pistes de difficulté moyenne. Il avait quarante-deux ans. Aux yeux de Tony, c'était un âge ahurissant, ancestral, canonique. L'idée qu'on puisse vivre si longtemps l'excitait comme un vestige sumérien ou scythien excite un archéologue. Mais les cheveux de son père étaient épais et ne grisonnaient pas, son visage était ridé mais pas bouffi, il se tenait droit et avait le ventre plat. Son père n'était pas un homme commun, songeait Tony, qui en concluait avec suffisance qu'il avait hérité de cette singularité ; il serait le fils singulier d'un homme singulier qu'avait épargné le lot commun des cheveux blancs, de la calvitie, de l'obésité et de la tâtillonnerie.

Nailles mit un disque sur le gramophone. Il s'agissait, Tony le savait, de *Guys and Dolls**. Nailles n'allait presque jamais au théâtre et ne s'intéressait pas à la musique, mais pour une raison dont personne ne se souvenait plus clairement – cela s'était produit voici si longtemps – il avait hérité de deux tickets pour la première de *Guys and Dolls*. Un ami était tombé malade ou avait dû partir en voyage. Nailles aurait voulu refiler les tickets à quelqu'un d'autre, il abhorrait les comédies musicales et n'avait en outre jamais entendu parler de Lœsser ou de Runyon, mais Nellie avait envie d'étrenner une nouvelle robe et pour cette raison ils étaient allés au théâtre. Il avait écouté l'ouverture avec méfiance, mais son enchantement avait commencé avec

* Comédie musicale d'un célèbre auteur-compositeur, Jack Lœsser, composée en 1950. (*N.d.T.*)

la l'introduction fuguée et s'était accru d'acte en acte. Lors du chœur final, il s'était levé et s'était mis à taper dans ses mains en rugissant : « *Encore*, *encore** ! » Quand les lumières s'étaient rallumées, il avait continué à applaudir et à crier, et il avait été l'un des derniers à quitter le théâtre.

Il pensait avoir assisté ce soir-là à l'écriture de l'histoire théâtrale et avait élaboré une théorie sentimentale concernant la tragédie du sublime. Il avait associé Frank Lœsser à Orphée et, lorsqu'il avait lu dans le journal que Lœsser avait divorcé, il avait songé – tristement – que cela n'était pas sans rapport avec la perfection de *Guy and Dolls*. Il n'avait aucune envie d'aller assister à un autre des spectacles de Lœsser, car il était convaincu qu'ils seraient tragiquement inférieurs. Aucun homme – aucun artiste – ne pouvait réitérer un tel triomphe. Il semblait être d'avis que Lœsser, tel l'architecte de St Basil, aurait dû s'arracher les yeux. Cette soirée d'ouverture lui semblait avoir eu la perfection d'un jour d'été dont la sublime beauté laisse deviner l'approche inévitable de l'hiver et de la mort.

Il commença à chanter en même temps que le disque. Il avait acheté ce dernier immédiatement après la soirée d'ouverture et ne l'avait jamais remplacé, de sorte que sa tonalité s'était émoussée. Cela lui importait peu. Il ne s'embarrassait pas des paroles et leur substituait une série d'onomatopées (dadadadad) mais à « *Luck Be a Lady Tonight* », il bondit sur ses pieds, frappa sa paume de son poing et entonna les vers dont il avait gardé le souvenir. Lors de l'ultime refrain, il

* En français dans le texte original. *(N.d.T.)*

lança son bras dans les airs pour illustrer le geste d'un homme s'efforçant d'atteindre les étoiles et, après que la dernière note eut retenti, il soupira et déclara : « C'est un spectacle merveilleux, véritablement merveilleux. Quel dommage que tu ne l'aies jamais vu ! Bon, eh bien, bonne nuit. »

En ce dimanche matin, il semblait chercher l'adolescent. Il faisait froid dans la chambre de Tony. Ce dernier laissait le chauffage éteint et dormait avec les deux fenêtres ouvertes. À cause du froid, la chambre semblait inoccupée depuis plus longtemps qu'une seule matinée. On aurait pu croire qu'il était parti depuis un an, songea Nailles, mais pourquoi ? Il balaya d'un regard tendre le désordre intime et familier : chaussures de foot à clous, maillot de foot, pile de livres où l'on trouvait Stephen Crane, Somerset Maugham, Samuel Butler et Hemingway. Quelque temps plus tôt, ayant besoin d'un dictionnaire, il en avait pris un dans la bibliothèque de son fils ; à l'instant où il l'avait ouvert, au moins cinquante photos de femmes nues s'en étaient échappées et s'était répandues sur le sol. Il avait été émoustillé, cela avait été sa principale réaction. Il avait examiné les photos en transposant la connaissance très limitée qu'il avait des femmes à ce défilé d'inconnues lascives. Le papier était de mauvaise qualité et il avait deviné que les photos avaient été découpées dans ces magazines nudistes qu'on trouve chez des cireurs de chaussures et des coiffeurs pour hommes. Il n'avait pas été le moins du monde consterné que son fils bien-aimé ait choisi de collectionner ces photos au lieu de timbres, de pointes de flèches indiennes, de matériaux géologiques ou de raretés numismatiques. Il avait jeté les photos à la poubelle et vérifié l'orthographe du mot qui lui posait problème. Plus tard, un mois après peut-être, l'adolescent lui avait demandé :

« Est-ce que tu t'es servi de mon dictionnaire ?

– Ma foi, oui, avait répondu Nailles, et j'ai jeté toutes les photos.

– Ah », avait dit le garçon, et ni l'un ni l'autre n'avait ajouté quoi que ce soit.

Sur la table près de la fenêtre était posé le magnétophone qu'il avait offert à l'adolescent pour son anniversaire. Il ne l'aurait pas plus mis en marche qu'il n'aurait ouvert le courrier de son fils. Il vouait à ces aspects de l'intimité un respect scrupuleux et inébranlable ; mais s'il l'avait mis en marche, il aurait entendu la voix de l'adolescent, plus grave d'une octave du fait de l'enregistrement, déclamer : « Espèce de vieux babouin répugnant, espèce de vieux babouin répugnant ! Aussi loin que remontent mes souvenirs, il me semble que chaque fois que j'essaie de m'endormir je t'entends dire des obscénités. Tu dis les obscénités les pires qui soient, espèce de sale vieux babouin lubrique et répugnant ! » Mais il ne mit pas le magnétophone en marche.

Il ôta le costume de ville qu'il portait à l'église et enfila des vêtements de travail. Un jour, il avait suggéré au conseil paroissial que les communiants matinaux soient encouragés à se rendre à la messe dans les vêtements de sport et de travail que la plupart enfilaient le dimanche, mais pour toute réponse, le Père Ransome avait demandé si l'on attendrait alors de lui qu'il donne le saint sacrement en short de tennis. Nailles descendit au sous-sol, où il versa de l'essence et de l'huile dans les réservoirs de la tronçonneuse. Au sud de la maison se trouvait une petite vallée dans laquelle un bosquet de douze ormes avait été détruit à petit feu par la graphiose. Nailles passait ses week-ends à abattre les arbres morts, puis à couper et fendre le bois à la dimension de l'âtre. Les arbres avaient perdu toute trace de leur beauté lacrymale. Leurs branches supérieures étaient tombées et ils s'étaient dépouillés de leur écorce, tronqués et sans grâce, leur bois luisant comme de l'os dans la lumière hivernale, un paysage de cauchemar ou de bataille. Nailles choisit un arbre et détermina de quelle façon procéder à la coupe. Il était fier – une fierté teintée de suffisance – de la dextérité avec laquelle il maniait la tronçonneuse, et prenait plaisir à manipuler l'engin rugissant, hurlant, et ses dents meurtrières. La vallée était protégée et il y régnait, ce matin-là, une tiédeur si peu de saison que le bois mort dégageait une fragrance – un arôme d'épices qui lui rappela les froides églises de Rome. Le printemps. Il entendit le chant flûté d'une tourterelle des bois ou d'une chouette. L'air était doux mais semblait loin d'être idyllique ; c'était une douceur tourmentée, le malaise inhérent à tout changement. La sexagésime. L'épître ? Qu'était-ce donc ? Puis il se souvint. « Cinq fois j'ai reçu des Juifs les trente-neuf coups de fouet ; trois fois j'ai été battu de verges ; une fois lapidé ; trois fois j'ai fait naufrage. Il m'est arrivé de passer un jour et une nuit dans l'abîme ! Voyages sans nombre, dangers des rivières, dangers des brigands, dangers de mes compatriotes, dangers des païens, dangers de la ville, dangers du désert, dangers de la mer, dangers des faux frères ! Labeur et fatigue, veilles fréquentes, faim et soif, jeûnes répétés, froid et nudité ! »

Ce fut alors que Nellie entendit le rugissement de la tronçonneuse.

III

UN MATIN, TONY REFUSA DE QUITTER SON LIT.

« Je ne suis pas malade, déclara-t-il lorsque sa mère prit sa température. Je me sens affreusement triste, voilà tout. Et je n'ai aucune envie de me lever. »

Ses parents décidèrent de le laisser se reposer ce jour-là.

Cinq jours plus tard, il était toujours au lit.

Nellie allait considérer les trois médecins qui viendraient le soigner comme les prétendants de quelque mythe ou légende dans lesquels les voyageurs se voient offrir le choix entre trois coffrets, Or, Argent et Plomb. L'un des coffrets renfermait la clef d'une merveilleuse destinée – des joyaux et une fiancée. C'était l'élément de hasard qui lui rappelait les princes légendaires. L'un après l'autre, ils se penchèrent sur son fils en essayant de pressentir ou de deviner quelle force l'avait frappé. Or ? Argent ? Plomb ? Le premier à venir fut le médecin généraliste.

Le Dr Mullin se déplaça de mauvaise grâce, car à cette époque les médecins ne faisaient jamais de visite à domicile. Quand une maladie critique se déclarait, le malade était emmené en ambulance à l'hôpital où les médecins et les internes accomplissaient les derniers rites. Le Dr Mullin pressa Nellie d'amener Tony à son cabinet. Cette dernière eut du mal à lui expliquer que Tony refusait de se lever. Quand ce fut enfin devenu clair, Mullin accepta de leur rendre visite à midi.

Il arriva au volant d'une Volkswagen sale aux pare-chocs enfoncés. Il était jeune, plus jeune que Nellie, doué d'un optimisme et d'une gaieté qui n'avaient été ni altérés ni instruits par ce qu'il avait dû apprendre du pouvoir inaliénable de la maladie, de la souffrance et de la mort. De fait, cela lui avait nui car ses patients, devant la tombe, n'appréciaient pas que leur médecin ait si peu l'expérience du malheur. Ce n'était pas un fanfaron, ce n'était pas un sot, mais la vigueur de son optimisme représentait une perturbation semblable aux bourrasques soudaines qui ouvrent les portes à la volée et dispersent les papiers. Nellie le conduisit à la chambre de Tony et retourna attendre au rez-de-chaussée. Elle entendait la voix sonore et gaie de Mullin et les réponses étouffées de Tony.

« Il n'y a absolument rien qui cloche chez lui, déclara le médecin quand il redescendit. Je lui ai fait un prélèvement d'urine et une prise de sang, et je les ferai analyser par le laboratoire. S'il se lève demain, je lui ferai passer un cardiogramme mais je suis presque sûr qu'il n'a rien qui cloche. En fait, cela faisait longtemps que je n'avais pas vu un individu en aussi bonne santé. Bien sûr, c'est un jeune homme, mais il ne fait aucun doute qu'il jouit de tous les privilèges de son âge. Ça ne le sort pas du lit pour autant, mais il peut s'agir d'une dépression passagère. Pour le cas où il ne se lèverait pas demain, je vais vous prescrire des cachets qui devraient nous arranger cela. »

Il rédigea une ordonnance et sourit à Nellie. Nous entretenons avec ceux qui nous soignent des relations brèves, intimes et, à certains égards, tendres, et l'espace d'un instant Nellie éprouva un élan d'affection pour le médecin. Il lui demanda de lui téléphoner le lendemain matin, vers onze heures, ce qu'elle fit.

« Il a encore refusé de se lever, annonça-t-elle. Cela fait six jours qu'il est au lit. Vers dix heures, je lui ai donné l'un des cachets dans un verre de jus d'orange. Un peu plus tard, je l'ai entendu se lever et prendre une douche, puis il est descendu à la cuisine. Il s'était habillé, mais j'ai tout de suite vu que quelque chose clochait. Il vacillait un peu, il riait, et ses pupilles avaient la taille d'une tête d'épingle. Je lui ai demandé s'il voulait prendre quelque chose pour le petit déjeuner et il m'a répondu : six œufs au plat, six tranches de pain grillées et un litre de lait. Il a dit qu'il n'avait jamais eu aussi faim de toute sa vie. Il ne tenait pas en place. Il déambulait dans la cuisine en riant, et à un moment il s'est cogné contre une table comme un homme ivre. Après avoir englouti l'intégralité de son petit déjeuner, il a dit : « Je me sens fort. Je ne me suis jamais senti aussi fort de toute ma vie. Je ferais mieux de sortir de cette maison avant de la démolir. » C'est ce qu'il a dit. Puis il a franchi la porte de la cuisine et il est parti en courant sur la piste qui mène à Courtland. C'est une vieille piste cavalière qui coupe à travers bois sur environ dix kilomètres. Il s'y entraînait du temps où il était membre de l'équipe d'endurance. Bon, je n'aurais pas pu tenir la distance, naturellement, aussi j'ai fait en voiture le tour de la forêt jusqu'à la route 64, où la piste ressort des bois. J'ai attendu là environ une heure, je suppose, puis il est arrivé à petites foulées sur la piste. Il semblait avoir éliminé le médicament parce qu'il ne donnait plus l'impression d'être ivre, mais il paraissait avoir perdu la mémoire. Il ne se souvenait plus avoir pris son petit déjeuner et il ne semblait pas avoir une idée très claire de la façon dont il s'était retrouvé près de la route 64. Je l'ai reconduit à la maison. Il s'est assoupi dans la voiture. Puis il s'est douché de nouveau et il s'est recouché.

– Eh bien, je crois que nous ne ferons pas de seconde tentative, déclara le Dr Mullin. J'avais entendu dire que ce médicament pouvait avoir des effets secondaires néfastes, mais je m'étais dit que nous allions tenter notre chance. Je ne sais vraiment pas quoi vous dire, Mrs. Nailles, à moins que vous ne vouliez essayer la psychothérapie. Je travaille avec le Dr Bronson qui a un cabinet en ville. Si vous voulez lui téléphoner… »

Le psychiatre fut encore plus réticent que le généraliste à quitter son cabinet, mais lorsque Nellie lui eut expliqué la situation, il finit par accepter de se déplacer. Elle était à la fenêtre lorsqu'il arriva vers trois heures de l'après-midi. Il était au volant d'une voiture de sport décapotable bleu vif au capot étrangement long, destiné, semblait-il, à donner une impression de bestialité et de luxe. Nellie fut déconcertée à l'idée qu'un homme dont le métier consistait à soigner la neurasthénie et la peine possède un véhicule aussi voyant, mais lorsque le médecin descendit de sa voiture de sport, il avait l'air de tout sauf d'un fanfaron. Il paraissait un peu intimidé et indécis. Il referma la portière, se tordit les mains et examina la voiture d'un bout à l'autre avec une expression profondément soucieuse et soupçonneuse. Puis il gravit les marches et sonna.

Il n'avait pas de sacoche, bien sûr, aucun signe particulier de quelque sorte que ce soit. Il manifestait, songea-t-elle, quelques-uns des maniérismes professionnels d'un dentiste. Ses manières étaient empreintes de lassitude et de gentillesse et il se tordait les mains. Pendant qu'elle lui décrivait la situation, il tourna en rond dans le salon comme s'il y avait un fauteuil de dentiste au milieu du tapis. Il était un peu voûté, comme s'il avait l'habitude de passer son temps en compagnie de patients allongés à plat ventre, et sa voix avait une intonation triste et apaisante. Nellie le conduisit à l'étage et referma la porte. Quinze minutes plus tard, il était de retour dans le salon.

« Je crains qu'il ne soit très malade, Mrs. Nailles, et le pire est qu'il refuse de coopérer. Je crois qu'il va peut-être vous falloir l'envoyer à l'hôpital.

– Quel hôpital ?

– Eh bien, il y a dans la ville voisine un sanatorium du nom de Stonehenge où j'envoie souvent des patients. Il se peut que votre fils réagisse aux électrochocs.

– Oh, non », souffla Nellie.

Elle fondit en larmes.

« Un électrochoc n'a rien de fatal, Mrs. Nailles. Après la première séance, il ne saura même pas ce qui lui arrive. Le traitement n'engendre pas d'angoisse.

– Oh, non, répéta-t-elle. Je vous en prie.

– Ma foi, il est profondément perturbé, Mrs. Nailles. Il faudrait des mois de thérapie intense, avec sa coopération, pour commencer à comprendre ce qui ne va pas. Les hommes de sa génération, originaires de milieux comme celui-ci, présentent souvent des troubles qui résistent à la thérapie. J'imagine que vous donnez à ce garçon tout ce dont il a envie ?

– Dans les limites du raisonnable. Il n'a pas de voiture.

– J'ai vu qu'il possédait un magnétophone, un tourne-disque, une penderie pleine de vêtements coûteux.

– Oui.

– Il existe une propension, dans votre tranche de revenus, à remplacer les normes morales et spirituelles par des biens matériels. Il est préférable d'avoir une perception stricte du bien et du mal, même si elle est erronée, que rien du tout.

– Eliot va à l'église presque tous les dimanches », protesta Nellie.

Comme cette affirmation semblait pauvre et transparente, à présent qu'elle l'avait énoncée ! Elle savait combien les prières d'Eliot étaient tièdes, combien ses dévotions étaient teintées d'indifférence, et elle savait que c'était par habitude, superstition et sentimentalité qu'il se levait pour aller communier.

« Nous ne mentons pas, reprit-elle. Je ne crois pas que Tony ait jamais menti. »

Le médecin lui adressa un petit sourire proprement outrageant.

« Nous ne lisons pas les lettres qui ne nous sont pas adressées. Nous ne sommes pas malhonnêtes. Nous ne colportons pas de ragots. Nous payons nos factures. Eliot m'aime. Nous buvons avant le dîner. Je fume beaucoup... »

Était-ce tout ? Cela semblait être une bien piètre plaidoirie, mais que pouvait-on lui demander de plus ? Des prophètes barbus, de fougueux cavaliers, le tonnerre et les éclairs, les commandements gravés sur des tablettes dans des langues anciennes ?

« Nous sommes des gens honnêtes et respectables, lança-t-elle avec colère, et je n'ai pas l'intention de me sentir coupable de cela.

– Je n'ai pas l'intention de vous culpabiliser, Mrs. Nailles. L'honnêteté et la respectabilité n'ont rien de répréhensibles, mais le fait est que votre fils est très malade. »

Le téléphone se mit à sonner. Quand Nellie décrocha, son interlocuteur demanda à parler au médecin.

« Je ne vendrai pas cette propriété pour moins de cinquante mille dollars, déclara ce dernier. Si vous cherchez moins cher, j'ai un beau ranch de type moderne dans Chestnut Street. Oui, je sais parfaitement que la propriété a été estimée à trente mille dollars mais cette estimation a été faite il y a huit ans. Cinquante mille dollars, c'est mon dernier prix. Excusez-moi, dit-il à Nellie.

– Bien sûr », répliqua-elle.

Mais cette conversation l'avait irritée. Le médecin arrondissait-il ses fins de mois en vendant des biens immobiliers, ou le traitement de la folie représentait-il son activité secondaire ?

« Allez-vous revenir ? s'enquit-elle.

– Pas à moins qu'il me réclame, rétorqua le médecin. Dans le cas contraire, ce serait simplement un gaspillage de votre argent et de mon temps. »

Après le départ du médecin, Nellie gravit l'escalier et demanda à Tony comment il se sentait.

« À peu près pareil, répondit-il. Je me sens toujours affreusement triste. J'ai l'impression que la maison est faite avec des cartes à jouer. Quand j'étais petit et que j'étais malade, tu me construisais des maisons avec des cartes à jouer et je les démolissais en soufflant dessus. C'est une maison agréable et je l'aime bien, mais j'ai l'impression qu'elle est faite avec des cartes à jouer. »

Le troisième à se présenter fut un spécialiste des phénomènes somnambuliques. Il arriva en train et en taxi, et Nellie lui trouva l'air d'un mécanicien. Il avait apporté une valise et une malle imposante remplie d'instruments. Lorsqu'elle lui demanda si Tony risquait de souffrir, il lui assura qu'il n'avait rien d'autre que des électrodes inoffensives enregistrant la température du corps. Elle le mena à la chambre d'ami et s'apprêtait à le présenter à Tony quand il déclara :

« Je crois que je vais faire une petite sieste. Je vais veiller durant la majeure partie de la nuit, voyez-vous.

– Avez-vous besoin de quoi que ce soit ? demanda-t-elle.

– Oh non, merci. Je vais juste m'allonger. »

Il ferma la porte.

Lorsqu'il redescendit à cinq heures de l'après-midi, Nellie lui proposa de boire un verre.

« Ah, certainement pas, répliqua-t-il, non merci. Je suis membre des Alcooliques Anonymes. Cela fait un an et demi que j'ai arrêté de boire. Oh, vous auriez dû me voir. Je pesais cent vingt kilos, et c'était en majeure partie du gin. Le premier groupe auquel je me sois inscrit se trouvait dans le Village. Il ne m'a pas été d'un grand secours. Je veux dire que c'étaient tous des dingues. Puis j'ai changé pour un groupe situé dans l'East Side, vers la 70e Rue et croyez-moi, Mrs. Nailles, il n'y a pas un seul raté parmi eux. Que des hommes d'affaires importants. Des avocats. Des médecins. Nous nous amusons à évoquer les symptômes de manque. Ce qu'on éprouve à toucher le fond. C'est comme si nous parlions d'un voyage en enfer. Nous en sommes tous passés par là et nous en discutons exactement comme des voyageurs discutent des lieux qu'ils ont visités. Ce sont des gens extra. Puis, quand la réunion est finie, nous récitons une prière.

« Je suppose que les pasteurs et les prêtres pensent à Dieu en permanence, poursuivit-il. Je suppose qu'ils pensent à Dieu quand ils se lèvent et que tout ce qu'ils voient au cours de la journée leur rappelle Dieu, et bien sûr ils récitent leurs prières avant de s'endormir. C'était exactement la même chose pour moi, si ce n'est que je ne pensais pas à Dieu ; je pensais à la bibine. La bibine était la première chose à laquelle je pensais le matin, j'y pensais toute la journée, et j'étais invariablement imbibé quand j'allais me coucher. La bibine était exactement comme Dieu pour moi, j'entends par là qu'elle était partout, comme Dieu est censé l'être. Les nuages me faisaient penser à la bibine, la pluie me faisait penser à la bibine, les étoiles me faisaient penser à la bibine. Avant de devenir accro à la bibine je rêvais de filles, mais après je n'ai plus rêvé que de bibine. Je veux dire, les rêves sont censés venir des profondeurs de votre esprit, comme le sexe, mais pour moi c'était la bibine. Je rêvais que je tenais un verre dans une main et une bouteille dans l'autre. Puis je rêvais que je versais deux ou trois doigts d'alcool dans le verre. Puis je les buvais et je rêvais du sentiment merveilleux que j'éprouvais dans ces moments-là, le sentiment de commencer une nouvelle vie. Je rêvais de bourbon et de scotch, de gin et de vodka. Je ne rêvais jamais de rhum. Je n'ai jamais aimé le rhum. Assis là, juste occupé à boire et à regarder des dessins animés à la télé, j'avais le sentiment de glisser le long d'un mât savonné, une longue, longue glissade interminable et délicieuse. Puis, le lendemain matin, je me réveillais avec la tremblote et le bourdon et je me remettais à penser à la bibine. »

Durant le dîner, le spécialiste essaya d'expliquer en quoi consistait son métier, mais son vocabulaire était si technique que ni Nellie ni Eliot ne surent trop à quoi s'attendre. À huit heures, il monta sa malle d'instruments à l'étage et déclara : « Allez, au travail. » Il referma la porte. Quand il descendit prendre le petit déjeuner, il avait les yeux injectés de sang et semblait avoir veillé toute la nuit. Nailles le conduisit en voiture à la gare ; il leur envoya ses conclusions par courrier à la fin de la semaine. Dans son rapport, il était écrit : « Le patient a perdu conscience à 21 h 12, ce qui a entraîné une baisse de sa température corporelle. Il a dormi dans la position de Fanchon – c'est-à-dire sur le ventre, le genou droit plié. À 22 h, il a eu une phase de rêves de deux minutes qui a augmenté sa température corporelle et a relâché de manière générale ses tensions cardio-vasculaires. À 22 h 30, il a changé de position et a adopté celle du nimbus, c'est-à-dire qu'il a replié la jambe gauche. Sa phase de rêves suivante a eu lieu à 1 h 15 et a duré trois minutes. Elle a provoqué une érection qui l'a brièvement réveillé, mais il a alors adopté la position du fœtus et s'est rendormi. Sa température corporelle est demeurée constante. À 3 h 10, il est revenu dans la position de Fanchon et s'est mis à ronfler. Le ronflement était tout à la fois oral et nasal et s'est prolongé durant huit minutes et demie… »

Le rapport consistait en cinq pages dactylographiées et était accompagné d'une facture de cinq cents dollars.

IV

NAILLES se représentait la douleur et la souffrance comme une principauté située quelque part derrière les frontières officielles de l'Europe de l'Ouest. Son gouvernement était féodal et ses paysages montagneux, mais elle ne se trouvait jamais sur son chemin et elle était inconnue de son agent de voyages. De temps à autre, il recevait des cartes postales de ce pays lointain. On y voyait la statue d'Esculape dans un parc, des montagnes enneigées à l'arrière-plan, et au dos de la carte ce message : « Edna est sous calmants la plupart du temps et il lui reste environ trois semaines à vivre, mais cela lui ferait plaisir que vous lui écriviez. » Il écrivait des lettres distrayantes à l'intention des mourants et les envoyait vers cette capitale lointaine et pittoresque où les silhouettes du Rathaus Glockenspiel étaient estropiées, où les statues du parc étaient les grotesques que la souffrance peut arracher à l'imagination, où le palais avait été transformé en hôpital et où des rivières de sang écumaient sous les arches des ponts. Lui-même n'était pas destiné à s'y rendre et il fut surpris et effrayé, un matin, de s'éveiller d'un rêve dans lequel il voyait par les fenêtres d'un train cette terrifiante chaîne de montagnes.

Après que Tony eut passé douze jours au lit, l'inexpérience de Nailles en matière de souffrance était bien terminée. Il ne serait pas allé jusqu'à dire que la chance était distribuée aussi équitablement que les cacahouètes à la fin d'une fête d'anniversaire, mais il éprouvait vaguement le sentiment que chacun recevait sa part de plaisir brut, de dur labeur, d'argent et d'amour et que les injustices flagrantes qu'il voyait autour de lui étaient des mystères qui ne le concernaient en rien. Nailles le chanceux ! À présent, son fils était proche de la mort. Ce fait n'apparut pas comme un élément nouveau dans son existence ; il allait devenir son existence même, et Nailles allait découvrir la nature obsessionnelle de la souffrance. Quand il s'éveillait le matin, sa première pensée était qu'il pourrait entendre le pas de Tony dans l'escalier. Quelle que fût son occupation du moment – la boisson, le jeu, le travail ou l'argent –, elle ne faisait que le distraire temporairement de l'image déchirante de son fils perdu, étreignant un oreiller. Après la nature obsédante de la souffrance, il fit l'expérience de la jalousie grossière d'un homme qui éprouve le sentiment que sa chance s'est tarie. Pourquoi, de tous les adolescents de Bullet Park, était-ce Tony qui avait été choisi pour souffrir d'une maladie mystérieuse et incurable ? Ce n'était pas là une question qu'il se posait, mais que le monde tel qu'il lui apparaissait depuis l'aube jusqu'à la nuit lui imposait impitoyablement. Les rires enjoués et insouciants qui retentissaient sur le quai de la gare l'incitaient seulement à se demander avec colère et amertume pourquoi les fils de ses amis étaient libres de marcher et de courir librement dans la lumière alors que le sien gisait emprisonné. Déjeuner en compagnie d'amis qui évoquaient inévitablement les succès de leurs garçons provoquait en lui une telle tristesse et une telle appréhension qu'il semblait être physiquement absent. Lorsqu'il voyait un jeune inconnu courir dans la rue, il avait envie de lui crier : « Arrêtez-vous, arrêtez-vous, arrêtez-vous, arrêtez-vous ! Tony était aussi fort et rapide que vous autrefois. » Lui qui avait été un patriote de son mode de vie se retrouva impliqué dans la subversion, l'espionnage et l'esprit de vengeance.

« Connais-tu quelqu'un du nom de Hammer ? » lui demanda Nellie un soir.

Nailles lui expliqua qu'il avait rencontré les Hammer à l'église.

« Eh bien, elle m'a téléphoné cet après-midi, reprit Nellie, et elle nous a invités à dîner. Je trouve inconvenant d'inviter des inconnus à dîner, mais ils viennent peut-être d'un coin du monde où cela se fait.

– C'est curieux, en effet. Nous nous sommes simplement dit bonjour sur le perron. Ils se sentent peut-être seuls… »

Ce n'était pas au sentiment de solitude probable des Hammer qu'il songeait, mais au sien. C'était la pensée de Tony dans son lit qui attendrissait sa conception rigide des convenances sociales. Tony était malade, Nailles était triste, l'existence recelait plus de souffrance qu'il n'avait été amené à le croire, et ne serait-il pas généreux de passer outre l'importunité de Mrs. Hammer et d'accepter son invitation ?

« Si nous n'avons rien d'autre à faire, pourquoi ne pas y aller ? dit-il. Ce serait sympathique, et rien ne nous empêche de rentrer tôt. »

Quelques jours plus tard, ils se rendirent en voiture à Powder Hill. C'était une nuit étoilée, Vénus brillait comme une ampoule et alors qu'ils remontaient l'allée menant à la porte, Nailles se pencha et embrassa sa femme. Hammer leur ouvrit et les présenta à son épouse et aux autres invités. Marietta Hammer semblait lointaine, peu enthousiaste, ou peut-être ivre. L'une des grandes faiblesses de Nailles était son incapacité à juger les gens sur leur apparence. Il croyait tous les hommes et les femmes honnêtes, dignes de confiance, purs et heureux, et il était souvent surpris et déçu. Il se rendit aussitôt compte qu'il allait peut-être devoir réviser le jugement optimiste qu'il s'était fait des Hammer à l'église. Trois autres couples étaient présents, les Taylor, les Phillips et les Hazzard. Il semblait ne pas y avoir de bonne. Hammer prépara les cocktails dans l'office et Marietta s'excusa et disparut dans la cuisine.

« Connaissez-vous les Hammer depuis longtemps ? demanda Eliot aux autres.

– En réalité, je ne les connais pas du tout, répliqua M. Taylor. Je suis le concessionnaire Ford en ville et quand il est venu acheter une voiture, il m'a invité à dîner. J'imagine qu'ils en viendront à posséder deux voitures – c'est le cas de tout le monde à Powder Hill – donc je suis là pour affaires, en fait.

– Je leur ai vendu leur congélateur, dit M. Phillips.

– Je leur ai vendu la villa, dit M. Hazzard.

– Quelle ravissante villa, renchérit Mrs. Hazzard. Les Heathcup y ont habité jusqu'à la mort de M. Heathcup.

– C'était un homme si sympathique, ajouta son mari. Je n'ai jamais compris pourquoi il avait fait ça.

– Voyons, dit Hammer en surgissant de l'office. Bourbon pour vous. Scotch allongé d'eau…

– Dans quelle branche travaillez-vous, M. Hammer ? s'enquit M. Hazzard.

– Je suis le président de Paul Hammer Associates, répondit ce dernier. Nous faisons un peu de tout. »

Marietta Hammer se mit à rire. Ce rire était destiné à humilier son mari. Il était musical – une demi-octave – mais c'était, songea Eliot, le genre de rire que l'on entend dans les clubs féminins, durant les parties de bridge et dans les restaurants où l'on sert de riches desserts. Il était dépourvu du pouvoir érotique que possède souvent le rire. Elle avait une longue chevelure blonde, de longues boucles d'oreilles et une longue robe et elle possédait une beauté indéniable – le genre de beauté qu'on voit sur une couverture de magazine, mais un vieux magazine trouvé dans la salle d'attente d'un dentiste, un peu défraîchi et vieux de deux ans. Elle alla dans l'office et se resservit du whisky. Taylor ne dissimula pas le fait qu'il était là pour affaires et pendant l'apéritif, il évoqua les remises intéressantes qu'il pourrait proposer à Hammer quand viendrait le moment d'acheter sa seconde voiture. Le dîner, d'après les critères de Bullet Park, fut médiocre. Il y eut une sorte de goulasch ou de ragoût, et Marietta chipota avec une répugnance si manifeste qu'Eliot se demanda si ce n'était pas Hammer qui avait cuisiné le plat.

« Je suppose que vous n'êtes pas depuis assez longtemps à Bullet Park pour vous en être fait une quelconque idée, mais nous espérons que vous vous y plaisez. J'ai toujours pensé qu'il s'agissait d'une communauté très agréable.

– Nous ne sommes là que depuis deux semaines, répliqua Hammer.

– Si vous voulez savoir ce que j'en pense, intervint Marietta, je serais ravie de vous le dire. Je trouve que c'est minable. Une vraie mascarade. Il vous suffit de vous habiller chez Brooks, de prendre le train et de vous pointer à l'église une fois par semaine, et personne ne se posera jamais la moindre question quant à votre identité.

– Je t'en prie, ma chérie, intervint Hammer. Pas ce soir.

– Oh, qu'est-ce qui ne va pas encore ? rétorqua-t-elle. Qu'est-ce qui te contrarie comme ça ? Tu as été contrarié toute la semaine. Ça t'ennuie que j'aie acheté cette robe ? C'est ça, ton problème ? Tu trouves que je devrais acheter mes vêtements chez Macy ou Alexander ou dans un magasin de ce genre ? Tu penses peut-être que je devrais coudre mes vêtements moi-même ! Eh bien, oui, elle a coûté quatre cents dollars, mais elle me va divinement et il faut bien que je m'habille. Et je n'ai pas beaucoup de vêtements. Bon, je n'ai pas tant de vêtements que cela. D'accord, j'ai beaucoup de vêtements et j'ai dit quelque chose d'idiot et maintenant tu vas en faire des gorges chaudes. Oh ! Seigneur, j'aimerais que tu puisses voir ton expression. Tu me fais mourir de rire.

– Vous pouvez acheter de jolies robes de couturier chez Ohrbach, avança Mrs. Taylor.

– Pas ce soir, ma chérie, répéta Hammer.

– Tu es une carpette, poursuivit-elle. Tu es une carpette que les femmes mènent par le bout du nez et n'essaie pas d'en rejeter la faute sur moi. Tu es le genre de type qui s'imagine qu'un jour, un jour, une blonde mince, bien éduquée, superbe, riche, passionnée et intelligente va tomber amoureuse de lui. Oh ! mon

Dieu, je vois ça d'ici. C'est parfaitement répugnant. Elle aura de longs cheveux et de longues jambes et elle aura dans les vingt-huit ans, elle sera divorcée mais sans enfants. Je parie qu'elle sera actrice ou chanteuse dans un night-club. C'est à peu près toute l'imagination que tu as. Qu'est-ce que tu feras avec elle, sombre crétin, qu'est-ce que tu feras avec elle à part des parties de jambes en l'air ? À quoi peut bien s'occuper une carpette ? Est-ce que tu l'emmèneras au théâtre ? Est-ce que tu lui achèteras des bijoux ? Est-ce que tu voyageras ? Je parie que tu voyageras. C'est ta conception de la grande vie. Dix jours sur le *Raffaello*, à t'envoyer en l'air matin, midi et soir et à faire ton entrée dans le bar de première classe à sept heures tapantes dans ton costume de soirée bien coupé. Quel couple distingué ! Quelles foutaises. Mais j'imagine que ce serait le *France*, un endroit où tu pourrais faire étalage de ton français minable. J'imagine que tu la traînerais dans tout Paris sur ses talons aiguilles en lui montrant les endroits où tu traînais autrefois. Je la plains, je la plains vraiment. Mais mets-toi bien une chose dans le crâne, sombre crétin, mets-toi bien une chose dans le crâne. Si cette blonde se pointait, tu n'aurais pas le cran de la mettre dans ton lit. Tu te contenterais de rêvasser, de l'embrasser derrière des portes, et tu déciderais finalement de ne pas m'être infidèle. Si tant est qu'une blonde se pointait, mais aucune blonde ne va se pointer. Tu resteras seul jusqu'à la fin de ta vie. Tu es un homme seul et un homme seul est un truc solitaire, un bâton, une pierre, un os, une carpette, une bouteille de gin vide…

– Je crois que nous ferions mieux de nous en aller, déclara Mrs. Taylor.

– Oui », renchérirent les Philips.

Il y eut une ruée vers la porte.

« Bonsoir.

– Bonsoir.

– Bonsoir. »

Cette nuit-là, étendu dans son lit, Nailles songea : Hammer et Nailles, spaghettis et boulettes, sel et poivre, huile et vinaigre, Roméo et Juliette, vis et écrou, tonnerre et foudre, bacon et œufs, corned beef et chou, jambon et fromage, bride et mors, chaussures et chaussettes, ligne et plomb, vrai et faux, pointu et plat, bottes et éperons, tuba et palmes, *fish and chips*, nœud papillon et smoking, mari et femme, chien et chat, sucre et crème, table et chaise, stylo et encre, étoiles et lune, boulet et chaîne, larmes et rire, maman et papa, guerre et paix, paradis et enfer, bien et mal, vie et mort, amour et mort, mort et impôts… Il s'endormit et rêva.

Il rêva qu'ils se trouvaient à l'intérieur de la petite église de campagne où ils allaient parfois en été. L'église était cruciforme et le sol recouvert d'une moquette verte élimée. Il flottait dans l'air une odeur âcre et déprimante de vernis ecclésiastique. C'était à l'occasion d'un enterrement et le cercueil trônait devant le chœur, mais Nailles ne pouvait se souvenir pour le salut de quelle âme ils étaient venus prier et il parcourut du regard l'assemblée des fidèles pour découvrir qui manquait à l'appel. Charlie Estabrooke ? Non, il était sur la gauche en compagnie de sa femme. Bailey Barnes ? Bailey était sur la droite avec toute sa famille. Alex Kneeland ? Eddie Clapp ? Jim Randolph ? Sam Farrar ? Dave Poor ? Rick Rhodes ? Jim Stesse ? Roger Cromwell, alors ? Quand il s'aperçut que tous les fidèles étaient présents, il comprit que l'enterrement était le sien.

V

ALORS QUE TONY était au lit depuis dix-sept jours, il y eut une brève période de beau temps et Nailles s'éveilla un matin en éprouvant un merveilleux sentiment de bien-être. Il était environ six heures. Le soleil n'était pas encore levé mais le ciel irradiait. Il se rasa, se doucha et, d'un bond, gagna le côté du lit où dormait Nellie. Alors qu'il la prenait dans ses bras, il songea qu'elle paraissait beaucoup plus jeune qu'elle ne l'était en réalité. Ils semblaient, s'aimant ainsi, s'être délestés des outrages du temps, comme si leurs traits les plus grossiers – à l'image de quelque présence austère – s'en étaient allés une heure à peu près en les laissant libres de folâtrer. Quand il se dirigea vers la fenêtre, le paysage qu'il vit ressemblait à un paradis. Ce n'en était pas un, il le savait. Des fosses septiques se dissimulaient sous l'herbe et la volée de cardinaux dans les cyprès avait peut-être des poux, mais bien que l'éclat de leur plumage et la limpidité de leurs chants ne soient nullement liés à la paix sur terre, à l'amour ou aux comptes en banque, ils l'emplirent d'un tel sentiment d'exaltation qu'il ouvrit grand les bras comme s'il s'apprêtait à étreindre le paysage et les oiseaux.

« Oh, je me sens tellement bien ! s'exclama-t-il. On dirait qu'il s'est passé quelque chose pendant mon sommeil. J'ai l'impression d'avoir reçu une sorte de cadeau. J'ai l'impression que tout va redevenir tel que c'était du temps où la vie était merveilleuse. Tony va se lever aujourd'hui ou peut-être demain et retourner au lycée. Je *sais* que tout va être merveilleux. »

Il prit un copieux petit déjeuner, puis monta dans la chambre de Tony. Parce qu'il n'avait jamais été souffrant, pas plus que sa femme ou son fils, le relent de chambre de malade qui le saisit à la gorge lui sembla âpre et étranger. Les stores étaient baissés. Tony était endormi. Il dormait en slip et ses épaules étaient découvertes. Sa peau était d'une teinte bilieuse. Ses cheveux étaient emmêlés et n'avaient pas été coupés depuis un mois. Il étreignait son oreiller avec désespoir.

« Réveille-toi, Ton ! s'exclama Nailles. Réveille-toi ! C'est un matin merveilleux, merveilleux ! Réveille-toi et regarde donc ! (Il remonta les stores et une éclatante lumière se déversa dans la chambre du malade.) Regarde, Tony, regarde comme tout est lumineux ! Personne ne peut rester au lit par une journée pareille. C'est comme un défi, Tony. Tout est devant toi. Tout. Tu vas aller à l'université, décrocher un travail intéressant, te marier et avoir des enfants. Tout est devant toi, Tony. Viens à la fenêtre ! »

Il prit son fils par la main et, le tirant du lit, l'entraîna jusqu'à la fenêtre où il s'immobilisa, un bras autour de ses épaules.

« Regarde, Tony, comme tout est lumineux ! Ça ne te fait pas chaud au cœur ? »

L'adolescent se laissa tomber à genoux.

« Demain, papa, sanglota-t-il. Peut-être demain. »

Nailles, comme un enfant au sommet d'une colline, avait l'impression que les toits, les arbres, le fleuve et les rues composant le paysage étaient régis par un ordre et une finalité bien définis. L'amour qu'il vouait à Nellie et à la clarté matinale était empreint d'un sens manifeste, mais quel sens, quel message, quelle leçon pouvait-il tirer de l'affliction de son fils ? La douleur était réservée aux autres ; le chagrin et la peine étaient réservés aux autres ; tout cela était une terrible erreur. Tony sanglotait avec violence ; puis soudain, il parla – il cria : « Rendez-moi les montagnes !

– Quoi, fiston, qu'as-tu dit ?

– Rendez-moi les montagnes !

– Quelles montagnes, fiston ? Veux-tu parler des montagnes que nous gravissions autrefois ? Les *White Mountains*. Elles ne sont pas vraiment blanches, n'est-ce pas ? Tu te souviens comme nous grimpions de Franconia jusqu'à Crawford ? C'était drôle, pas vrai ? C'est de ces montagnes-là dont tu veux parler ?

– Je ne sais pas », murmura Tony.

Il retourna se coucher.

« Bon, eh bien, il faut que j'y aille ou je vais manquer mon train, conclut Nailles. À ce soir. »

Ce matin-là, Nailles, tandis qu'il attendait le train de 7 h 56, éluda toute question concernant la santé de son fils en déclarant qu'il souffrait d'une mononucléose. Il se trouvait sur le quai entre Harry Shinglehouse et Hammer. Nailles et Hammer lisaient le *Times*. Shinglehouse lisait le *Wall Street Journal*. Depuis le dîner, Nailles et Hammer se saluaient sans dire grand-chose d'autre. Il leur arrivait de prendre le même train le matin, mais Nailles n'avait vu qu'une seule fois son voisin dans celui du retour à 18 h 32 et Hammer était alors endormi, soit ivre, soit fatigué, soit les deux. Un porte-document noir était posé sur ses genoux et il était voûté au-dessus de ce dernier, inconscient, dans une posture qui semblait désespérée et abattue. Pourquoi y a-t-il quelque chose de si pathétique chez les hommes et les femmes qui s'endorment dans les trains et les avions ; pourquoi semblent-ils abandonnés, terrassés, perdus ? Ils ronflent, ils s'agitent, ils marmonnent des mot indistincts, ils semblent victimes de quelque bouleversement terrible alors qu'ils rentrent tout bonnement chez eux pour dîner et tondre la pelouse. Nailles avait observé son voisin et, constatant que ce dernier ne se réveillait pas à Bullet Park, il l'avait secoué par l'épaule et lui avait dit : « Terminus, tout le monde descend. – Oh, merci », avait répondu Hammer. Cela avait été leur unique conversation.

Ce matin-là, ils échangèrent un signe de tête et parcoururent leurs journaux pliés tandis que le rapide de Chicago passait en trombe, en retard de deux heures sur son horaire et roulant à près de cent cinquante kilomètre à l'heure. Nailles porta vivement la main à son chapeau, replia son journal et ferma les yeux parce que le fracas et le tumulte du rapide lui donnaient l'impression de se trouver au cœur d'un tunnel de vent malodorant. Après le passage du train, il rouvrit les yeux et vit le rapide s'éloigner à tombeau ouvert, agitant gaiement un panache de fumée semblable à la queue d'un cochon. Il s'était replongé dans la lecture du *Times* lorsqu'il s'aperçut que Harry Shinglehouse avait disparu. Il pivota sur lui-même pour voir si Harry s'était déplacé, mais l'homme ne se trouvait pas sur le quai.

Reportant son regard sur les rails, il aperçut un mocassin soigneusement ciré gisant sur les scories. « Mon Dieu, dit-il enfin. Cet homme… Comment s'appelle-t-il… Il a été aspiré par le train.

– Hmm ? dit Hammer en baissant son journal.

– Shinglehouse. Il a disparu !

– Mon Dieu, mais c'est ma foi vrai, dit Hammer.

– Shinglehouse ! cria Nailles. Il est mort ! Je veux dire qu'il s'est fait tuer !

– Qu'allons-nous faire ?

– Je vais appeler la police. Je ferais bien d'appeler la police. »

Un téléphone public se trouvait à l'extrémité du quai ; il courut jusqu'à lui et appela le commissariat.

« Agent Shea à l'appareil, annonça une voix.

– Écoutez, dit Nailles. C'est Eliot Nailles. Je suis à la gare. Le rapide de Chicago vient juste de passer et Shinglehouse a été aspiré sous le train !

– Je ne comprends pas », dit l'agent.

Nailles dut répéter trois fois son histoire. Le train de 7 h 56 entra en gare et tout le monde y monta, à l'exception de Hammer et de Nailles. Quelques minutes plus tard, ils entendirent la sirène d'une voiture de patrouille et virent ses lumières. Deux policiers surgirent en courant sur le quai.

« Il était juste là, déclara Nailles. Voici son mocassin. Il se tenait juste là, et puis le train a traversé la gare et il a disparu !

– Où est le corps ?

– Je n'en sais rien.

– Eh bien, je crois que vous feriez mieux de nous accompagner tous les deux au poste pour répondre à quelques questions.

– Mais nous devons aller au bureau, protesta Hammer. J'ai une réunion.

– Moi aussi, renchérit Nailles, et de toute façon nous ne sommes au courant de rien. Pourquoi n'appelez-vous pas la police des chemins de fer ? »

Il avait dit cela à tout hasard, mais il fallait bien que quelqu'un fasse quelque chose pour dénouer la situation et les policiers semblèrent accueillir cette suggestion avec reconnaissance. L'un d'eux s'empara du mocassin gisant sur la voie et ils regagnèrent leur voiture de patrouille. Brusquement, Hammer se mit à pleurer.

« Allons, allons, dit Nailles. Ça va aller… C'était un ami à vous ?

– Non, sanglota Hammer. Je ne connaissais pas ce pauvre type.

– Allons, allons », répéta Nailles en passant un bras autour de ses épaules. Ils n'étaient que de simples connaissances, mais l'accident les avait propulsés dans une grande intimité. Hammer contint ses pleurs, mais Nailles laissa son bras autour de ses épaules et les passagers du train de 8 h 11 purent observer cet étrange couple. Nailles et Hammer firent ensemble le trajet jusqu'à la grande ville, confondus par le mystère de la vie et de la mort.

Le journal du soir évoqua l'incident. L'homme qui s'était volatilisé était au chômage et laissait une femme et trois enfants. Il avait à une époque brigué un poste de conseiller municipal sur la liste des Républicains et avait travaillé dans la publicité. Nailles aurait voulu téléphoner à la veuve, mais il ne savait que lui dire.

Le lendemain fut une journée sombre et pluvieuse. Il se leva en retard et manqua le rapide qu'il prenait généralement pour se rendre en ville. L'omnibus qu'il emprunta fit vingt-deux arrêts entre Bullet Park et Grand Central Station. Les vitres sales et le ciel nuageux semblaient avoir obscurci sa bonne humeur. Il se remémorait le mocassin de Shinglehouse. Il se sentait tout drôle. Il lut son *Times* mais les nouvelles, à l'exception de la page des sports, semblaient provenir d'une autre planète. Dans un parc de Dallas, un fou armé d'une carabine avait massacré dix-sept personnes, parmi lesquelles un archevêque qui promenait son chien. Les guerres habituelles faisaient rage. Les syndicats de musiciens, de pilotes d'avion, de pompiers, d'artistes de cirque et de matelots menaçaient unanimement de faire grève. Le secrétaire de la Maison-Blanche démentait toute rumeur faisant état d'une bagarre entre le Président, le Secrétaire d'État et le Secrétaire de la défense. La sécheresse menaçait les récoltes d'avoine. Un objet volant non identifié avait été aperçu dans l'Ohio. À Linden, dans le New Jersey, un coiffeur avait abattu sa femme, ses quatre enfants et son caniche avant de se donner la mort. Durant trois jours, à Chicago, le brouillard avait paralysé la majeure partie des transports et contraint de nombreuses entreprises à fermer leurs portes. Nailles se sentait morose et il essaya d'avoir recours à l'expédient naïf consistant à se remonter le moral en mesurant sa chance. Avait-il été condamné pour escroquerie ? Non. Avait-il été assassiné dans un parc ? Non. Avait-il été prisonnier d'un immeuble en flammes, perdu dans un glacier, mordu par un chien enragé ? Non. Alors pourquoi n'était-il pas plus enjoué ?

Le train marqua l'arrêt à Tremont Point, Greenacres, Lasscalles, Meadowvale et Clear Haven. Le trajet lui semblait insupportable, mais pourquoi ? Il l'avait accompli un millier de fois. Pourquoi la liaison entre son foyer et son bureau lui était-elle un supplice ? Il respirait fort, il avait les paumes moites, il se sentait nauséeux, et la pluie sombre semblait tambouriner sur son cœur. Quand le train atteignit Longbrook, Nailles s'empara soudain de son imperméable, se fraya un chemin parmi les passagers qui montaient et descendit du wagon. Le train s'ébranla et il se retrouva seul dans une gare de banlieue à huit heures et demie du matin.

Il fallait à Nailles, pour éprouver le sentiment d'être vivant, lancer un pont ou une passerelle entre les décors et les rythmes disparates de son univers, et l'un de ces ponts les plus importants – celui qui reliait sa demeure blanche à son bureau – s'était effondré. Il entra dans la salle d'attente afin de se mettre à l'abri de la pluie. Il fallait qu'il ait plus de tripes, mais où pouvait-il les trouver ? Il ne pouvait les puiser en lui, c'était évident. Pouvait-il les muscler dans un club de sport, les gagner au loto, les acheter par correspondance ou se les voir dispenser comme quelque manne céleste ? Un autre omnibus passait un quart d'heure plus tard et les voyageurs avaient commencé à se rassembler sur le quai. Nailles y monta, essayant de s'auto-insuffler une gaieté spécieuse. Il resta dans cet omnibus jusqu'au deuxième arrêt, puis descendit de nouveau. Gare après gare, il accomplit un douloureux pèlerinage en direction de la ville.

Après le dîner, ce soir-là, il se versa un whisky bien tassé et l'emporta dans la chambre de Tony. Il s'assit dans un fauteuil près du lit, comme il l'avait si souvent fait dans le passé lorsqu'il lisait *L'Île au trésor* à l'enfant.

« Comment te sens-tu, fiston ?

– À peu près comme d'habitude.

– Tu as mangé quelque chose ?

– Oui.

– Dans le journal de dimanche, il y avait un long article qui disait que ta génération trouve le monde affreusement compromis. Crois-tu que le monde soit affreusement compromis ?

– Non, je ne crois pas.

– Tu ne penses pas que cela ait quelque chose à voir avec ton problème ?

– J'aime le monde. Je me sens triste, c'est tout.

– Ma foi, j'imagine qu'il y a bien des raisons d'être triste si l'on regarde autour de soi, mais ce qui m'énerve, c'est que les gens soient toujours en train de critiquer la banlieue. Je n'ai jamais compris pourquoi. Dans les pièces de théâtre, ils passent leur temps à critiquer la banlieue mais je ne vois pas en quoi le fait de jouer au golf et de faire pousser des fleurs soit dépravé. La vie est moins chère ici et je me sentirais perdu si je ne pouvais pas faire de sport. Les gens semblent faire entre respectabilité et pureté morale un lien qui m'échappe. Par exemple, le fait que je porte un gilet ne signifie pas nécessairement que je revendique une quelconque pureté de sentiments. Cela n'a rien à voir. Il se produit toutes sortes de choses scandaleuses un peu partout, mais le simple fait qu'elles impliquent des gens qui cultivent des parterres de fleurs ne signifie pas que les parterres de fleurs soient l'incarnation du mal. Par exemple, Charlie Stringer a été mis en examen l'an dernier parce qu'il avait envoyé de la pornographie par la poste. À l'entendre, c'est une sorte d'éditeur et je suppose qu'il est spécialisé dans les photos cochonnes. Il habite l'une des maisons de style Tudor de Hansen

Circle et il a une épouse ravissante et trois enfants. Des parterres de fleurs. Des arbres. Deux caniches. Les esprits critiques pourraient dire : regardez, regardez, regardez quelle vaste façade il a bâtie pour dissimuler le fait qu'obscénité et corruption représentent son fonds de commerce, mais quel est le rapport ? Pourquoi un homme dont le fonds de commerce est la dépravation devrait-il vivre dans un cloaque ? C'est un sale type, bien sûr, mais pourquoi un sale type ne pourrait-il avoir envie d'arroser sa pelouse et de jouer au *softball* avec ses enfants ?

« Nous parlons sans arrêt de liberté et d'indépendance. Si l'on cherchait à définir notre identité nationale, je suppose que l'on ne pourrait faire l'économie de mots comme liberté et indépendance. Le Président évoque sans cesse la liberté et l'indépendance, l'armée et la marine combattent sans cesse pour défendre la liberté et l'indépendance et le dimanche, à l'église, le Père Ransome remercie Dieu pour notre liberté et notre indépendance, mais toi et moi savons bien que les Noirs qui habitent les taudis le long du fleuve n'ont aucune liberté ni aucune indépendance quant au choix de ce qu'ils font et de l'endroit où ils vivent. Charlie Simpson est vraiment un chic type mais lui, Phelps Marsden et une demi-douzaine d'autres notables du coin se remplissent les poches en traitant avec Salazar, Franco, l'Union Minière et toutes les juntes militaires. Ils parlent de liberté et d'indépendance plus que n'importe qui, mais ils fournissent l'argent, l'armement et les techniciens qui écrasent la liberté et l'indépendance où qu'elles pointent le nez. Je déteste mentir et je déteste la duplicité et quand on vit dans un monde qui tolère autant de menteurs, je suppose qu'il y a de quoi être triste. Moi-même, d'ailleurs, je n'ai pas autant de liberté et d'indépendance que je le souhaiterais. Mes vêtements, mon alimentation, ma vie sexuelle et une grande part de mes pensées sont étroitement contrôlés, mais parfois j'aime qu'on me dise quoi faire. Je ne peux pas déterminer ce qui est bien et mal dans tous les cas de figure.

« Les journaux sont parfois proprement déconcertants. Ils publient sans arrêt des photos de soldats mourant dans des jungles et des bourbiers à côté de publicités pour des bagues d'émeraudes à quarante mille dollars ou des manteaux en zibeline. Il serait puéril de dire que ces soldats sont morts pour des émeraudes ou de la zibeline mais les voilà, jour après jour, le soldat mourant et la bague d'émeraudes. Et l'homosexualité ! On lit beaucoup de choses à ce sujet ces jours-ci et ça m'ennuie. J'aimerais qu'elle n'existe pas. Avant de devenir membre du Chemists Club, je devais parfois pisser à Grand Central et je ne suis presque jamais allé dans ces urinoirs sans avoir d'ennuis. Un jour, au moment où je montais l'escalier, un type est arrivé et m'a pris par le bras. Je portais un costume de chez Brooks, un chapeau de chez Locke et des chaussures de chez Peal, et je m'étais habillé ainsi pour exprimer clairement mes intentions. J'ai tourné les talons. Je ne l'ai pas frappé. Je n'ai pas vu son visage. Je n'ai jamais vu le visage d'aucun d'eux. Je suis devenu membre du Chemists Club simplement pour disposer d'un endroit dans les environs de la 42e Rue où je pourrais pisser sans subir de crise morale. Je ne suis pas vraiment chimiste, bien sûr, et vendre des bains de bouche n'est pas très exaltant, mais quand on songe à toutes les choses dont on a besoin, on se rend compte qu'il faut bien que quelqu'un les fabrique. Je veux parler des lames de rasoir, des savonnettes, du bacon, des œufs, de l'essence, des billets de train et des chaussures. Il faut bien que quelqu'un s'occupe de tout ça. Tony ? Tony ? »

Tony dormait.

Nailles termina son verre et contempla son mystérieux fils avec tendresse. Tony était né à Rome, où Nailles travaillait comme chimiste pour FAOU. Un jour, en fin d'après-midi, il avait conduit Nellie à l'hôpital international situé de l'autre côté du fleuve. Le médecin était très gros. Il avait chronométré les douleurs de Nellie et avait dit à Nailles de revenir à l'hôpital à 10 h 30. Quand Nailles était revenu, on l'avait emmené dans un bureau pour déterminer son groupe sanguin. Il n'avait reçu aucune explication. Plus tard, un ami était arrivé avec une bouteille de scotch et des cigarettes américaines, articles très difficiles à obtenir à l'époque. Les sœurs semblaient n'avoir aucune objection à ce qu'ils boivent ; de fait, elles leur avaient apporté des verres et des glaçons. L'ami de Nailles s'en était allé à minuit. Le médecin était passé à trois heures. Il transpirait et paraissait soucieux. « Est-elle en danger ? avait demandé Nailles.

– Oui, avait rétorqué sèchement le médecin, elle est en danger. La vie *est* dangereuse. Pourquoi les Américains veulent-ils être immortels ?

– Dites-moi ce qu'il en est, je vous en prie, avait imploré Nailles.

– Je peux vous dire que quand ce sera terminé, je lui conseillerai de ne plus jamais avoir d'enfants. »

De l'autre côté de la rue, il y avait des paons dans un parc. Ils se mirent à pousser des cris perçants au moment où le soleil se levait. Nailles eut le sentiment que c'était un mauvais présage. Le médecin revint à huit heures.

« Allez vous promener, conseilla-t-il à Nailles. Changez-vous les idées. Respirez un bol d'air pur. »

Nailles se dirigea vers Saint Pierre, au pied de la colline, et récita ses prières. Puis il gravit l'escalier menant au toit où les saints et les apôtres gigantesques lui tournaient le dos. Jusqu'à ce jour, il aimait Rome. À présent la ville lui semblait sinistre ; la cité du loup. Rome allait tuer Nellie. L'histoire sanglante des lieux semblait influer sur l'existence de la jeune femme. Rome allait assassiner Nellie.

Il déambula à travers la ville dans l'espoir que la fatigue atténue sa souffrance. Dans une petite rue, il tomba sur un vieillard qui vendait des symboles phalliques et des têtes de mort. Il gagna le zoo et but un Campari au café. Près du café, dans une volière, des oiseaux carnivores déchiquetaient de la viande crue. En quittant les lieux, il vit une hyène ; puis une cage de loups. Quand il arriva à l'hôpital, une infirmière lui dit qu'il avait un fils de trois kilos huit et que sa femme était hors de danger. Il mugit de soulagement et fit un tapage d'ivrogne dans la salle d'attente. Ce soir-là, il put voir Nellie et son fils ; Tony, alors, lui sembla brillant, impétueux et fort. Beaucoup plus tard, ils évoquèrent la possibilité d'adopter un frère ou une sœur pour leur fils, mais un enfant adopté aurait mis en péril la souveraineté de ce dernier et c'était là une chose à laquelle ils se refusaient.

Il n'avait aucun moyen de juger de sa valeur en tant que père. Ils s'étaient disputés alors que Tony avait neuf ans. L'enfant avait soudain abandonné ses activités sportives et ses amis et avait installé ses quartiers devant l'écran de télévision. Le soir de leur dispute, il pleuvait. Nailles était entré par la porte de la cuisine. Nellie était aux fourneaux. Il l'avait embrassée dans le cou et avait soulevé sa jupe, mais elle avait regimbé.

« S'il te plaît, chéri, avait-elle dit. Ça me donne l'impression d'être dans un vaudeville. Le carnet scolaire de Tony est posé sur la table. Tu devrais y jeter un coup d'œil. »

Nailles se servit un verre et parcourut le carnet scolaire. Les notes étaient toutes des C et des D. Il traversa la salle à manger et emprunta le couloir sombre menant au salon où Tony regardait une émission. L'écran constituait la seule source de lumière, une lumière changeante et aquatique qui, combinée au murmure de la pluie au-dehors, donnait à la pièce l'apparence d'une grotte sous-marine.

« As-tu des devoirs ? demanda Nailles.

– Quelques-uns, répondit Tony.

– Eh bien, je crois que tu ferais mieux de t'en occuper avant de regarder la télévision. »

Sur l'écran, des personnages de dessin animé dansaient la gigue.

« Je vais juste regarder la fin de cette émission, dit l'enfant, et après je ferai mes devoirs.

– Je crois que tu ferais mieux de t'y mettre tout de suite.

– Mais maman a dit que je pouvais regarder cette émission !

– Depuis quand demandes-tu la permission de regarder la télévision ? dit Nailles. (Il savait qu'en ayant recours au sarcasme, il ne ferait qu'accroître les malentendus existant entre son fils et lui, mais il était las et buté.) Tu ne demandes jamais la permission. Tu rentres à trois heures et demie, tu installes ta chaise devant l'écran et tu regardes la télé jusqu'au dîner. Après le dîner, tu retournes t'installer devant ce fichu machin et tu restes planté là jusqu'à neuf heures. Si tu ne fais pas tes devoirs, comment peux-tu espérer obtenir des notes correctes à l'école ?

– La télévision m'apprend beaucoup de choses, répliqua le petit garçon d'une voix timide. Elle m'apprend des choses sur la géographie, les animaux et les étoiles.

– Et qu'est-ce que tu apprends en ce moment ? » s'enquit Nailles.

Les personnages du dessin animé se livraient à une empoignade féroce. Un gros oiseau coupa la corde avec son bec et ils s'effondrèrent tous ensemble.

« Ça, c'est différent, répondit l'enfant. Ce n'est pas éducatif. Certaines émissions le sont.

– Oh, laisse-le tranquille, Eliot, laisse-le tranquille », lança Nellie depuis la cuisine.

Sa voix était douce et claire. Nailles regagna la cuisine.

« Mais ne crois-tu pas, demanda-t-il, qu'il est excessif de rester devant la télévision de trois heures et demie jusqu'à neuf heures, avec un bref entracte pour le dîner ?

– C'est beaucoup, répliqua-t-elle, mais c'est extrêmement important pour lui en ce moment et je crois que ça lui passera en grandissant.

– Je sais que c'est extrêmement important. Je m'en suis aperçu. Quand je l'ai emmené faire les courses de Noël, rien ne l'intéressait sinon retourner devant la télévision. Il n'avait aucune envie d'acheter des cadeaux pour toi, ses cousins ou ses oncles et tantes. Il ne voulait qu'une seule chose, retourner devant la télévision. On aurait dit un drogué. Je veux dire qu'il présentait des symptômes de manque. Il était exactement comme moi à l'heure de l'apéritif, si ce n'est que j'ai trente-quatre ans et que j'essaie de restreindre ma consommation d'alcool et de cigarettes.

– Il n'a pas encore l'âge de commencer à se restreindre.

– Il refuse de faire de la luge, de jouer au softball, de faire ses devoirs, il refuse même d'aller se promener de peur de manquer une émission.

– Je crois que ça lui passera en grandissant, répéta-t-elle.

– Mais quand on est dépendant de quelque chose, ça ne passe pas. Il faut prendre sur soi ou que quelqu'un vous oblige à le faire. Quand on est sérieusement dépendant d'une drogue, ça ne passe pas comme ça. »

Empruntant le couloir obscur, il regagna la pièce emplie d'une lumière aquatique et du murmure de la pluie derrière les fenêtres. Sur l'écran, un homme zozotant habillé en clown pressait ses petits amis de convaincre leur mère d'acheter un landau de poupée aérodynamique fonctionnant sur piles. Nailles alluma la lumière et vit combien son fils était hypnotisé par le clown zozotant.

« Je viens de parler avec ta mère, déclara-t-il, et nous avons décidé que nous devions faire quelque chose concernant le temps que tu passes devant la télé. (Le clown disparut, remplacé par un éléphant et un tigre qui dansaient la valse.) Je pense qu'une heure par jour suffit largement, et je te laisse libre de choisir celle que tu préfères. »

Tony avait déjà été menacé par le passé, mais l'intervention de sa mère ou la mémoire défaillante de Nailles l'avaient toujours sauvé. Songeant combien les heures après l'école allaient être vides, douloureuses et dénuées de sens, il fondit en larmes.

« Allons, allons, dit Nailles. Ça n'avance à rien de pleurer. »

D'autres animaux se mirent à valser de concert avec l'éléphant et le tigre.

« Oublie-moi, sanglota Tony. Ce ne sont pas tes affaires.

– Tu es mon fils, rétorqua-t-il, et mes affaires consistent à m'assurer que tu en fasses un minimum. Tu as dû suivre des cours particuliers l'été dernier pour passer dans la classe supérieure et si tes notes ne s'améliorent pas, tu vas redoubler cette année. Si on te laissait faire à ta guise, tu n'irais même pas à l'école. En te réveillant le matin, tu allumerais la télé et tu la regarderais jusqu'à l'heure du coucher.

– Oh, oublie-moi, s'il te plaît, répéta l'enfant. S'il te plaît, laisse-moi tranquille. »

Il éteignit la télé, se dirigea vers le couloir et commença à gravir l'escalier.

« Reviens ici, fiston ! cria Nailles. Reviens tout de suite ici ou je monte te chercher !

– Oh ! s'il te plaît, ne lui hurle pas dessus, protesta Nellie en sortant de la cuisine. Je prépare des paupiettes de veau et elles sentent divinement bon, j'étais de bonne humeur et contente que tu sois rentré, et maintenant tout est en train de virer au cauchemar.

– Moi aussi j'étais de bonne humeur, rétorqua Nailles, mais nous avons un problème et nous ne pouvons pas l'ignorer simplement parce que les paupiettes de veau sentent divinement bon. »

Il se planta au pied de l'escalier et cria : « Descends, Tony, descends immédiatement ou tu seras privé de télé pendant un mois ! Tu m'entends ? Descends immédiatement ou tu seras privé de télé pendant un mois ! »

L'enfant descendit lentement l'escalier.

« Maintenant tu vas venir t'asseoir ici et nous allons en discuter, reprit Nailles. J'ai dit que tu pouvais regarder la télé une heure par jour et tout ce que tu as à faire, c'est me dire laquelle tu choisis.

– Je ne sais pas, dit l'enfant. J'aime bien l'émission de quatre heures, et puis celle de six heures, et puis celle de sept heures…

– Tu veux dire que tu es incapable de te limiter à une heure, c'est ça ?

– Je ne sais pas, répéta-t-il.

– Je crois que tu ferais mieux de me servir à boire, soupira Nellie. Un whisky soda. »

Nailles lui servit un verre et s'adressa de nouveau à Tony : « Eh bien, si tu n'arrives pas à te décider, je vais le faire à ta place Tout d'abord, je veux être sûr que tu auras fait tes devoirs avant d'allumer la télé.

– Mais je n'arrive pas à la maison avant trois heures et demie, protesta l'enfant, et parfois le bus a du retard. Si je fais mes devoirs, je raterai l'émission de quatre heures.

– Eh bien, tu n'as pas de chance, dit Nailles. tu n'as vraiment pas de chance !

– Oh, laisse-le tranquille, intervint Nellie. Laisse-le tranquille, je t'en prie. Il en a assez entendu pour ce soir.

– Ce n'est pas de ce soir dont nous parlons, mais de tous les soirs de l'année, y compris le samedi, le dimanche et les vacances. Puisque personne ici ne semble capable de parvenir à un accord, je vais prendre moi-même une décision. Je vais flanquer ce fichu poste dehors.

– Oh, non, papa, non ! s'écria Tony. Ne fais pas ça, s'il te plaît ! S'il te plaît, s'il te plaît, s'il te plaît ! Je vais essayer. Je vais essayer de faire des progrès.

– Ça fait des mois que tu essaies sans le moindre succès. Tu n'arrêtes pas de répéter que tu vas essayer de te restreindre et tout ce que tu fais, c'est passer de plus en plus de temps devant. Tu étais peut-être plein de bonnes intentions, mais il n'y a eu aucun résultat digne d'être mentionné. Allez hop, dehors.

– Oh, ne fais pas ça, je t'en prie, Eliot ! cria Nellie. Ne fais pas ça, je t'en prie ! Il aime tellement sa télévision ! Tu ne vois donc pas combien il l'aime ?

– Je sais qu'il l'aime, répliqua Nailles. C'est bien pour ça que je vais la flanquer dehors. J'aime le gin et j'aime les cigarettes, mais cette cigarette est la quatorzième que je fume aujourd'hui et ce verre est seulement le quatrième. Si je commençais à boire à trois heures et demie et que je buvais sans m'arrêter jusqu'à neuf heures, j'espère bien que quelqu'un me viendrait en aide. »

Il arracha la prise d'une brusque secousse et prit le poste dans ses bras. Ce dernier était un peu trop lourd pour lui, d'une forme peu commode, et il dut pour le porter se cambrer légèrement, comme une femme enceinte. Traînant le fil électrique derrière lui, il se dirigea vers la porte de derrière.

« Oh, papa, papa ! s'écria Tony. Ne fais pas ça, ne fais pas ça, ne fais pas ça ! »

Il tomba à genoux, les mains jointes, dans une attitude d'imploration conventionnelle qu'il avait peut-être vue dans quelque mélodrame à la télé.

« Eliot, Eliot ! hurla Nellie. Arrête, arrête ! Tu vas le regretter, Eliot. Tu vas le regretter ! »

Tony courut vers sa mère et elle le prit dans ses bras. Ils étaient tous deux en larmes.

« Je ne le fais pas parce que j'en ai envie ! vociféra Nailles. Après tout, j'aime regarder le foot et le base-ball quand je suis à la maison et ce foutu machin m'a coûté de l'argent. Je ne le fais pas parce que j'en ai envie ! Je le fais parce qu'il le faut !

– Ne regarde pas, ne regarde pas », souffla Nellie à l'enfant en pressant son visage contre sa jupe.

La porte de derrière était fermée et Nailles dut poser le téléviseur à terre pour l'ouvrir. La pluie tombait à grand bruit dans le jardin. Alors, bandant ses muscles, il souleva de nouveau le poste, repoussa la porte-moustiquaire d'un coup de pied et lança le téléviseur dans le noir. Ce dernier atterrit sur un revêtement de ciment et se brisa avec la musique riche et cristalline d'une collision de voitures. Nellie entraîna Tony jusqu'à sa chambre à l'étage, où elle se jeta sur le lit en sanglotant. L'enfant la rejoignit. Nailles referma la porte de la cuisine, atténuant le tambourinement de la pluie, et se versa un autre verre. Et de cinq, dit-il. Tout cela s'était passé huit ans plus tôt.

VI

TONY s'était pris de passion pour le football et avait intégré l'équipe de second niveau pendant sa première année au lycée. Il n'avait jamais été bon élève – il obtenait surtout des C – mais en français, ses notes étaient si basses qu'elles méritaient à peine d'être comptabilisées. Un après-midi, au moment où il s'apprêtait à rejoindre son équipe pour l'entraînement, on annonça à l'interphone qu'il était convoqué dans le bureau du principal. Il ne redoutait pas le principal, mais il était anxieux à l'idée de manquer les premiers exercices de l'entraînement. Quand il pénétra dans l'antichambre, une secrétaire lui demanda de s'asseoir.

« Mais je suis en retard, protesta-t-il. Je suis déjà en retard pour l'entraînement.

– Le principal est occupé, répliqua la secrétaire.

– Je ne pourrais pas revenir un autre jour ? Je ne pourrais pas revenir demain ?

– Vous seriez en retard pour l'entraînement demain.

– Je ne pourrais pas le voir pendant les heures de cours ?

– Non. »

Tony parcourut le bureau du regard. En dépit de la nature inflexible et perdurante du savoir, la pièce lui inspirait un désagréable sentiment d'irréalité. Contre un mur se trouvait une vitrine où trônaient des trophées d'athlétisme, mais cela semblait être le seul signe de permanence des lieux. Quelques instants plus tard, il fut conduit dans le bureau du principal et prié de s'asseoir.

« Vous avez redoublé à deux reprises votre première année de français, Tony, déclara le principal, et tout laisse à penser que vous allez redoubler encore une fois. Vous parents souhaitent que vous entriez à l'université et vous savez que vous devez pour cela avoir une unité de langue moderne. Votre quotient intellectuel est très élevé, et ni Miss Hœ ni moi-même ne parvenons à comprendre pourquoi vous échouez.

– C'est juste que je ne peux pas parler français, monsieur, répliqua le jeune homme. Je ne peux pas parler français. Mon père non plus. Je ne peux pas parler français. Ça sonne faux. »

Le principal appuya sur le bouton de l'interphone et demanda :

« Pourriez-vous recevoir Tony immédiatement, Miss Hœ ? »

Sa réponse résonna dans le haut-parleur, sonore et claire :

« Tout à fait.

– Descendez voir Miss Hœ, ordonna le principal.

– Je ne pourrais pas la voir demain après les cours, monsieur ? Je vais manquer l'entraînement de foot.

– Je crois que Miss Hœ aura quelque chose à vous dire à ce sujet. Elle attend. »

Miss Hœ l'attendait dans une pièce dont l'éclatante lumière et les couleurs pures ne contribuèrent nullement à le réconforter. Bientôt l'obscurité envahirait le terrain, et il avait déjà manqué les exercices de passe et de bloquage. Miss Hœ était assise devant une grande affiche représentant les murailles de Carcassonne. C'était la seule surface traditionnelle de la pièce. Les néons éclatants du plafond faisaient de la salle une grotte d'incandescence, laquelle manifestait une vigoureuse indépendance vis-à-vis du crépuscule automnal ; et l'énergie permettant d'éclairer la pièce provenait d'un autre pays, beaucoup plus au nord, où la neige était déjà tombée. Les chaises et les bureaux étaient en plastique de couleur vive. Le sol était en linoléum ciré.

« Assieds-toi, Tony, lança Miss Hœ. Assieds-toi, s'il te plaît. Il est temps que nous ayons une petite conversation. »

Elle aurait pu être jolie – elle était mince, ses traits étaient fins – mais sa peau était cireuse et dans la lumière crue, on distinguait quelques poils sur son menton. Elle avait une taille très mince et semblait en éprouver de la fierté. Elle l'entourait toujours de ceintures en cuir ou en tissu, de chaînes et de rubans, et nouait parfois un ruban juvénile dans ses cheveux bruns. Sa bouche, si l'on considère l'exercice ardu que lui procuraient les voyelles françaises, était toute petite. Elle ne se parfumait pas et exhalait la faible odeur défraîchie de l'espèce humaine à la fin de la journée.

Elle vivait seule, bien sûr, mais nous respecterons suffisamment son intimité pour ne pas nous intéresser à sa virginité dans ses aspects cliniques ni établir la liste des meubles, souvenirs, etc., dont son studio était bondé. Vieille fille solitaire et sans défense, elle était la proie des angoisses légitimes de sa condition. La porte de son appartement était équipée de quatre serrures et son sac à main contenait une bombe d'ammoniaque qu'elle projetait de pulvériser dans les yeux de ses agresseurs. Elle avait lu quelque part que l'angoisse était la manifestation d'un sentiment de culpabilité à l'égard du sexe, et elle pouvait raisonnablement concevoir que sa solitude et sa virginité la rendent vulnérable à la culpabilité et au refoulement. Elle était d'avis, cependant, que le poids de cette culpabilité devait être divisé entre son propre destin et les faits divers publiés dans les journaux du soir. Ce n'était pas le sentiment de culpabilité qu'elle éprouvait qui causait l'accroissement des violences sexuelles. Elle en était venue à penser qu'une conspiration anarchique de psychopathes était en train de se développer. Chaque semaine, parfois chaque jour, des femmes qui lui ressemblaient étaient agressées, mutilées, étranglées. Elle avait peur quand elle était seule dans le noir. Et comme elle rêvait fréquemment qu'une brute abusait d'elle dans le ruisseau, il lui fallait ajouter le sentiment de culpabilité à la terreur.

« Quelle est ta date de naissance, Tony ? s'enquit-elle.

– Le 27 mai.

– Ah, je le savais, s'exclama-t-elle. Je le savais. Tu es Gémeaux !

– Je vous demande pardon ?

– C'est la constellation sous laquelle tu es né. Elle détermine un grand nombre de tes traits de caractère et même ton destin, pourrait-on dire ; les hommes nés sous le signe des Gémeaux sont invariablement de bons linguistes. Le fait que tu sois Gémeaux me prouve que tu peux accomplir ce qu'on attend de toi, et l'accomplir brillamment. Tu ne peux renier tes étoiles, n'est-ce pas ? »

Passant par-dessus l'épaule de Miss Hœ, le regard de Tony alla se poser sur le terrain de foot derrière la vitre. L'air recelait encore suffisamment de lumière, les arbres suffisamment de couleurs, pour rivaliser avec l'incandescence de leur grotte ; mais qu'il s'écoule encore dix minutes et il n'y aurait rien plus rien à la fenêtre qu'un reflet de Miss Hœ et de lui-même. Il ne connaissait rien à l'astrologie, si ce n'est qu'il y voyait un sanctuaire pour les imbéciles. Il supposait (et il avait raison) que Miss Hœ avait lu dans les étoiles que c'était sa destinée irrévocable d'être privée d'amour, vieille fille, sans enfants et solitaire. Elle laissa échapper un soupir et il prit soudain conscience de sa respiration, du léger sifflement qui l'accompagnait, du mouvement de son buste maigre qui se gonflait et s'abaissait. Il y avait là quelque chose d'intime – de sexuel –, comme s'ils avaient été allongés dans les bras l'un de l'autre, et il recula brusquement sa chaise, raclant le linoléum avec les pieds de son siège. Ce bruit le rasséréna.

« J'en ai discuté avec M. Northrup, Tony, et nous avons pris une décision. Puisque tu sembles incapable de gérer efficacement le temps qui t'est imparti, nous allons t'apporter notre aide. Nous allons te demander de renoncer au football. »

Il ne s'attendait pas à une injustice aussi ahurissante. Il n'allait pas pleurer, mais ses glandes lacrymales étaient en proie à un trouble indéniable. Elle ne savait pas de quoi elle parlait. La pauvre femme en savait beaucoup moins sur le football que sur la langue française. Il aimait passionnément le football, il aimait passionnément les manœuvres, la pelouse, la fatigue, et le ballon lui-même – sa forme, sa couleur, son odeur, la façon dont il s'insérait dans l'angle formé par son coude et sa cage thoracique. Il aimait cette période de l'année, les trajets en bus jusqu'aux autres lycées, les moments passés assis sur le banc. À cette époque de sa vie, rien ne lui était plus naturel que le football, et comment pouvaient-ils lui ôter cela et combler la brèche avec des verbes français ?

« Vous ne savez pas ce que vous dites, Miss Hœ.

– Malheureusement si, Tony. Je n'en ai pas seulement discuté avec M. Northrup. J'en ai aussi discuté avec l'entraîneur.

– Avec l'entraîneur ?

– Oui, l'entraîneur. Il est d'avis qu'il est préférable pour toi, pour le lycée, peut-être même pour notre équipe de foot, que tu consacres plus de temps à tes études.

– Il a dit ça ?

– Il a dit que tu étais enthousiaste, mais il ne pense pas que tu sois le moins du monde indispensable. Il pense que tu es peut-être en train de perdre ton temps. »

Tony se leva.

« Vous savez quoi, Miss Hœ ? demanda-t-il.

– Quoi, Tony ? dit-elle. Quoi, mon petit ?

– Je pourrais vous tuer, vous savez. Je pourrais vous tuer. Je pourrais vous étrangler. »

Elle se dressa, projetant sa chaise contre les murailles de Carcassonne, et se mit à hurler. Ses cris attirèrent M. Graham, le professeur de latin, et M. Clark (sciences), qui surgirent en courant dans la pièce. Elle se tenait derrière son bureau, le bras tendu, désignant Tony.

« Il a essayé de me tuer, hurla-t-elle. Il a menacé de me tuer !

– Allons, allons, Mildred, lança M. Graham. Allons, allons.

– Je veux voir un policier ! Appelez la police ! »

M. Clark joignit le secrétariat par l'interphone et demanda à ce qu'on appelle la police. Il ramassa la chaise de Miss Hœ et cette dernière s'y assit, tremblant et respirant fort mais l'air sévère, comme si elle s'apprêtait à sermonner une classe indisciplinée. Tony se contentait de regarder ses mains. Puis ils entendirent au loin le hurlement d'une sirène de police, frénétique et éplorée, qui semblait provenir non du crépuscule automnal mais de quelque téléfilm dont ils auraient été les acteurs ou les combattants et dont l'enjeu n'aurait été rien d'aussi simple que de mauvaises notes de français et une menace mal interprétée. Tony aurait été le frère de Miss Hœ, depuis longtemps perdu de vue et qui, de retour de voyage, apprenait à cette dernière que leur ravissante mère était une espionne communiste bien connue. Le professeur de sciences aurait été l'époux de Miss Hœ – un raté et un rabat-joie dont les échecs professionnels et les beuveries l'auraient menée au bord de la dépression nerveuse – et M. Clark aurait appartenu au FBI. Ainsi, juxtaposés un bref instant par le hurlement de la sirène, ils semblèrent sur le point de voir leur dilemme interrompu par une réclame vantant les mérites d'analgésiques ou de détergents, jusqu'à ce que les policiers s'engouffrent dans la pièce en demandant : « Qu'y a-t-il, que se passe-t-il ici ? » Ils s'attendaient à un acte de vandalisme, bien que ce soit une heure inhabituelle ; mais les plaintes les plus fréquentes concernaient le vandalisme. Pourquoi donc les gamins voulaient-ils arracher le couvercle de leurs pupitres et briser des vitres ? Miss Hœ leva la tête. Son pauvre visage, luisant de larmes, était bien laid.

« Il a essayé de me tuer, souffla-t-elle. Il a essayé de me tuer.

– Voyons, Mildred, dit M. Clark. Voyons, Mildred.

– Je n'ai donc pas droit à la moindre protection ? cria-t-elle avec colère. Est-ce que vous allez rester plantés là et défendre ce meurtrier jusqu'à ce qu'on me retrouve une nuit le cou brisé ? Comment savez-vous qu'il n'a pas de couteau ? Est-ce que quelqu'un l'a fouillé ? Est-ce que quelqu'un lui a posé ne serait-ce qu'une question ?

– Tu as un couteau, fiston ? demanda l'un des policiers.

– Non, répondit Tony.

– Tu as essayé de tuer cette dame ?

– Non, monsieur.

– Tu as essayé de tuer cette dame ?

– Non, monsieur. Je me suis emporté contre elle et j'ai dit que j'aimerais la tuer, mais je ne l'ai pas touchée. Jamais je ne la toucherais.

– Je veux que quelque chose soit fait ! lança Miss Hœ. J'ai le droit d'être protégée !

– Vous voulez porter plainte contre lui, madame ? Voies de fait, je suppose.

– Absolument.

– Très bien. Je vais l'emmener au commissariat et procéder à son inculpation. Suis-moi, fiston. »

Le couloir s'était rempli d'enseignants, de secrétaires et d'hommes de main dont aucun ne savait ce qui s'était passé et qui tous s'interrogeaient les uns les autres. Tony et les policiers étaient parvenus à l'extrémité du couloir et ils étaient sur le point de disparaître lorsque Miss Hœ s'écria : « Monsieur l'agent, monsieur l'agent ! »

Sa voix était empreinte de frayeur et ils firent volte-face.

« Vous pourriez me ramener chez moi ? Vous voulez bien me reconduire chez moi ?

– Où habitez-vous ?

– Warwick Gardens.

– Bien sûr.

– J'en ai pour une minute. »

Elle prit son manteau, éteignit les lumières et ferma à clef la porte de sa salle. Elle se fraya d'un pas rapide un chemin à travers la foule pour les rejoindre à l'extrémité du couloir où ils patientaient. Elle monta sur la banquette arrière de la voiture et Tony s'assit à l'avant, entre les deux policiers.

« Vous êtes bien aimables de me reconduire chez moi, dit-elle. Je vous en suis reconnaissante ; j'ai affreusement peur du noir, voyez-vous. Quand je vais déjeuner à la cantine, la première chose qui me traverse l'esprit, c'est qu'il fera nuit quatre heures plus tard. Oh, j'aimerais qu'il ne fasse jamais nuit – jamais ! Je suppose que vous êtes au courant pour la femme qui s'est fait violenter et étrangler dans Maple Street le mois dernier. Elle avait mon âge et nous portions le même prénom. Nous avions le même signe astrologique et la police n'a jamais retrouvé le meurtrier… »

L'un des policiers la raccompagna à pied jusqu'à la porte de son appartement de Warwick Gardens, puis ils gagnèrent le commissariat situé dans le centre-ville. Tony expliqua que sa mère se trouvait à New York, mais que son père rentrait généralement par le train de 18 h 32.

« Eh bien, le juge n'arrivera pas avant vingt heures au plus tôt, déclara l'un des policiers, et il est impossible de t'inculper sans qu'il soit présent ; mais tu ne m'as pas l'air très dangereux et je te confierai à la garde de ton père dès qu'il sera rentré. La dame m'a semblé un peu hystérique… »

C'était, naturellement, la première fois que Tony mettait les pieds au commissariat. Le bâtiment était neuf, non pas miteux, mais incontestablement lugubre. Des néons fluorescents diffusaient une lumière mélancolique, granuleuse et crue, et une voix extraordinairement sèche et artificielle s'élevait d'une radio. « Un mètre soixante-douze, disait-elle. Yeux bleus. Dents mal alignées. Une cicatrice sur le menton, du côté droit. Marque de naissance sur la nuque. Pèse quatre-vingt-cinq kilos. Recherché pour meurtre… » Ils notèrent le nom et l'adresse de Tony et lui demandèrent de s'asseoir. La seule autre personne présente dans la pièce était un homme pauvrement vêtu qui portait un foulard en soie blanche taché autour du cou. Ses vêtements étaient élimés et maculés de graisse, ses mains noirâtres, mais le foulard de soie blanche semblait être une proclamation d'amour-propre.

« Combien de temps est-ce que je dois rester ici ? demanda-t-il à l'officier de paix qui se trouvait à la réception.

– Jusqu'à l'arrivée du juge.

– Qu'est-ce que j'ai fait de mal ?

– Vagabondage.

– On m'a pris en stop sur la 27e Rue. J'ai demandé au type d'arrêter la voiture pour que j'aille pisser et j'étais à peine descendu qu'il a redémarré. Pourquoi est-ce qu'il a fait une chose pareille ? »

L'officier de paix toussa.

« Eh bien, vous n'en avez plus pour longtemps, poursuivit le clochard. Vous n'en avez plus pour longtemps avec une toux pareille. Ah ! Ah ! Un docteur m'a dit ça il y a vingt-huit ans, et vous savez où il est maintenant ? À six pieds sous terre. En train de manger les pissenlits par la racine. Il est mort un an après. Le secret de la jeunesse, c'est de lire des livres pour enfants. Lisez les livres qu'on écrit pour les petits et vous resterez jeune. Lisez des romans, de la philosophie, ce genre de choses, et vous vous sentirez vieux. Vous pêchez à la ligne dans le fleuve ?

– Ça m'arrive », répondit l'officier de paix en teintant sa voix d'autant d'indifférence qu'il le pouvait.

Le clochard offensait son odorat, son regard et son sens des convenances, non à cause de son excentricité manifeste, mais parce qu'il avait entendu son histoire un nombre incalculable de fois. Ils se ressemblaient tous, ces vagabonds de grands chemins, ils souffraient d'une similitude plus grande encore que la similitude intellectuelle et vestimentaire des hommes d'affaires qui rentraient par le train de 18 h 32. Ils avaient tous des théories, des récits de voyages, des régimes alimentaires, des passés mouvementés, des façons étudiées d'entamer la conversation, et ils portaient généralement quelque beau linge souillé, comme le foulard de soie blanche.

« Eh bien, j'espère que vous ne mangez pas le poisson, reprit le clochard. Ce fleuve est un véritable W.-C. à ciel ouvert. Toute la merde de New York City le remonte deux fois par jour avec les marées. Vous ne mangeriez pas du poisson que vous auriez trouvé dans un W.-C., si ? Si ? »

Puis il se tourna vers Tony et demanda : « Pourquoi es-tu ici, fiston ?

– Ne lui réponds pas, dit l'officier de paix. Il n'a pas à poser de questions.

– Ma foi, je n'ai pas le droit d'être aimable ? demanda le clochard. Peut-être que si nous avions une petite conversation, nous nous découvririons des intérêts communs. Par exemple, je me suis livré à une étude des coutumes et de l'histoire des Indiens Cherokee et bon nombre de gens la trouvent intéressante. J'ai vécu trois mois avec eux dans une réserve de l'Oklahoma. Je m'habillais comme eux, je respectais leurs coutumes et je mangeais leur cuisine. Ils mangent des chiens, vous savez. C'est leur nourriture préférée. En règle générale, ils les font bouillir, bien que parfois ils les fassent rôtir. Ils...

– Bouclez-la », dit l'officier de paix.

À sept heures moins le quart, ils appelèrent Nailles qui décrocha et annonça qu'il arrivait sur-le-champ. Quand il fit irruption dans le commissariat et qu'il y trouva son fils, sa première impulsion fut de prendre l'adolescent dans ses bras, mais il se réfréna.

« Vous pouvez le ramener chez vous, déclara l'officier de paix. Je ne pense pas que cela débouche sur grand-chose. Il vous racontera ce qui s'est passé. La plaignante semblait un peu hystérique. »

Sur le chemin du retour, Tony raconta l'incident à son père. Il n'était pas de conseil, de recommandation, d'interdiction, d'expérience ni d'autres réactions paternelles que Nailles aurait pu appliquer à cette aberration. Il comprenait la profonde émotion qu'éprouvait l'adolescent à l'idée d'être expulsé de l'équipe, et il lui semblait ne pas être étranger à la menace de mort que son fils avait proférée envers Miss Hœ. Il soufflait un léger vent ; tandis qu'ils roulaient en voiture, des feuilles de toutes les couleurs – mais essentiellement jaunes – volèrent dans le faisceau de leurs phares, et ce qu'il dit fut : « J'adore voir les feuilles voler dans la lumière des phares. Je ne sais pas pourquoi. Je veux dire que ce sont juste des feuilles mortes, elles ne servent strictement à rien, mais j'adore les voir voler dans la lumière. »

VII

C'ÉTAIT UN APRÈS-MIDI d'automne. Un dimanche. En contrebas de la maison, près du bosquet d'ormes morts, se trouvait un marécage où une nuée de caroubes à épaulettes nichait chaque printemps. D'après les lois régissant le comportement de leur espèce, ils auraient dû s'envoler vers le sud à l'automne, mais le nombre de mangeoires à oiseaux débordant de provende du voisinage avait détraqué leurs instincts migratoires et désormais ils passaient l'automne et l'hiver à Bullet Park, dans la plus extrême confusion. Leur chant – deux notes ascendantes et un trille aigu semblable à celui d'une cigale – était irrévocablement associé aux premières longues nuits d'été, mais à présent on l'entendait à l'automne, on l'entendait sous la neige. Cette mélodie estivale s'élevant durant l'une des journées les moins clémentes de l'année s'apparentait à quelque reprise d'opéra où l'héroïne, condamnée à mort, entend dans son cachot sombre (Orrido Carcere) le mélodieux chant amoureux qui a résonné pour la première fois au début du deuxième acte. Ce jour-là, le vent soufflait de l'ouest et, après le déjeuner, on entendit le boum-boum-boum d'une grosse caisse provenant du terrain de foot où l'orchestre s'échauffait avant un match joué à domicile.

Après avoir été expulsé de l'équipe, Tony, bien sûr, n'avait pas consacré son temps libre à l'étude des verbes irréguliers. Il s'était mis à lire de la poésie comme s'il partageait avec les poètes l'expérience énigmatique et douloureuse de se voir imposer le rôle de spectateur. Il n'avait jamais lu de poésie auparavant. Nailles n'était pas obtus au point de protester, mais il était mal à l'aise. Il aurait pu dire que la poésie était l'une des formes d'art les plus exaltées qui soient, mais il ne pouvait se débarrasser de la conviction que c'était le domaine des femmes au physique ingrat et des hommes à la sensibilité morbide.

Dès que Tony entendit la grosse caisse, cet après-midi-là, il monta dans sa chambre et s'allongea sur son lit. Nailles était inquiet et, se plantant en bas de l'escalier, il appela : « Tony, hé, Tony, si on faisait quelque chose ? Si on allait faire un tour en voiture ou quelque chose comme ça ?

– Non merci, papa, répondit l'adolescent. Je crois que je vais plutôt aller à New York, si tu veux bien. J'irai au cinéma, ou peut-être voir le match de basket.

– Très bien, dit Nailles. Je vais te conduire à la gare. »

À trois heures du matin, Nailles s'éveilla. Il se leva et s'engagea dans le couloir menant à la chambre de Tony. Il se sentait très vieux, comme s'il avait durant son sommeil troqué les rêves d'un homme robuste – montagnes enneigées et jolies femmes – contre les angoisses d'un octogénaire décrépit qui craignait d'avoir perdu ses fausses dents. Il se sentait fragile, ratatiné, l'ombre de lui-même. Le lit de Tony était vide.

« Oh, mon Dieu ! s'exclama-t-il d'une voix forte. Oh, mon Dieu ! »

Son fils unique et tendrement aimé avait été la victime de voleurs, de pervers, de prostituées, de meurtriers et de drogués. Nailles, en fait, n'avait pas tant peur des souffrances que son fils pouvait endurer que du fait que, si l'adolescent avait souffert ainsi, lui-même n'aurait su se protéger contre la terreur de voir son monde adoré – son royaume – détruit. Sans son fils, il ne pouvait vivre. C'était de sa propre mort dont il avait peur.

Il rebroussa chemin, ferma la porte de la chambre où dormait Nellie et descendit au rez-de-chaussée, où il téléphona au bureau des personnes disparues de New York. Personne ne répondit. Il appela alors le commissariat central, mais ils n'avaient trouvé personne répondant au signalement de Tony. Il leur donna son numéro et leur demanda de l'appeler s'ils avaient du nouveau. Puis il monta à l'étage, avala un Nembutal, se coucha et perdit connaissance quelques minutes plus tard.

Il se réveilla à sept heures et demie passées et se rendit à nouveau dans la chambre de Tony ; elle était vide. Il réveilla alors Nellie et lui apprit que leur fils avait disparu. Il appela de nouveau le bureau des personnes disparues, mais il n'y eut toujours aucune réponse et quand il téléphona à la police, ils lui dirent qu'ils ne savaient rien de nouveau. Le prochain train en provenance de New York était celui de 8 h 10 ; ne sachant absolument quoi faire d'autre, Nailles se laissa envahir par un espoir fallacieux et inébranlable.

Tony serait dans ce train. Il avait le sentiment que s'il espérait le retour de son fils avec suffisamment d'ardeur, l'adolescent apparaîtrait. Il se rendit en voiture à la gare et quand le train s'arrêta le long du quai, Tony apparut, entouré de la cohorte mystérieuse des hommes et des femmes qui voyagent le dimanche matin et portent invariablement des sachets en papier à la main. Nailles serra son fils dans ses bras, il le serra jusqu'à ce que ses os craquent, et demanda : « Oh, mon Dieu, pourquoi n'as-tu pas téléphoné, pourquoi ne nous as-tu rien dit ?

– Il était trop tard, papa. Je ne voulais pas vous réveiller.

– Que s'est-il passé ?

– Eh bien, j'étais démoralisé à cause du football et j'ai eu envie d'acheter un recueil de poèmes. Je suis entré dans une librairie où il y avait une gentille dame, Mrs. Hubbard, nous avons discuté, puis je l'ai invitée à dîner et elle m'a proposé d'aller plutôt dans son appartement – sauf qu'elle a utilisé un mot anglais – où elle me cuisinerait quelque chose, et c'est ce que j'ai fait.

– Tu as passé la nuit avec elle ?

– Oui. »

Nailles savait que son fils était un homme pubère et il n'avait aucune raison de s'insurger contre le fait qu'il se soit conduit comme tel ; mais quel genre de femme pouvait lever un tout jeune homme dans une librairie et l'entraîner dans son lit ?

« C'était une putain ?

– Oh, non, papa, elle est très gentille. Elle est veuve. Elle a fait ses études à Smith. Son mari a été tué pendant la guerre. »

Cela irrita Nailles. Elle avait fait don de son époux à son pays et, en conséquence, il devait lui faire don de son fils. D'une certaine façon, il considérait qu'il était du devoir des veuves de guerre de s'empresser de se remarier et de ne pas faire étalage de leur chagrin en société, soulignant ainsi les injustices de la guerre. Si cette femme était séduisante, intelligente et décente, pourquoi ne s'était-elle pas remariée ?

« Eh bien, nous ne pouvons pas le dire à ta mère. Ça la tuerait. Nous allons devoir inventer quelque chose. Tu es allé voir un match de basket, il a duré plus longtemps que prévu et tu as dormi chez les Crutchman.

– Mais je l'ai invitée à déjeuner.

– Qui ça ?

– Mrs. Hubbard.

– Oh, mon Dieu, soupira Nailles. Pourquoi as-tu fait une chose pareille ?

– Eh bien, elle se sent seule et ne semble pas avoir beaucoup d'amis, et puis tu m'as toujours dit que je devais inviter des gens à la maison.

– Bon. Voilà ce que nous allons dire. Tu es entré dans une librairie, tu as rencontré une veuve de guerre esseulée et tu l'as invitée à déjeuner. Puis tu as dîné quelque part, tu es allé voir un match de basket et tu as dormi chez les Crutchman. Entendu ?

– Je vais essayer.

– Bon sang, j'espère bien. »

Nellie serra tendrement son fils dans ses bras. L'adolescent lui annonça qu'il avait invité une veuve à déjeuner et Nailles précisa qu'il avait passé la nuit chez les Crutchman. Son fils réussirait peut-être à déguiser la vérité mais, Nailles le savait, il était incapable de mentir franchement.

« Comment vont les Crutchman ? demanda Nellie. Cela fait tellement longtemps que je ne les ai pas vus ! Est-ce qu'ils ont une jolie chambre d'amis ? Ils insistent toujours pour que nous en profitions, mais je préfère chaque fois rentrer à la maison. Nous devrions sans doute leur envoyer quelque chose. Crois-tu que nous devrions leur faire livrer des fleurs ? Je pourrais leur écrire un petit mot.

– Oh, ne t'en fais pas pour ça, dit Nailles. Moi, je leur enverrai quelque chose. »

Après le petit déjeuner, il demanda à Tony s'il avait envie de couper du bois, mais l'adolescent rétorqua qu'il allait plutôt faire ses devoirs. Le mot « devoirs » toucha Nailles ; il semblait incarner l'innocence, la jeunesse, la pureté, les choses simples – tout ce qui s'était perdu dans le lit d'une veuve de guerre dévergondée. Il sentit la tristesse l'envahir. Il coupa du bois jusqu'à ce que ce soit l'heure de faire un brin de toilette et de s'habiller, puis il se servit un verre. Nellie avait mis un gigot au four et cet arôme humble et innocent emplissait la cuisine. Il scruta son visage pour chercher à y déceler quelque trace de soupçon, de doute ou d'appréhension, mais elle semblait si confiante, si pleinement innocente qu'il s'approcha des fourneaux et l'embrassa. Puis il alla se poster près de la fenêtre du salon et attendit.

Tony gara la voiture dans l'allée et alla ouvrir la portière de Mrs. Hubbard, qui descendit en riant. Elle portait un chesterfield gris au col en velours et un parapluie qu'elle balançait en lui faisant décrire un large arc-de-cercle, frappant le sol comme elle l'aurait fait avec une canne. Elle avait glissé d'un geste canaille son bras droit sous celui de Tony et semblait entraînée en partie par Tony et en partie par le parapluie. Elle était plus petite que l'adolescent et levait vers son visage des yeux enjoleurs qui emplirent Nailles de colère. Elle ne portait pas de chapeau et ses cheveux étaient d'une nuance rousse indescriptible, visiblement teints. Nailles, au jugé, lui donnait la trentaine. Ses talons étaient très hauts, ce qui faisait saillir légèrement les muscles de ses mollets. Elle avait un visage rond et congestionné, et il s'interrogea : indigestion ? Alcool ? Il ouvrit la porte et lui souhaita poliment la bienvenue.

« C'est tout simplement divin de votre part, dit-elle, d'avoir eu pitié d'une pauvre veuve.

– Nous sommes ravis que vous ayez pu venir », répondit Nailles.

Tony lui prit son manteau.

« Comment allez-vous ? lança Nellie. Entrez, je vous en prie. »

Elle se trouvait dans le salon situé à la droite de l'entrée, où brûlait un feu de bois. Son visage rayonnait de la joie qu'elle éprouvait à présenter son foyer, sa table, à une personne esseulée.

« Quel intérieur divin », déclara Mrs. Hubbard en gardant les yeux rivés au tapis.

Nailles supposa qu'elle avait besoin de lunettes.

« Puis-je vous servir un Manhattan ? demanda-t-il. Le dimanche, nous buvons généralement des Manhattan.

– N'importe quel apéro serait divin », déclara Mrs. Hubbard.

Nailles se dirigea vers l'office. Tony lui demanda s'il pouvait se rendre utile et Nailles songea qu'il pouvait l'être en jetant Mrs. Hubbard à la porte, mais il ne dit rien.

« Le trajet en train vous a-t-il semblé long ? s'enquit Nellie.

– Pas vraiment, répondit Mrs. Hubbard. J'ai eu la grande chance de trouver un compagnon de voyage intéressant, un jeune homme qui semblait avoir des intérêts immobiliers par ici. J'ai oublié son nom. Je crois qu'il était italien. Il avait les yeux d'un noir, mais d'un noir… Mmh, dit-elle en apercevant un livre sur la table. O'hara.

– Je le feuillette, rien de plus, rétorqua Nellie. J'entends par là que si vous savez quel genre de personnages il décrit, vous voyez bien combien il a l'esprit tordu. La plupart des gens que nous fréquentons sont heureux en mariage et mènent des vies simples. Je préfère de loin l'œuvre de Camus. (Nellie prononçait Camouuu.) Nous avons un club littéraire très actif, et en ce moment nous étudions les œuvres de Camus.

– Quel roman de Camus étudiez-vous ?

– Oh, je ne peux pas me souvenir de chaque titre. Nous étudions *tout* Camus. »

Ce fut tout à l'honneur de Mrs. Hubbard de ne pas approfondir la question. Tony lui apporta un cendrier, et Nailles épia d'un regard étroit son fils adoré et cette femme dissolue. À aucun moment l'adolescent ne toucha la visiteuse, mais il posait sur elle un regard possessif et intime. Il semblait comblé. Nailles ne comprenait pas comment, après avoir débauché ce tout jeune homme, elle avait l'impudeur d'affronter ses parents. Était-elle complètement immorale ? Les croyait-elle complètement immoraux ? Mais le sentiment le plus fort, le plus étrange qu'il éprouvait en observant l'expression conquérante de son fils était celui d'avoir été dépossédé, comme si, dans quelque ancienne légende où les hommes portaient des couronnes et habitaient des tours rondes, le prince bâtard, l'usurpateur, était sur le point de s'emparer du trône. Le pouvoir sexuel que Nailles s'imaginait jaillir du lit conjugal et se déverser dans toutes les pièces et les couloirs de la maison était mis en péril. Il semblait ne pas y avoir place pour deux hommes dans ce royaume érotique. Il n'éprouvait pas le sentiment d'une compétition, mais d'un fait inéluctable. Il voulait entraîner Nellie à l'étage et se prouver, tel un vieux coq, que le sceptre lui appartenait toujours et que le jeune prince était occupé avec des pommes jaunes et d'autres affaires dérisoires.

« Comment avez-vous perdu votre mari, Mrs. Hubbard ? demanda Nellie.

– Je ne saurais vous le dire, répondit Mrs. Hubbard. On ne peut pas dire qu'ils entrent vraiment dans les détails. Ils annoncent simplement qu'il est mort au combat et que vous avez droit à une pension. Oh, quel vieux chien divin ! s'exclama-t-elle alors que Tessie entrait dans la pièce. J'adore les setters. Mon père en élevait et les faisait concourir.

– Où donc ? demanda Nailles.

– À Long Island, répondit Mrs. Hubbard. Nous avions une grande propriété là-bas jusqu'à ce que mon père perde son argent, et je peux vous dire qu'il l'a perdu jusqu'au dernier sou.

– Où faisait-il concourir ses chiens ?

– Principalement à Long Island. Il a fait concourir une chienne à New York – Aylshire Lassie –, mais il n'aimait pas l'exposition canine de New York.

– Et si nous passions à table ? suggéra Nellie.

– Pourrais-je utiliser les sanitaires ? demanda Mrs. Hubbard.

– Les quoi ? demanda Nellie.
– Les chiottes, dit Mrs. Hubbard.
– Oh, bien sûr. Je suis désolée… »

Nailles découpa la viande et absolument aucune parole ne fut prononcée qui eût le moindre intérêt ou la moindre importance jusqu'au milieu du repas environ, quand Mrs. Hubbard complimenta Nellie pour son gigot.

« C'est un tel plaisir de manger du gigot le dimanche à midi ! déclara-t-elle. Mon appartement est tout petit, comme mes revenus, et cuisiner un gigot serait trop de tracas. Hier soir, le pauvre Tony a dû se contenter d'un hamburger.

– Où était-ce donc ? demanda Nellie.
– Emma m'a fait à dîner, répondit Tony.
– Alors tu n'as pas passé la nuit chez les Crutchman ?
– Non, maman. »

Nellie comprit tout ; elle sembla considérer la chose. Allait-elle agonir d'injures l'inconnue qui avait débauché son fils innocent ? Chienne ! Salope ! Catin ! Dégénérée ! Allait-elle fondre en larmes et quitter la table ? Seul Tony observait sa mère en cet instant, et il craignait qu'elle ne le fasse. Que se passerait-il alors ? Il la suivrait dans l'escalier en appelant : « Maman, maman, maman ! » Nailles appellerait un taxi afin que la vicieuse Mrs. Hubbard s'en aille. Devant son assiette à demi pleine, Nellie alluma une cigarette et dit : « Jouons à *Dans la malle de ma grand-mère, j'ai mis…* Nous y jouions toujours quand Tony était petit et que ça allait mal.

– Oh oui, jouons-y ! dit Mrs. Hubbard.
– Dans la malle de ma grand-mère, commença

Nellie, j'ai mis un piano.

– Dans la malle de ma grand-mère, poursuivit Nailles, j'ai mis un piano à queue et un cendrier.

– Dans la malle de ma grand-mère, dit Mrs. Hubbard, j'ai mis un piano à queue, un cendrier et un livre de Dylan Thomas.

– Dans la malle de ma grand-mère, dit Tony, j'ai mis un piano à queue, un cendrier, un livre de Dylan Thomas et un ballon de foot.

– Dans la malle de ma grand-mère, reprit Nellie, j'ai mis un piano à queue, un cendrier, un livre de Dylan Thomas, un ballon de foot et un mouchoir.

– Dans la malle de ma grand-mère, continua Nailles, j'ai mis un piano à queue, un cendrier, un livre de Dylan Thomas, un ballon de foot et une batte de baseball... »

Ils arrivèrent ainsi à finir le déjeuner, et quand ce fut terminé, Mrs. Hubbard demanda à ce qu'on la reconduise à la gare. Elle remercia Nailles et Nellie, enfila son chesterfield, franchit le seuil, puis revint en disant : « Oups, j'ai failli oublier mon pépin ! »

Enfin, elle était partie.

Nellie se mit à pleurer. Nailles l'enlaça en murmurant : « Chérie, chérie, chérie, chérie. » Elle monta à l'étage et quand Tony revint, Nailles lui annonça que sa mère se reposait.

« Pour l'amour de Dieu, ajouta-t-il, ne refais jamais une chose pareille, je t'en prie.

– C'est promis, papa », dit Tony.

VIII

DEUX JOURS avant que Tony contracte ce qui, affirmait son père, était la mononucléose, Nailles et Nellie étaient allés dîner chez les Ridley. Les Ridley étaient un couple qui apportait à l'institution sacrée du mariage un caractère résolument commercial, comme si se marier, concevoir des enfants, les élever et les éduquer équivalait à fabriquer et commercialiser un produit utile, manufacturé en compétition avec d'autres producteurs. Ils n'étaient pas George et Helen Ridley ; ils étaient « les Ridley ». On avait le sentiment qu'ils auraient pu se muer en société à responsabilité limitée et vendre hors cote des parts de leur destinée. « Les Ridley » figurait sur la portière de leur break. Une pancarte sur laquelle était inscrit « Les Ridley » trônait à l'entrée de leur allée. Chez eux, les pochettes d'allumettes, les sous-verres et les serviettes arboraient leur nom. Ils présentaient leurs beaux enfants à leurs invités avec l'air de vendeurs soulignant les mérites d'une voiture neuve dans une salle d'exposition. Les désirs, les chagrins, les exaltations et les soucis triviaux du mariage semblaient n'avoir jamais enrayé l'efficacité de leur association. Ils donnaient l'impression de posséder des succursales et une équipe de représentants sur les routes. Ils étaient très pingres avec leur alcool et une fois rentré, Nailles servit un dernier verre à Nellie et à lui-même.

Il chaussa ses lunettes pour doser le whisky. Par instants, ses verres réfléchissaient un double faisceau de lumière. Nellie, ce soir-là, le trouva tatillon dans sa façon de doser les glaçons et l'eau gazeuse et elle remarqua une large trace de rouge à lèvres à la commissure de ses lèvres. Il avait dû donner un baiser innocent derrière la porte de l'office ; elle n'en fut pas contrariée, mais la traînée écarlate lui donnait l'air ridicule. Sa fonction procréative était arrivée à terme – songea-t-elle – mais la lubricité le démangeait toujours (il se gratta tandis qu'elle l'observait), et elle se demanda si l'homme de quarante ans doté d'une sensualité excessive n'avait pas quelque chose de magistralement obsolète ; s'il n'y avait pas là quelque erreur de calcul de la nature qui lui conservait la capacité de peupler une petite ville de ses énergies procréatrices importunes. Plus tard, lorsque Nailles roula vers son côté du lit, elle ne l'accueillit pas véritablement à coups de pied, mais elle lui fit clairement comprendre qu'il n'était pas le bienvenu.

Nailles, précisons-le, n'avait que mépris pour les hommes qui craignaient les femmes. Il avait grandi aux côtés d'un homme qui souffrait de cette terrible infirmité. Ce dernier s'appelait Harry Pile, et il avait eu peur des femmes toute sa vie. Cela avait bien naturellement commencé avec sa mère – une femme corpulente, impétueuse, à la poitrine généreuse, qui proférait des ordres contradictoires, démoralisait son mari et rossait son fils unique avec une canne hérissée d'épines. À l'âge de huit ou neuf ans, Pile était tombé amoureux d'une fillette nommée Janet Forbes. Elle était intelligente et sensible et pourtant, d'une certaine manière, redoutable. Ses épaules étaient larges, sa voix un peu rauque pour une fillette et son oncle, Wilbert Forbes, avait découvert en Alaska une montagne qu'il avait baptisée de son nom. Le fait que son aimée portât le même nom qu'une montagne semblait suggérer un gigantisme couronné de neige, une inaccessibilité qui lui plaisait et l'effrayait tout à la fois. Au lycée et à l'université, il était invariablement tombé amoureux de femmes qui se distinguaient par leur caractère indépendant et indomptable. Il avait tout d'abord épousé une jeune femme jolie et passionnée qui lui avait donné trois filles avant de s'enfuir avec un serveur italien. Ses craintes s'en étaient trouvées exacerbées. En secondes noces, il avait choisi d'épouser une femme d'une modestie, d'une mélancolie et d'une timidité si exceptionnelles qu'il semblait avoir déjoué ses peurs ; mais elle s'était révélée être portée sur la boisson et était devenue une autre source d'angoisse. Dans l'intervalle, les trois filles de son précédent mariage étaient devenues des jeunes femmes querelleuses, robustes et déterminées, et alors qu'il tentait de corriger l'aînée, un jour, elle s'empara d'une lampe en porcelaine et la fracassa sur son crâne. Ce fut Pile qui balaya les morceaux et battit en retraite, vaincu. Il avait peur de sa secrétaire, de sa réceptionniste, des femmes inconnues qui l'abordaient dans la rue. Alors qu'il avait la trentaine, il tomba malade et quand Nailles lui rendit visite à l'hôpital il s'aperçut, bien sûr, que Pile avait peur des infirmières, et même des bénévoles douces et maternelles qui vendaient des cigarettes et des journaux. Pile déclina rapidement et la dernière fois que Nailles le vit, il était émacié et presque incapable de parler. Quand Nailles lui demanda s'il avait envie de quoi que ce soit, il secoua la tête en signe de dénégation. Quand il lui demanda s'il avait envie de voir un ami, Pile se contenta de soupirer. Lorsqu'il prit enfin la parole, sa voix n'était qu'un murmure rauque. « Crois-tu que Dieu puisse être une femme ? » souffla-t-il. Cela fut l'une des dernières choses, peut-être même la dernière chose qu'il dit, puisqu'il mourut cette nuit-là. Nailles n'avait *absolument* pas peur de Nellie, mais il n'insista pas. Frustré, contrarié et indigné, il alla dormir dans la chambre d'amis.

Si l'on rencontrait Nailles dans un train, un avion, un bus ou un bateau et qu'on lui demandait quelle était sa profession, il se définissait comme chimiste. Si on le questionnait plus avant, il précisait qu'il était employé à la Saffron Chemical Corporation, mais c'était là tout ce qu'on pouvait tirer de lui. Il avait fait des études de chimie à l'université, mais ne s'était pas spécialisé en troisième cycle et ses notions de chimie étaient obsolètes. Il avait travaillé cinq ans pour Monsanto, dans le Delaware, puis il avait passé trois ans à analyser des engrais chimiques pour le département de l'hygiène et de l'agriculture des Nations unies à Rome. Saffron l'avait embauché à son retour aux États-Unis. La société avait un petit laboratoire à Westfield, mais c'était en majeure partie une entreprise industrielle qui manufacturait un balai à franges de marque déposée, *Moppet*, une ligne d'encaustique pour meubles du nom de *Tudor* et *Spang*, un bain de bouche. Nailles s'occupait surtout de la commercialisation de Spang et il en éprouvait d'indéniables réticences. Cela lui semblait avoir des incidences sur sa dignité. Il en avait fréquemment débattu avec lui-même. Aurait-ce été plus digne d'être employé à la fabrication de matelas, de crèmes dépilatoires, de vitraux ou de sièges de toilettes ? Non. Dans la publicité télévisée pour Spang, deux boxeurs sur un ring s'accusaient mutuellement d'avoir mauvaise haleine. Une mauvaise haleine séparait les jeunes amants, les amis, les maris et femmes. En un sens, tout cela était vrai, se disait-il. La mauvaise haleine était une infirmité humaine au même titre que l'obésité et la neurasthénie, et c'était sa tâche d'y remédier. Une bonne entente sexuelle était la clé de voûte de tout mariage solide et une mauvaise haleine pouvait mener au divorce, aux pensions alimentaires et aux procès intentés pour la garde des enfants. Une mauvaise haleine pouvait miner l'amour-propre, la contenance et l'apparence d'un homme. La victime, soupçonnant qu'elle en était affligée, marmonnait dans sa barbe, espérant dévier les émanations vers le bas. La mauvaise haleine frappait sans distinction de classe. Nailles avait lu dans les journaux qu'une mauvaise haleine avait séparé lord Russel et la femme qu'il aimait. La mauvaise haleine pouvait éloigner un prêtre de ses ouailles, avait remarqué Nailles lorsque le Père Ransome l'avait balayé de son souffle en tendant la main vers le calice. Dans la mythologie de Nailles, les nymphes se plaignaient entre elles de la mauvaise haleine de Priape. La mauvaise haleine poussait les enfants à s'enfuir de chez eux. L'homme politique doué de bon sens se voyait ignoré lors des réunions du conseil parce que son haleine était nauséabonde. Une mauvaise haleine était un motif de guerre.

Saffron était une entreprise paternaliste. Un vieil homme bienveillant du nom de Marshman en était président et détenait la majorité des parts ; son fils, Michael, avait terminé ses études et était entré dans l'entreprise l'année précédente. C'était un jeune homme énergique, débordant d'idées et haïssable. Il avait fait évaluer leurs produits par un cabinet de psychologues spécialisés dans les études de motivation. Ces derniers étaient arrivés à la conclusion que la formule de Spang était trop fade. La propreté était associée à l'amertume, affirmaient-ils, et les ventes de Spang s'accroîtraient si ce dernier avait un goût plus désagréable. Le laboratoire avait été chargé d'élaborer une nouvelle formule et, le lendemain du dîner chez les Ridley, Nailles se rendit en voiture à Westfield pour tester des bains de bouche. Ce fut une journée dénuée de tout intérêt. Il se rinça la bouche et cracha, se rinça la bouche et cracha. Son goût n'était pas particulièrement fin ; quand il finit par choisir une formule, ce fut au hasard. Il reprit le chemin de Bullet Park vers seize heures. Il avait la bouche qui brûlait, et s'arrêta sur la route pour prendre un verre dans un bar.

L'endroit n'avait rien d'attrayant vu de l'extérieur. Il était miteux mais, quand Nailles pénétra dans la salle obscure, il se trouva dans l'un de ces bars tranquilles où les clients baignent dans l'atmosphère palpable d'un sanctuaire. Le barman portait une veste jaune qu'il avait louée. Quatre hommes buvaient du whisky au bar. L'un d'eux donnait des chips à manger à un bâtard. « Je ne vais jamais plus loin que Southwark, dit un autre. Southwark, voilà le seul endroit où je vais désormais. » Le rythme de la conversation semblait obéir à quelque régulation métrique. Elle était sensible, intime, évocatrice et aussi aléatoire que de la poésie. Ils étaient venus d'ailleurs et s'en retourneraient ailleurs mais, assis à contre-jour au beau milieu de l'après-midi, ils semblaient aussi immuables que les pompes à bière. « J'offre un verre à celui qui pourra deviner de quelle race est mon chien », lança l'homme aux chips. Il n'y eut aucun candidat, et il répondit lui-même à la question. « Mon chien est pour moitié un beagle, déclara-t-il, et pour moitié un setter irlandais. »

Nailles commanda un Martini, se signalant ainsi comme un homme de passage et un étranger aux lieux.

« Autrefois je connaissais une fille qui disait sans arrêt bonjour, reprit l'un des hommes. Vous avez déjà connu une fille comme ça ? » Il n'y eut pas de réponse et il poursuivit : « Elle disait tout le temps bonjour. J'allais chez elle le jeudi soir après dîner. Le jeudi, son mari jouait au bowling. Elle était généralement en robe de chambre ou quelque chose comme ça ; elle m'embrassait et se mettait à dire bonjour. Pendant que je me déshabillais, elle me bécotait les oreilles et le reste et continuait à dire bonjour, bonjour, bonjour ! Elle disait bonjour pendant tous les préliminaires et quand nous entrions dans le vif du sujet, elle continuait à dire bonjour, elle haussait simplement le ton, et pour finir elle criait à pleins poumons bonjour, bonjour ! Après, elle m'allumait une cigarette et me servait un whisky – elle n'y manquait jamais – et elle continuait à m'embrasser et à dire bonjour. Quand je me rhabillais et que je l'embrassais avant de partir, elle continuait à dire bonjour.

J'imagine qu'elle a dû dire autre chose, mais je ne me souviens sincèrement pas l'avoir entendue dire quoi que ce soit d'autre que bonjour. »

« Les horreurs que disait ma femme, déclara le quatrième homme, j'aurais honte de les répéter. Elle était très raffinée et ainsi de suite, mais au lit elle disait les pires grossièretés. Pire qu'une catin. Je me demandais qui lui avait appris à parler comme ça. Je veux dire, ça n'était pas moi. Ça me rendait jaloux et j'ai un tempérament très jaloux. C'était une très jolie femme, elle adorait les galipettes et si elle voulait me cocufier, elle avait toutes les occasions de le faire. J'étais absent de sept heures du matin jusqu'à six heures et demie du soir et quand elle refusait de faire des galipettes avec moi, j'en concluais qu'elle avait dû le faire avec un autre. La jalousie me faisait terriblement souffrir. Je n'aurais pas engagé un détective, pas plus que je ne l'aurais suivie, mais je voulais juste être sûr, si vous voyez ce que je veux dire. C'est alors que j'ai eu cette idée. Le Machin. Est-ce qu'elle a mis le Machin ? Si elle a mis le Machin, c'est qu'elle a l'intention de s'envoyer en l'air. Elle rangeait le Machin dans l'armoire à pharmacie et je pouvais facilement savoir ce qu'il en était. Donc un soir je suis rentré à la maison, je me suis passé de l'eau sur le visage, je me suis risqué à regarder dans l'armoire à pharmacie et j'ai vu que le Machin n'y était pas. J'ai pensé que je l'avais coincée. Je suis redescendu au rez-de-chaussée, furieux, et je lui ai demandé ce qu'elle avait fait de sa journée. Elle m'a répondu qu'elle était allée faire les boutiques. Elle n'avait rien acheté, mais elle avait passé l'après-midi à regarder les robes. Alors j'ai répliqué que j'avais bien l'impression qu'elle avait regardé autre chose. Elle a continué à préparer le dîner et je lui ai demandé où était le Machin. Pourquoi avait-elle besoin de mettre le Machin pour aller faire les boutiques ? J'ai vociféré, je l'ai traitée de tous les noms. Elle a sangloté et m'a dit qu'elle portait le Machin parce que nous avions couché ensemble ce matin-là ; et là, vous savez, elle m'avait coincé parce que je ne me rappelais pas si nous l'avions fait ou non. Alors je me suis excusé, elle a arrêté de pleurer et nous avons dîné, mais elle ne m'a pas laissé la toucher et j'étais encore soupçonneux. Jaloux, je veux dire. Une semaine plus tard, elle devait aller rendre visite à sa sœur à Detroit. Sa sœur n'a absolument aucune moralité. Je l'ai conduite à l'aéroport et je lui ai dit au revoir ; en rentrant à la maison, ce soir-là, j'ai ouvert l'armoire à pharmacie et j'ai vu le Machin. À son retour, je suis allé la chercher à l'aéroport et tout allait bien, mais le soir venu, alors que je me brossais les dents, j'ai ouvert l'armoire à pharmacie et j'ai vu deux Machins. Je me suis dit qu'elle en avait laissé un à la maison pour me tromper et qu'elle en avait acheté un autre à Detroit. Je lui ai demandé pourquoi elle avait eu besoin d'acheter un Machin à Detroit, elle s'est mise à pleurer et m'a dit qu'elle en avait acheté un neuf cet après-midi-là parce que l'ancien était percé. Je lui ai demandé si elle l'avait acheté au drugstore, elle a répondu oui et j'ai dit que j'allais découvrir la vérité. J'ai téléphoné au drugstore et je leur ai demandé si elle avait acheté un Machin cet après-midi-là. Ils m'ont répondu qu'ils ne gardaient pas trace de ce genre d'achats, et que le vendeur de l'après-midi était rentré chez lui. J'ai demandé à ce qu'on me donne son numéro de téléphone, le numéro du vendeur, ils me l'ont donné et je l'ai appelé. Il m'a dit qu'il était incapable de se rappeler, il y avait eu beaucoup de monde ce jour-là et il ne pouvait pas se souvenir de tous les achats. Elle pleurait toujours et je me sentais un peu moche, bien sûr, mais je ne savais toujours pas quoi penser. Eh bien, à peu près une semaine plus tard, elle faisait la grasse matinée et je m'habillais pour aller au bureau quand un bouton s'est détaché de ma veste. Je suis allé chercher la boîte où elle range les aiguilles et les bobines de fil, je l'ai ouverte et j'ai vu un autre Machin. Je l'ai emporté dans la chambre, je le lui ai montré et je lui ai demandé de combien de Machins elle avait besoin, bon Dieu ! Elle s'est caché le visage sous les couvertures sans répondre et je suis allé travailler avec un bouton manquant à ma veste. Environ une semaine après, la pilule est arrivée sur le marché, ma femme a jeté tous ses Machins et s'est mise à prendre la pilule de sorte que, bien sûr, je n'ai jamais rien su. Nous avons divorcé six, sept mois plus tard. »

Nailles but un second verre et reprit la route. Cette conversation l'avait déconcerté plus qu'elle ne l'avait amusé. Et l'homme de l'équipe de bowling ? Savait-il comment sa femme occupait ses jeudis soir, s'en souciait-il ? Nailles était monogame – incurablement monogame – et l'existence même du dévergondage l'emplissait de perplexité. Il était tombé amoureux de Nellie au premier regard qu'il avait posé sur elle et la réussite de son mariage n'était pas une affaire de cœur, mais une question de vie et de mort. Il se souvenait d'un samedi après-midi, quelques jours plus tôt, où Nellie s'était endormie dans ses bras. Alors qu'il la serrait contre lui, il avait éprouvé un sentiment de fusion aussi grisant qu'une profonde ivresse – le sentiment qu'ils étaient indivisibles, pour le meilleur et le pire, le sentiment exaltant qu'ils ne faisaient qu'un. Elle avait la respiration un peu rauque et elle était suprêmement paisible. C'était son enfant, sa déesse, la mère de son unique fils. Quand elle s'était réveillée, elle avait demandé : « Est-ce que j'ai ronflé ? – Oh, abominablement, avait-il répondu. On aurait dit une tronçonneuse. – C'était un somme agréable », avait-elle dit. – C'était agréable de t'avoir dans mes bras, avait-il dit, très agréable… »

Lorsqu'il arriva à la maison, ce soir-là, il leur prépara un verre et, montant se laver le visage, ouvrit l'armoire à pharmacie pour la même raison obscène et détestable que l'inconnu du bar. Puis il redescendit et demanda à Nellie ce qu'elle avait fait de sa journée. « Je suis allée faire des courses, déclara-t-elle. Je n'ai rien acheté. J'ai juste regardé des robes. Aucune n'était de la bonne taille ou de la bonne couleur. »

« Pourrais-tu venir une minute au salon ? Je voudrais te poser une question. » Elle le suivit au salon et il ferma les double portes du couloir afin que Tony ne puisse les entendre.

Tout naturellement, dans une société où la morale sexuelle était empirique, Nellie – qui était une femme séduisante – avait reçu les avances d'un grand nombre d'hommes. Il s'était passé les choses suivantes. Un samedi soir, au club, les Fallow l'avaient présentée à un jeune homme du nom de Ballard qui les accompagnait. Ce dernier l'avait invitée à danser ; lorsqu'il l'avait prise dans ses bras, elle avait été traversée par un brusque élan de sexualité, beaucoup plus intense que ce qu'elle avait jamais éprouvé pour Nailles. Elle s'était aperçue qu'il était tout aussi troublé. Ils avaient évolué distraitement sur la piste de danse. S'il lui avait demandé de l'accompagner jusqu'à sa voiture, elle aurait été incapable de refuser, et pourquoi aurait-elle dû la faire ? Elle était en proie à l'attirance sexuelle la plus intense de toute son existence. Il ne lui demanda pas de partir avec lui. Il n'en eut pas besoin. Ils étaient tous les deux pâles. Il se contenta de lui donner le bras et ils quittèrent la piste de danse ; mais alors qu'ils passaient devant le bar, quelqu'un s'écria : « Au feu, au feu, au feu ! » Le bar commença à se remplir de fumée et les buveurs se déversèrent dans le couloir, bousculant les amants. Soudain Nailles surgit dans le corridor, un extincteur en laiton entre les mains, avant de se précipiter à l'intérieur de la pièce enfumée. L'orchestre continua de jouer mais tous les couples quittèrent la piste de danse et vinrent se presser dans l'embrasure des portes. Quelques minutes plus tard, les pompiers arrivèrent et les barmans entreprirent d'emporter les bouteilles dans le hall, deux par deux, en toussant et pleurant. Un tuyau à incendie en toile blanche fut déroulé sur la moquette cramoisie mais les pompiers maîtrisèrent l'incendie sans avoir à inonder les lieux. Quand Nailles, couvert de suie, ressortit enfin de la pièce dévastée, Nellie se précipita vers lui et s'exclama : « Oh, mon chéri, j'étais inquiète pour toi ! » Puis ils rentrèrent chez eux et elle ne revit jamais Ballard, pas plus qu'elle ne pensa à lui.

Au nombre des coureurs de jupons de la petite ville se trouvait un homme du nom de Peter Spratt, bien qu'on l'appelât couramment Jack. Son épouse était portée sur la boisson et cela donnait lieu à d'interminables spéculations : était-il devenu coureur quand elle s'était mise à boire, ou était-ce le contraire ? Au cours des soirées, il attirait souvent Nellie à l'écart et évoquait ce qu'il ferait s'ils se retrouvaient seuls un jour. Elle ne s'en offusquait pas, et elle était parfois émoustillée. Un samedi, il emprunta les cisailles à haies de Nailles. Le lundi suivant, à midi, il sonna à la porte. Nellie lui ouvrit. Il entra dans le vestibule, posa les cisailles sur une chaise et, lui décochant un regard passionné et pénétrant qui lui fit tourner la tête, murmura : « Enfin, je vous ai rien qu'à moi. » Nous ne saurons jamais si Nellie lui aurait résisté ou non, car Nailles se trouvait à l'étage avec un mauvais rhume. « Qui est-ce, ma chérie ? lança-t-il. Qui est-ce, mon amour ? » Il apparut en haut des marches, en robe de chambre et en pyjama. « Ça alors, Jack, dit-il. Comment se fait-il que vous ne soyez pas au bureau ?

– J'ai eu envie de prendre une journée de congé, répondit Jack.

– Eh bien, entrez, entrez prendre un verre. »

Nellie alla chercher des glaçons et les deux hommes burent un verre. Spratt ne retenta jamais sa chance.

Un autre don Juan du quartier, Bob Harmon, avait plusieurs fois demandé à Nellie de dîner avec lui et, un jour où Nailles et ses préoccupations concernant les bains de bouche l'ennuyaient, elle accepta. Elle avait trente-huit ans, et quel mal pouvait-il y avoir à flirter autour d'une table de restaurant avec un homme séduisant ? Ils se retrouvèrent dans un bar aux alentours de la 40e Rue mais au lieu de l'inviter au restaurant, ils l'emmena dans un appartement. Tout le décor de la séduction, y compris le champagne et le caviar, était planté là. Nellie dégusta un canapé au caviar et but un verre de vin tandis que Harmon entreprenait de lui dire combien son existence était vide avant qu'il ne la rencontre. Il n'avait pas encore fait un geste vers elle quand le canapé au caviar ou ce qu'elle avait mangé au petit déjeuner provoquèrent une éruption volcanique dans ses entrailles. Elle demanda où se trouvait la salle de bains et y passa les quinze minutes qui suivirent, ravagée par des crampes. Quand elle revint, elle était toute pâle et remuée et déclara qu'elle devait rentrer. Il sembla soulagé, finalement, qu'elle s'en aille. Ainsi sa chasteté, préservée par un incendie, un nez morveux et des œufs d'esturgeon avariés, était toujours intacte, bien que Nellie se comportât comme si sa vertu était un joyau – un emblème – de caractère, de discipline et d'intelligence.

Quand la scène particulièrement sordide du salon prit fin, Nellie monta à l'étage et se passa le visage à l'eau pour effacer les traces de ses larmes. Puis elle servit à dîner de sorte que Tony ne soupçonne rien. À la fin du repas, Nailles demanda : « As-tu fait tes devoirs ?

– Je les ai tous terminés, répondit Tony. J'ai eu deux permanences.

– Et si nous allions faire une partie de golf ?

– D'accord. »

Nailles alla chercher des fers droits et des balles dans le placard de l'entrée, puis ils gagnèrent en voiture le terrain de golf miniature auquel on accédait par la route 64. Le terrain, jugeait Nailles, avait dû être construit dans les années trente. Il était pourvu de profonds obstacles d'eau, de ponts et d'un moulin. Les lieux avaient commencé à tomber en ruine longtemps auparavant, puis ils avaient été abandonnés. Les bassins étaient asséchés, le moulin avait perdu ses ailes et les greens étaient une surface de ciment nu, mais presque tous les obstacles étaient intacts et en été, le soir, des hommes et des adolescents y jouaient encore bien qu'il y ait un peu partout des pancartes en interdisant l'accès. Il n'était pas éclairé, bien sûr, mais c'était l'été et le ciel était lumineux. Un léger vent soufflait de l'ouest et des grondements de tonnerre retentissaient de l'autre côté du fleuve. Quand Nailles serait amené à se remémorer la scène, comme il le ferait au moins une centaine de fois, son récit serait le suivant :

« J'avais honte de m'être disputé avec Nellie et je ne cessais d'en rejeter la faute sur les études de motivation et les bains de bouche. Si je n'étais pas allé à Westfield, rien de tout cela ne serait arrivé. Tony a joué le premier coup et je me souviens m'être senti très heureux d'être avec lui. C'est moi qui lui ai appris à frapper et il a une bonne position. J'avais abandonné le golf depuis quatre ans, mais je me disais que je pourrais m'y remettre. Nous aurions pu jouer ensemble. Je sais qu'il n'est pas beau – son nez est trop gros et il a une vilaine carnation –, mais c'est mon fils et je l'aime. Bref, il y avait du vent et l'on entendait des grondements de tonnerre de l'autre côté du fleuve. Je m'en souviens, car je me souviens avoir pensé que j'adorais le tonnerre. Il me semble s'agir d'un bruit fondamentalement humain, plus encore que celui des avions à réaction, et il me rappelle toujours ce que j'éprouvais du temps de ma jeunesse. Quand j'étais adolescent, nous étions membres du country club, et j'allais à toutes les soirées dansantes – les bals –, et lorsque j'entends les chansons sur lesquelles nous dansions alors, *Rain* et *The Red, Red Robin*, je me souviens de ce qu'on éprouve à se rendre au bal à dix-sept ou dix-huit ans ; mais le tonnerre ravive bien mieux encore mes souvenirs. Ce n'est pas que je me sente jeune quand j'entends le tonnerre gronder, simplement je me remémore ce que j'éprouvais du temps de ma jeunesse. Nous avons joué dans le par sur le deuxième trou ; au troisième, vous êtes censé envoyer la balle faire un tour complet à l'intérieur d'un vieux pneu de voiture. Cela me posa des difficultés. Tony le joua dans le par, mais j'avais échoué à deux reprises et je m'apprêtais à recommencer quand mon fils lança : "Tu sais quoi, papa ? – Quoi ? demandai-je, et il déclara :

– Je vais abandonner mes études."

« Cela me prit au dépourvu. Vraiment, cela m'estomaqua. Jamais je n'aurais imaginé une chose pareille. La première pensée qui me traversa l'esprit fut que je ne devais pas perdre mon sang-froid. Je devais me montrer raisonnable, patient, etc. Il n'avait que dix-sept ans. J'endossai le rôle d'un homme raisonnable et patient, comme un personnage de pièce de théâtre. Puis je m'efforçai d'interpréter ce rôle. En réalité, cela me donnait l'impression que la patience était une épaisse couverture en laine dans laquelle je m'enveloppais mais qui ne cessait de glisser. Je demandai avec une grande patience : "Et pourquoi donc, Tony ?" C'était, me répondit-il, parce qu'il n'apprenait rien. Le français était mortellement ennuyeux et l'anglais était pire encore, parce qu'il lisait davantage que le professeur. Puis il ajouta que les cours d'astronomie se résumaient au b.a.-ba et que l'enseignant était sénile. Chaque fois qu'il éteignait la lumière pour projeter un film, tout le monde faisait la sieste ou lançait des boulettes de papier humectées de salive et un jour, le professeur s'était mis à pleurer quand ils s'étaient rués hors de la salle avant même qu'il n'ait fini sa phrase. En arrivant à la porte, Tony avait regardé derrière lui et avait vu le professeur en larmes. Alors il était allé le trouver et lui avait expliqué qu'ils n'avaient pas eu l'intention d'être grossiers, simplement ils ne voulaient pas être en retard pour le cours suivant. Le professeur avait répondu que personne ne le comprenait, il aimait ses étudiants, il les aimait tous. Tony décréta qu'il n'avait guère d'estime pour un enseignant qui pleurait. Nous étions arrivés au cinquième trou, où la balle doit passer à travers un portique. Je le jouai à la normale mais il échoua à trois reprises, et nous continuâmes à parler. Je lui dis qu'il devait passer ses examens. Je lui demandai ce qu'il avait l'intention de faire sans diplôme, et il répondit qu'il envisageait d'être travailleur social dans les quartiers pauvres. Il existait ce lieu d'accueil pour les enfants dont les parents étaient en difficulté et il envisageait d'y travailler. Je me débattais tant bien que mal avec ma patience, ma couverture en laine. Elle ne cessait de glisser. Je répliquai que s'il voulait être travailleur social, j'étais d'accord et j'étais persuadé que sa mère le serait également, mais il devait d'abord passer ses examens. Être travailleur social nécessitait sans aucun doute une formation et un apprentissage, comme tout métier, et une fois son diplôme de fin de premier cycle obtenu, sa mère et moi l'enverrions volontiers dans une université où il suivrait des études de travailleur social. Il répliqua qu'il ne voyait pas l'intérêt d'avoir un diplôme s'il n'apprenait rien. C'était bidon, un simple bout de papier bidon comme un traité bidon. Je rétorquai que bidon ou pas, il fallait bien respecter quelques-unes des règles du jeu. Un pantalon, par exemple, n'était peut-être pas le mode d'habillement le plus confortable mais l'une des règles du jeu consistait à porter un pantalon. Je lui demandai ce qui se passerait si j'allais prendre le train les fesses à l'air et il répliqua qu'il se fichait bien que j'aille prendre le train les fesses à l'air. En ce qui le concernait, je pouvais bien aller prendre le train les fesses à l'air. Nous nous étions arrêtés de jouer, et ce fut alors que ces hommes, ces hommes ou ces adolescents, nous demandèrent si nous pouvions leur céder notre tour ; nous répondîmes par l'affirmative et nous nous écartâmes.

« Il y avait du vent, comme je l'ai dit, le tonnerre grondait plus fort, il allait pleuvoir et la lumière faiblissait sur le terrain, de sorte qu'on ne distinguait pas le visage des hommes à qui nous cédions notre tour. C'étaient des jeunes du lycée, je suppose, des jeunes des mauvais quartiers, des voyous, peu importe, qui portaient des pantalons serrés, des chemises tape-à-l'œil et avaient de la brillantine. Leurs voix étaient effrayantes, ils semblaient les moduler de façon à les rendre effrayantes et alors que l'un d'eux s'apprêtait à frapper la balle, un autre lui plaqua la main sur les fesses et le premier se cambra en grognant. Ce n'est pas que j'éprouve de l'antipathie pour les garçons de ce genre, vraiment pas ; simplement, ils me déconcertent, ils m'effraient parce que je ne sais pas d'où ils viennent, je ne sais pas où ils vont, et quand on ne sait rien au sujet des hommes c'est comme une obscurité terrible. Je n'ai pas peur de l'obscurité, mais certaines formes d'ignorance humaine m'emplissent de frayeur. Dans de tels cas, j'ai remarqué que si je peux dévisager l'étranger et avoir une petite idée du genre de personne dont il s'agit, je me sens mieux ; mais comme je l'ai dit, la nuit tombait et l'on ne distinguait les traits d'aucun de ces inconnus. Ils s'éloignèrent et nous continuâmes à discuter des examens de Tony et des règles du jeu. Quoi qu'il eût envie de faire, dis-je, il devait suivre une formation, il devait s'y préparer. Même s'il avait envie d'être poète, il devait se préparer à être poète. Puis je lui dis ce que je n'avais jamais dit auparavant. Je lui dis : "Je t'aime, Tony."

« Alors il répliqua : "Tu ne m'aimes que pour une seule raison, tu ne crois m'aimer que pour une seule raison, parce que tu peux me donner ceci ou cela." Je rétorquai que c'était faux, que j'étais un père généreux pour la seule raison que mon propre père ne m'avait pas donné grand-chose. C'était parce que mon père avait été très pingre que je voulais être généreux. Alors il dit : "Généreux, généreux, généreux, généreux !" Il savait que j'étais très généreux, dit-il. Il entendait parler de ma grande générosité pratiquement chaque jour de l'année. Puis il ajouta : "Je n'ai peut-être pas envie de me marier. Je ne serais quand même pas le premier homme au monde à ne pas avoir envie de se marier, si ? Je suis peut-être pédé. J'ai peut-être envie de vivre avec une gentille tapette bien propre sur elle. J'ai peut-être envie d'être un coureur et de m'envoyer des centaines de femmes. On peut s'envoyer en l'air autrement qu'en étant unis par les liens sacrés du mariage et en pondant toute une marmaille. Si c'est si merveilleux de faire des bébés, pourquoi est-ce que vous n'en avez eu qu'un ? Pourquoi seulement un ?" Je répondis que sa mère avait failli mourir à sa naissance. "Je suis désolé, dit-il. Je ne le savais pas." Je devais comprendre, ajouta-t-il, qu'il pouvait ne pas avoir envie de retrouver tous les soirs une ravissante femme et de jouer au softball avec un tas de beaux enfants. Il avait peut-être envie d'être voleur ou saint, ivrogne ou éboueur, pompiste ou gardien de la paix ou ermite. Alors je perdis patience, je perdis ma couverture en laine et je répliquai qu'il devait se remuer les fesses et faire quelque chose d'utile. Alors il répliqua : « Comme quoi ? Comme vendre des bains de bouche ? » Je brandis mon fer droit et je lui aurais fendu le crâne s'il n'avait pas esquivé le coup ; puis il jeta son club à terre, s'enfuit du terrain de golf et disparut dans la nuit.

« Et voilà, j'étais dans ce mini-golf en ruine après avoir pratiquement assassiné mon propre fils, mais je n'avais qu'une seule envie, le pourchasser et lui décocher un autre coup avec mon fer droit. J'étais furieux. Je ne pouvais comprendre comment mon fils unique, que j'aimais plus que tout au monde, pouvait m'inspirer le désir de le tuer. Alors je ramassai son club et rebroussai chemin jusqu'à la voiture. En arrivant à la maison, je dis à Nellie que je m'étais disputé avec Tony, mais elle prit son parti, bien sûr, parce que je m'étais déjà querellé avec elle. Puis je me servis un verre et je regardai la télévision – il n'y avait rien d'autre à faire. J'étais encore devant l'écran lorsqu'il franchit la porte aux environs de minuit. Il ne m'adressa pas la parole et je ne lui adressai pas la parole. Il monta se coucher et je suivis son exemple un peu plus tard.

« Il n'a pas quitté son lit depuis ce jour-là. »

IX

TONY était au lit depuis vingt-deux jours quand Nellie reçut une lettre d'une femme de ménage du nom de Mary Ashton qui avait travaillé pour elle à une certaine époque. Mary était intelligente et appliquée, mais elle s'était également avérée être une voleuse. Elle avait tout d'abord dérobé deux petites bagues en diamant qui avaient appartenu à la mère de Nellie. Celle-ci ne les portait jamais et elle n'avait pas accusé la domestique. Il était difficile de trouver de bonnes femmes de ménage, Mary était pauvre et méritante et Nellie avait considéré que les diamants représentaient une sorte de prime. Environ un mois plus tard, une paire de boutons de manchettes en or avait disparu et Nellie avait renvoyé la femme de ménage. Elle n'avait pas fait mention des boutons de manchettes. Le courrier qu'elle reçut était dactylographié avec soin (Mary avait-elle volé la machine à écrire ?) sur du papier à lettres de bonne qualité (volé ?). La lettre disait : « Chère Mrs. Nailles, j'ai appris que votre fils était malade et j'en suis vraiment navrée. C'est l'un des plus gentils garçons que j'aie jamais connus. Il y a en ville un gourou – un guérisseur – qui se fait appeler Swami Rutuola. Il a guéri ma sœur de son arthrite l'an dernier. Il travaille à temps partiel pour Percham, le charpentier, mais il est généralement chez lui l'après-midi. Il n'a pas le téléphone mais il habite au-dessus du salon funéraire Peyton dans Hill Street. »

Cette combinaison de vol et de magie troubla profondément Nellie. Cet après-midi-là ils recevaient du monde, et elle n'eut pas l'occasion de montrer la lettre à Nailles. La réception fut splendide. Il est difficile de décerner des louanges à une réception, mais en tant qu'hôtesse Nellie en méritait. Il n'y avait rien de sot dans la fierté que lui inspirait sa maison. Les pièces agréables semblaient en partie illuminées par ses charmes. Les seize ou dix-sept invités étaient des gens dont elle appréciait la compagnie sans réserve. Le buffet et les alcools étaient excellents et rien de banal, d'ennuyeux ou d'inepte ne fut dit. Charlie Wentworth, assis aux côtés de Martha Tuckerman sur le canapé, partagea avec cette dernière un élan fulgurant de désir immortel. Se regardant au fond des yeux, ils eurent brusquement tous deux le sentiment que vivre ensemble serait le paradis. Chacun rirait des plaisanteries de l'autre, ils se tiendraient chaud et voyageraient au Japon. Puis Martha se leva du canapé et rejoignit son mari au bar. Personne ne s'approcha davantage de la passion adultère. Le seul point noir était l'allée circulaire de Nailles ; sans Tony – qui, bien sûr, était au lit –, le stationnement fut hasardeux. Nailles passa la dernière demi-heure de la soirée à déplacer des voitures ou à demander à ses invités de les déplacer. À vingt heures, tout le monde était parti.

Ils dînèrent d'œufs brouillés et de saucisses dans la cuisine, et Nellie montra la lettre à Nailles.

« Oh, mon Dieu, s'exclama-t-il, c'est la voleuse, n'est-ce pas ? C'est peut-être une bande organisée. Le Swami est peut-être son complice. La magie est la seule chose que nous n'ayons pas encore essayée, mais je ne suis pas prêt à tenter l'expérience. »

Les efforts que Nailles devait fournir pour se rendre en train à New York avaient pris de telles proportions qu'il avait fini par aller voir le Dr Mullin, lequel lui avait prescrit un fort tranquillisant. Il le prenait chaque matin avec son café en disant à Nellie qu'il s'agissait de vitamines. Le tranquillisant lui donnait l'illusion de flotter sur un nuage, tel Zeus dans quelque tableau allégorique. Tandis qu'il attendait le train de 7 h 46 sur le quai, il se sentait environné par ce nuage. Quand le train entrait en gare, il se saisissait de son nuage et allait s'asseoir sur un siège près de la vitre. Si le jour était gris et le paysage hivernal, si les petites villes que traversait le train étaient miteuses et déprimantes, rien de tout cela ne l'atteignait sur le nimbus rose où il trônait. Il avait l'impression de flotter au-dessus des rails tandis qu'il pénétrait dans Grand Central, saluant d'un sourire vaste et légèrement absent la pauvreté, la maladie, la richesse, la beauté des inconnues, la pluie et la neige.

Le jour suivant la réception, au petit matin, Nellie fut réveillée par des détonations.

Il y avait eu des émeutes dans les quartiers pauvres et elle se demanda un instant si les protestataires s'étaient décidés à quitter le ghetto en rangs serrés et à s'emparer par la force des villas blanches de Chestnut Lane. Nailles n'était pas au lit, et elle se dirigea vers la fenêtre. Alors elle aperçut son mari, en sous-vêtements sur leur vaste pelouse, qui faisait feu avec son fusil de chasse sur une gigantesque tortue happante. Le soleil n'était pas encore levé mais le ciel était clair et, dans cette clarté pure et subtile, l'homme dévêtu et la tortue préhistorique semblaient se livrer un combat primitif et comique. Nailles épaula et tira sur la tortue. Cette dernière fut projetée en arrière et s'effondra puis, lentement, se redressa à la manière d'une tortue d'eau et se mit pesamment en marche vers son mari. Nellie n'avait jamais vu un reptile aussi gros en dehors d'un zoo mais c'était l'homme, et non la tortue, qui semblait n'être pas à sa place dans la faible lumière. C'était la pelouse de la tortue, son ciel, sa création, et Nailles semblait s'être retrouvé là par erreur. Il fit feu de nouveau et la manqua. Il tira encore une fois et Nellie vit l'énorme tête de la tortue projetée sur le côté sous l'effet de la décharge de chevrotine. Nailles fit feu une dernière fois, puis il déposa son fusil sur l'herbe et souleva la tortue par sa queue aux bords dentelés.

« Oh, mon chéri, es-tu bien sûr qu'elle soit morte ? lança-t-elle par la fenêtre.

– Mais oui, répondit-il. (Il sembla surpris de la voir à la fenêtre.) Elle est morte. Elle a le cou brisé.

– D'où crois-tu qu'elle venait ?

– Des marais, je suppose. Elle doit avoir une centaine d'années. Je me suis levé pour aller aux toilettes et je l'ai vue traverser la pelouse. J'ai d'abord cru que je rêvais. Sa carapace doit bien mesurer un mètre de long. Elle aurait pu blesser un enfant ou tuer un chien. Je l'enterrerai plus tard. »

De retour dans la chambre, Nailles – dont l'oreille droite tintait à cause des détonations et dont la main droite était parcourue de tremblements – fit tomber d'une secousse un tranquillisant, le dernier, dans sa paume. Mais sa main tremblait et le cachet tomba à terre, puis roula sous un meuble. Nailles attendit que Nellie ait quitté la pièce. Il tordit un cintre métallique en forme de crochet et, allongé sur le plancher, s'efforça de le récupérer. Le bas du meuble – une coiffeuse – frôlait le sol et l'obscurité dissimulait le comprimé. Il rapporta deux pennies et un bouton. Alors il déplaça les deux lampes posées sur la coiffeuse et éloigna celle-ci du mur. Le meuble était lourd, ses tiroirs étaient pleins, et il était extrêmement difficile à bouger. Quand Nailles l'eut écarté du mur, il ne trouva aucun comprimé, seulement une fissure dans le plancher où le cachet avait dû tomber. Il fit courir le cintre dans la fissure, mais ne recueillit qu'un peu de poussière.

À l'idée de prendre le train sans avaler son comprimé, il manifesta tous les symptômes de la panique. Sa respiration était haletante, ses lèvres enflées. La douleur se localisait dans un endroit curieux de son esprit ; il croyait n'avoir aucune mémoire de la douleur mais à présent le supplice, le désarroi et l'humiliation qu'il avait éprouvés en descendant à Greenacres et Lascalles, à Clear Haven et Turandot, lui revenaient avec une intensité telle qu'il lui semblait les revivre. Il en était incapable. Le courage n'avait aucune prise sur la souffrance. S'il s'obligeait à aller à la gare, il savait qu'il serait incapable de monter dans le train de 7 h 46. Les bains froids, la discipline, la prière, tout cela évoquait la panoplie morale de sa première année chez les scouts. Il lui fallait se rendre en ville afin de pourvoir aux besoins de Nellie et de son fils. S'il n'y parvenait pas, ils seraient sans défense. Il les imaginait assiégés par des ennemis – le froid, la faim, la peur –, réfugiés d'une ville dévastése par le feu. Il prit une douche froide dans l'espoir d'y trouver quelque réconfort, mais l'eau n'eut aucun effet apaisant sur sa vision du train de 7 h 46 incarnant un enfer sur roues. Il ignorait quels étaient les horaires de visite du médecin, mais il savait qu'il devait se procurer une nouvelle ordonnance avant de pouvoir faire quoi que ce soit d'autre.

Le cabinet du médecin était situé dans une résidence d'immeubles à un étage baptisés « appartements-jardins », bien qu'il n'y eût aucun jardin en vue. Nailles sonna à la porte et un homme en pyjama lui ouvrit.

« Je dois m'être trompé d'adresse, bafouilla Nailles.

– Vous cherchez le docteur ?

– Oui. C'est terriblement important. C'est une urgence. C'est une question de vie ou de mort.

– Vous êtes au bon endroit, mais il a cessé de pratiquer, déclara l'inconnu. Les bureaux de santé publique du comté ont fermé son cabinet il y a trois semaines. Maintenant il est laborantin à New York.

– Que s'est-il passé ?

– Des cachets. Il distribuait toutes sortes de cachets illégaux. Mais je suis en plein milieu de mon petit déjeuner…

– Je suis désolé », dit Nailles.

Il pouvait se rendre en voiture à New York, n'est-ce pas ? Il pouvait prendre un bus. Il pouvait prendre un taxi. Dans une voiture garée à côté de la sienne, un homme lui adressa la parole.

« C'est le docteur que vous cherchez ?

– Seigneur, oui ! balbutia Nailles. Seigneur, oui !

– Qu'est-ce qu'il vous donnait ?

– Je ne sais pas comment ça s'appelle. C'était pour le train.

– Quelle couleur ?

– Gris et jaune. C'était une capsule, moitié grise et moitié jaune.

– Je sais ce que c'est. Vous en voulez ?

– Seigneur oui, Seigneur oui !

– Retrouvez-moi au cimetière catholique, dans Laurel Avenue. Vous voyez duquel je veux parler. Sous la statue du soldat. »

Nailles arriva au cimetière avant l'inconnu. C'était un endroit vieillot orné de nombreuses statues, mais le monument du soldat dépassait d'une tête la multitude d'anges en pierre et il fut facile à trouver. Des fossoyeurs s'activaient à quelque distance. Nailles s'était toujours imaginé que les tombes étaient creusées à l'aide d'engins à moteur, mais ces hommes travaillaient avec une pelle et une pioche. Il longea une rangée d'anges bariolés ; certains étaient de taille humaine, d'autres étaient nains. Certains se dressaient avec leurs ailes à demi déployées sur les tombes qu'ils bénissaient, d'autres s'accrochaient à la croix avec leurs ailes repliées. Le soldat portait l'uniforme de la guerre de 1918 – un casque en forme d'assiette à soupe, des bandes molletières, un pantalon ample – et tenait dans la main droite un Springfield à culasse mobile, crosse posée à terre. Il avait été sculpté dans une pierre blanche dont la couleur ne s'était pas altérée mais qui s'était érodée, gommant ses traits et son insigne, de sorte qu'il avait l'air d'un fantôme. L'inconnu s'approcha de Nailles, tenant à la main des tulipes qu'il avait dû voler quelque part. Il mit les fleurs dans un vase devant le fantassin fantôme et annonça : « Vingt-cinq dollars.

– J'en avais tout un flacon pour dix dollars, protesta Nailles.

– Écoutez, répliqua l'inconnu, ça peut me coûter dix ans de prison et une amende de dix mille dollars. »

Nailles lui donna l'argent en échange de cinq comprimés.

« Il vous en faudra d'autres lundi. Retrouvez-moi dans les toilettes de la gare à 7 h 30. »

Nailles glissa un comprimé entre ses lèvres, mais il avait besoin d'eau. La pluie s'était accumulée au fond d'une des aiguières ou des urnes commémoratives et il en préleva suffisamment au creux de sa paume pour avaler le comprimé. Se rendant en voiture à la gare, il attendit l'effet merveilleux du comprimé, il attendit l'apparition du nuage ; le temps qu'il s'engage dans le parking, le tranquillisant avait commencé à agir. Nailles se sentait apaisé, calme, un peu ennuyé et distrait. Il oublia de mettre un quarter dans le parcmètre, mais une fois accompli son trajet dénué de souffrance jusqu'à la ville, il téléphona à Nellie et lui demanda de faire appel au gourou.

X

APRÈS LE DÉJEUNER, Nellie se servit un whisky. Je devrais aller voir un psy, songea-t-elle, jusqu'au moment où elle se souvint du médecin tournant autour de sa chaise de dentiste invisible. Elle le détestait, non à cause de ses activités d'agent immobilier, mais parce qu'elle avait toujours eu vaguement le sentiment que la psychiatrie pouvait apporter un remède à n'importe quelle situation de crise, et qu'il avait anéanti ce sentiment réconfortant. Elle se souvint que la femme de ménage – la voleuse – avait de fausses dents. Le produit désinfectant qu'elle préférait était chimique et il était censé embaumer les bois de pins en montagne, mais cette imitation de l'air suave des hauteurs était si grossière, artificielle et écœurante que c'en était une farce. Des cuvettes de W.-C. couronnées de neige. Eliot lui avait demandé de faire appel au gourou, et c'est ce qu'elle fit.

Les quartiers pauvres – la partie la plus ancienne de la ville – se trouvaient le long des rives du fleuve. Nellie n'avait jamais aucune raison de s'y rendre. Elle avait lu dans le journal que des femmes y étaient agressées et volées en plein jour. Des bagarres au couteau éclataient dans les bars. La pluie était dense cet après-midi-là, la lumière faible. La pluie a toujours la même saveur et pourtant, aux yeux de Nellie, elle tombait d'une grande variété de ciels. Certaines semblaient être lâchées tels de vastes filets depuis les firmaments candides de son enfance, certaines étaient orageuses et amères, certaines avaient la force de la mémoire. Ce jour-là, la pluie était aussi salée que du sang. Nellie, donc, s'aventura dans les quartiers pauvres, jusqu'au salon funéraire Peyton. C'était un bâtiment à charpente de bois miteux pourvu d'une embrasure de porte au linteau pointu – visant à donner un caractère sacré aux lieux – sous laquelle les morts (assassinés dans des bagarres au couteau) arrivaient et repartaient vers un sombre cimetière au milieu de nulle part. Sur la gauche, elle vit une porte menant, supposa-t-elle, aux étages supérieurs. Elle l'ouvrit et se retrouva dans un vestibule vide à l'exception d'une cage d'escalier.

L'étrangeté de ce décor la troublait aussi profondément que si elle inhalait sous son propre toit non seulement les forces de la bienséance, mais également une essence qui conditionnait ses chromosomes et ses organes. Les relents peu familiers du vestibule – les relents immémoriaux de ce genre d'endroits – semblaient la dépouiller de toute droiture morale. Du regard, elle chercha un quelconque objet familier – un extincteur d'incendie aurait fait l'affaire – mais rien, dans ce vestibule, n'appartenait à son univers. Si l'un des légendaires violeurs dont elle lisait les méfaits dans le journal du soir l'avait abordée, elle aurait été sans défense. Elle était perdue. Elle avait peur. Son instinct lui soufflait de rebrousser chemin ; son devoir lui commandait de monter l'escalier ; et l'écart entre ces deux forces semblait s'apparenter à un vaste fleuve dénué de pont, semblait lui laisser entrevoir la force du dédoublement régnant dans sa vie. Il lui semblait prendre congé d'elle-même dans une gare ; il lui semblait se trouver dans la foule endeuillée au bord d'une tombe. Adieu, Nellie.

Elle n'avait rien à faire en ces lieux et elle en avait une conscience aiguë. Agent de recensement ? Représentante d'un organisme humanitaire ? Militante de la régulation des naissances distribuant des plaquettes de pilules gratuites ? Dame patronnesse répartissant les recettes d'une vente de charité de l'église ? Elle n'était rien de tout cela. Elle était une femme dont le fils était malade, partie en quête (sur le conseil d'une voleuse) d'un magicien. Je suis *bonne*, songea-t-elle. Cette sottise était involontaire, incontrôlable ; elle semblait se ridiculiser sans pouvoir s'en empêcher. Je n'ai jamais écrasé un écureuil sur la nationale. Je fais en sorte qu'il y ait toujours des graines dans la mangeoire à oiseaux. Elle gravit les marches. En haut de l'escalier se trouvait une fenêtre où quelqu'un avait écrit sur la vitre sale : « Sid Greenberg mâche du chewing-gum et fume. » Deux portes donnaient dans le couloir. L'une arborait un écriteau où il était écrit : « Le Temple de la Lumière ». Sous la porte filtrait de la musique – des chants –, les voix compressées, canalisées par une radio. Elle frappa ; n'entendant pas de réponse, elle appela : « Swami Rutuola, Swami Rutuola ! »

De sous la seconde porte s'échappa un rire bruyant – salace ou ivre –, puis une femme imita l'accent de Nellie : « Oh Swermi Rutaholah, Oh Swermi Rutaholah… » Un homme éclata de rire à son tour. Ils devaient être au lit. « Oh Swermi… » répéta la femme. Elle riait à perdre haleine. Nellie frappa de nouveau et un homme lui demanda d'entrer. Elle pénétra dans une pièce où un Noir au teint clair clouait un pan de toile sur la charpente d'un fauteuil. Une fragrance de copeaux embaumait l'air. Qu'y avait-il eu d'abord, le Christ charpentier ou l'odeur sainte du bois frais ? Un autel se trouvait dans l'angle de la pièce. Un cierge brûlait, environné de fleurs en cire. Les fleurs en cire étaient synonymes de mort, de mort et de restaurants chinois. « Bienvenue au Temple de la Lumière », lança l'homme. Il avait une voix aiguë, marquée d'un fort accent. Jamaïcain, songea-t-elle. Son visage était mince et l'un de ses yeux était blessé et louchait. Une guerre, une flèche, une pierre ? L'œil, figé, était levé au ciel en une attitude immuable d'hystérie religieuse. L'autre était animé, brillant et communicatif. « Je m'appelle Mrs. Eliot Nailles, dit-elle. Mary Ashton m'a donné votre nom. Mon fils est malade.

– Voudriez-vous que je vous accompagne tout de suite ? » demanda-t-il.

Sa voix chantonnait légèrement.

« Oh oui, s'exclama Nellie, si vous pouvez, si vous pensez que vous pouvez l'aider…

– Je peux essayer. Laissez-moi juste le temps de me laver les mains. Je n'ai pas de voiture et il est extrêmement difficile de trouver un taxi quand il pleut. »

Elle lui décrivit les troubles dont souffrait Tony et ce qui l'avait amenée là tandis qu'ils roulaient en direction de la villa. Son accent n'était pas jamaïcain, conclut-elle. C'était une langue sans racines, destinée à donner une impression de raffinement ou d'élégance.

Elle le conduisit jusqu'à la chambre de Tony et lui demanda s'il voulait boire quelque chose.

« Oh non, merci, répliqua-t-il. Ce que j'ai en moi est beaucoup plus stimulant que l'alcool.

– Puis-je faire quoi que ce soit ?

– J'aimerais être sûr que nous ne serons pas dérangés.

– J'y veillerai », dit Nellie.

Puis elle descendit et se servit un autre verre.

« Je m'appelle Swami Rutuola, déclara l'homme à Tony, et je suis ici pour t'aider, ou du moins c'est ce que j'espère faire. Tout d'abord, je vais te parler de mon œil. Quand j'avais quinze ans, j'ai cédé à la regrettable tentation de voler un vélo. C'était un Schwinn anglais rouge vif à trois vitesses. Il était irrésistible. Je l'ai caché à la cave. Quand mon père l'a découvert, il m'a battu avec une extrême sévérité et m'a accompagné lorsque je suis allé le rendre. Le père du garçon à qui appartenait le vélo ne désirait pas porter plaine, mais mes parents ont insisté pour que je passe devant le tribunal. Ils craignaient que je ne devienne un voleur si je n'étais pas puni. C'étaient de braves gens et je crois que j'ai fini par les comprendre, mais ils avaient très peur de tout. J'ai été condamné à passer six mois dans une maison de redressement à Livertown. Parmi les prisonniers, comme c'est souvent le cas, se trouvaient des gangsters qui imposaient leur loi au sein même de la loi de la prison. Ils étaient violents au plus haut point et afin de me protéger, je me suis mis à boîter. Je m'étais dit que si je boîter, ils ne me soumettraient pas à leur brutalité mais un jour, dans la salle commune, j'ai oublié de boîter, et quand ils se sont aperçu que je les avais trompés, ils m'ont passé à tabac. J'ai passé deux semaines à l'infirmerie et la conséquence de leur sauvagerie a été que j'ai perdu l'usage de l'œil gauche. Je mentionne tout cela parce que j'ai remarqué que lorsque les hommes et les femmes se parlent, ils communiquent avec leurs yeux presque autant qu'avec leur voix et puisque l'un de mes yeux ne peut communiquer, certaines personnes en sont très déconcertées. Je vais garder le visage dans l'ombre pendant notre conversation, de sorte que tu ne soies pas gêné par mon œil aveugle ; mais avant toute chose, j'aimerais ranger ta chambre. La propreté de l'âme est parente de la propreté du corps, comme on dit, ou bien est-ce le contraire ?

– Je crois que c'est le contraire », répondit Tony.

Le swami entreprit de rassembler les vêtements jetés sur les chaises et accrochés aux poignées de portes. Il trouva un sac à linge sale dans le placard et y fourra les habits souillés. Il suspendit une veste sur un cintre, glissa les souliers de Tony sur le porte-chaussures, ferma la porte du placard et tapota les coussins du fauteuil.

« Eh bien, c'est un peu mieux ainsi, n'est-ce pas ? dit-il. J'aimerais aussi brûler de l'encens, si tu n'as pas d'objection.

– J'aimerais que vous fassiez ce dont vous avez envie, répliqua Tony, mais je n'aime pas vraiment l'encens. Aucun parfum que ce soit. Je ne mets pas de lotion après-rasage. J'aime que les filles soient parfumées, mais je n'aime pas qu'il y en ait partout. Je n'aime pas ce que sentent les grands magasins.

– Je crois que je comprends ce que tu veux dire, dit le swami, mais cet encens n'est ni douceâtre ni fort. C'est du santal. Il a une odeur pure. »

Il tira un étroit bâtonnet d'encens de sa poche et l'alluma.

« Ça me va, déclara Tony.

– Je suis né à Baltimore dans une famille pauvre, reprit Rutuola, mais les épreuves qu'endurent les hommes de ma race sont bien connues, aussi je ne t'ennuierai pas avec ça. J'ai fréquenté le lycée jusqu'en classe de cinquième et je sais très bien lire, mais je ne suis guère bon en mathématiques. Mon père était charpentier et après avoir été libéré sur parole de la maison de redressement, j'ai commencé à travailler pour lui. C'est bien plus tard que je suis venu à New York, où j'ai trouvé un emploi au New York Central. Ce n'était pas un emploi très glorieux. Je nettoyais les toilettes de Grand Central Station huit heures par nuit, cinq nuits par semaine. Je passais la serpillière et ainsi de suite, mais ce qui occupait la plus grande partie de mon temps, c'était d'effacer des murs ce que les gens y avaient écrit. Les murs étaient blancs, on pouvait y écrire facilement, et après la nuit du samedi, ils étaient entièrement couverts de graffitis. Au début cela me troublait, puis j'ai compris que ces gens écrivaient sur les murs parce que ça leur était nécessaire. Ils détestaient qu'on efface ces mots, comme s'ils faisaient partie d'eux-mêmes. Ils gravaient leurs messages au couteau sur les portes en bois. On ne pouvait pas les cataloguer comme malades parce qu'ils étaient des milliers, et cela m'a permis d'entrevoir combien l'être humain est seul et sexuellement affamé. Une nuit – ou plutôt un matin, il était trois heures passées, près de quatre heures –, j'étais en train de passer la serpillière quand un homme s'est approché et m'a dit : aidez-moi, aidez-moi, aidez-moi, je crois que je vais mourir. Il était bien habillé, mais son teint était très gris. Je lui ai dit qu'un policier patrouillait sur l'esplanade à peu près à cette heure-là, que j'allais monter le chercher et qu'il appellerait une ambulance. Mais il m'a dit : ne me quittez pas, je ne veux pas mourir seul. Dans ce cas, ai-je répondu, montons tous les deux jusqu'à l'esplanade, je vais vous aider. Je lui ai pris le bras et nous sommes montés très lentement – il gémissait – mais quand nous y sommes arrivés, il n'y avait pas de policier dans les parages, il n'y avait personne. L'homme m'a dit qu'il avait besoin de s'asseoir, aussi nous nous sommes assis sur un escalier. Les lieux étaient lugubres, froids, nus et vides, mais un immense panneau publicitaire consacré à des appareils photo était allumé. L'affiche représentait un homme, une femme et deux enfants sur une berge – celle d'un lac, je pense – et à l'arrière-plan, au loin, se dressaient des montagnes enneigées. C'était une belle photo empreinte de gaieté, mais elle paraissait plus belle encore parce que l'esplanade était si froide et vide, sans la moindre gaieté. J'ai alors conseillé à l'homme de contempler les montagnes pour essayer d'oublier ses problèmes. Je lui ai dit : prions ensemble ; il a répondu qu'il ne se souvenait d'aucune prière et je me suis rendu compte que moi non plus. Aussi je lui ai dit : inventons une prière et je me suis mis à répéter bravoure, bravoure, bravoure, bravoure, sans discontinuer, et peu après il s'est joint à moi. J'ai dit d'autres mots et il les a répétés avec moi. Puis il m'a dit qu'il se sentait mieux et un moment après, il a ajouté qu'il allait prendre un taxi jusqu'à un hôtel et dormir un peu. Il m'a dit au revoir et je ne l'ai plus jamais revu. Quelques semaines plus tard, je suis venu ici pour travailler avec M. Percham, mon cousin, qui est menuisier. »

L'averse faiblit. Nailles rentre chez lui. Des martinets et des merles chassent dans la pénombre du crépuscule. Le vent souffle du nord-est et, alors qu'il gravit les marches, Nailles parvient à distinguer les bruits qu'émettent les différents arbres agités par le vent : l'érable, le bouleau, le tulipier et le chêne. En quoi ce savoir est-il utile à son fils ou à lui-même ? Il faut bien que quelqu'un observe le monde. Le crépuscule suspendu évoque une note soutenue, d'une tonalité parfaite. Nellie l'informe que le gourou est à l'étage mais qu'il ne peut être dérangé. Nailles boit copieusement et après le dîner, Nellie déclare qu'elle va s'étendre à l'étage. Elle lui fait promettre de ne pas déranger le gourou. Il l'embrasse et ouvre un roman afin de conserver son sang-froid. « Dans la petite ville d'Ostervogen située au nord du Danemark, lit-il, les incidents suivants se déroulèrent en 1869. Un matin de janvier, on put voir un jeune homme déambuler dans la rue principale. L'élégance de ses bottes cirées et la coupe de ses vêtements indiquaient qu'ils avaient été achetés à Copenhague ou à Paris. Il était tête nue et portait à la main gauche une énorme chevalière sur laquelle étaient gravées les armoiries des Von Heindreichs. Il avait neigé durant la nuit et les toits de la petite ville étaient blancs. Des servantes balayaient la neige poudreuse des trottoirs à l'aide de balais faits de brindilles. Le jeune homme – c'était le comte Eric Von Heindreichs – suspendit ses pas devant la plus grande demeure et consulta une lourde montre à gousset en or. Un instant plus tard, les cloches de l'église St Michael sonnèrent onze heures. Tandis que la dernière vibration des cloches de bronze s'éteignait dans l'air froid, le jeune homme gravit d'un pas vif et léger les marches de la demeure et appuya sur la sonnette. Une bonne vêtue du tablier et des rubans que les domestiques étaient tenus de porter à cette époque lui ouvrit, lui adressa un sourire timide et exécuta une profonde révérence. C'était une jolie jeune femme, mais même l'ampleur de son costume ne pouvait dissimuler sa grossesse. Il la suivit le long d'un couloir sombre jusqu'à un vaste salon de réception dans lequel une vieille dame était assise près d'un samovar. Le jeune comte salua affectueusement son hôtesse en français et accepta une tasse de thé. « Je ne peux rester qu'un moment, déclara-t-il. Je prends la diligence jusqu'à Copenhague, puis le paquebot du soir jusqu'à Ostende. *Quel dommage** », soupire la vieille femme. À ses côtés se trouvait un métier à broder, et sous celui-ci un panier doré débordant d'écheveaux de fils colorés. Elle plongea la main dans le panier, en tira un petit pistolet à crosse d'ivoire et tua le jeune comte d'une balle en plein cœur… »

Nailles repose brusquement ce livre sur une table et en prend un autre, intitulé *Été pluvieux*. Il lit la première phrase : « L'été était très pluvieux et les cendriers posés sur les tables entourant la piscine étaient toujours pleins d'eau de pluie et de mégots de cigarettes… » Il jette ce livre à travers la pièce. La sonnette retentit. Nailles ouvre la porte et aperçoit sa voisine, Mrs. Harvey. Pourquoi son visage est-il mouillé ? se demande-t-il. Derrière son épaule, il distingue des étoiles dans le ciel. Se peut-il qu'elle pleure, et pourquoi pleure-t-elle ? C'est lui qui devrait pleurer.

---

* En français dans le texte original. *(N.d.T.)*

« Entrez, je vous en prie, dit-il. Entrez, je vous en prie.

– Je ne pense pas être revenue ici depuis le jour où je vous ai sollicités pour vous vendre des titres, réplique-t-elle. (Elle est en larmes.) Je suis venue vous solliciter à nouveau. »

Croix-Rouge, songe Nailles, Myopathie, Problèmes cardiaques ?

« Quelle cause défendez-vous ce soir ? s'enquit-il.

– La famille Harvey. Je fais la collecte pour P'pa. »

Elle rit ; elle sanglote.

« Entrez et asseyez-vous, je vous en prie, dit Harvey. Je vais vous servir un verre.

– C'est une longue histoire, reprend-elle, mais j'imagine que je ferais mieux de vous la raconter si j'espère obtenir votre aide. Vous savez, je suppose, que Charlie est en troisième année à Amherst. Il est allé à Boston et a participé à une manifestation. Il a été arrêté et a passé deux nuits en prison, mais ils l'ont relâché avec une amende et une peine avec sursis. Et puis, deux semaines plus tard, le conseil de révision a changé sa classification de sursis d'incorporation pour cause d'études en classe 1A. Il devait rejoindre sa caserne avant-hier. J'ai mentionné le fait qu'il allait être appelé sous les drapeaux alors que j'étais à l'institut de beauté et la femme qui se trouvait à côté de moi – je ne la connais pas très bien – m'a raconté qu'il y a en ville un psychiatre dont la spécialité consiste à apprendre aux jeunes hommes comment se faire réformer. Il se fait payer cinq cents dollars. J'ai envisagé d'en parler à P'pa, mais cela me semblait malhonnête. Charlie ne veut pas être soldat, mais il ne veut pas non plus être un menteur. Je veux dire que cela revient à se tuer soi-même pour ne pas être tué, n'est-ce pas. Quoi qu'il en soit, je n'en ai pas parlé. Charlie était censé se présenter jeudi, et mercredi P'pa est allé à la caisse d'épargne et en a retiré trois mille dollars. C'est tout ce que nous avions. Il a donné à Charlie cinq cents dollars en liquide et le reste en chèque certifié. Nous n'avons pas débattu une seule fois de ce qu'il comptait faire. Après le dîner, Charlie est monté à l'étage, a fait sa valise et est redescendu, et P'pa l'a conduit à la gare. Ils n'ont pas échangé un mot, ils ne se sont même pas dit au revoir. P'pa m'a avoué qu'il n'avait pas osé lui dire au revoir parce qu'il se serait mis à pleurer. J'imagine que Charlie est au Canada ou en Suède, mais nous n'avons reçu aucune nouvelle. Eh bien, le lendemain, un homme s'est présenté au bureau de P'pa, un employé du gouvernement ; il a dit à P'pa qu'il savait qu'il avait retiré trois mille dollars de la banque afin de permettre à son fils d'émigrer. P'pa et moi pensions que nos comptes en banque étaient confidentiels, mais manifestement ce n'est pas le cas. Il a dit qu'il voulait voir P'pa à la maison ; aussi P'pa a pris le train plus tôt aujourd'hui et l'homme – l'employé du gouvernement – est venu en voiture depuis le chef-lieu du comté où se trouvent ses bureaux. Il a d'abord accusé P'pa d'avoir prêté assistance à un déserteur, puis il a dit qu'il n'allait pas tourner autour du pot, il a sorti une cigarette de sa poche, l'a posée sur la table et a annoncé qu'il procédait à l'arrestation de P'pa pour détention de drogues dangereuses. La cigarette était un joint de marijuana, mais c'était le premier que P'pa voyait de sa vie. L'homme nous a expliqué qu'il traquait les déserteurs parce qu'il avait passé un an et demi à manger des rats et des souris dans un camp de prisonniers de guerre en Allemagne. Il voulait que la jeune génération sache un peu ce que c'était. Alors P'pa a téléphoné à l'avocat d'ici – Harry Marchand – et ils sont tous allés au chef-lieu du comté où P'pa a été arrêté pour détention de drogue et incarcéré. La caution a été fixée à deux mille dollars ; étant donné que c'est la fin du mois, nous n'avons tout simplement pas cette somme et je fais du porte-à-porte pour essayer de la réunir.

– Je crois que j'ai deux cents dollars à l'étage, déclare Nailles, si cela peut vous être utile.

– Oh, cela nous serait utile. »

Dans la chambre obscure, Nellie demande qui est en bas.

« C'est Grace Harvey, répond Nailles. Je te raconterai plus tard. »

Quand il ouvre la porte du coffre-fort encastré dans le mur et qu'il en retire l'argent, elle s'enquiert :

« Est-ce que le swami a terminé ? Est-ce que tu vas le payer ?

– Non, réplique Nailles. Je te raconterai plus tard.

– Voudriez-vous que je vous donne un reçu ? demande Grace.

– Non. Bien sûr que non.

– J'ai réuni des fonds pour la société d'investissement pendant cinq ans, soupire-t-elle, mais jamais je n'aurais pensé que je ferais du porte-à-porte pour réunir la caution de P'pa. »

À présent, il règne dans la chambre de Tony une puissante odeur de santal.

« Depuis l'expérience que j'ai vécue à la gare, poursuit le swami, je crois en la prière. Étant donné que je n'appartiens pas à une religion organisée, tu pourrais me demander qui j'invoque dans mes prières et je serais bien incapable de te répondre. Je crois en la prière en tant que force et non en tant que conversation avec Dieu ; lorsque mes prières sont entendues, comme cela arrive parfois, je ne sais sincèrement pas à qui exprimer ma gratitude. J'ai soigné de nombreux cas d'arthrite, mais mes méthodes ne marchent pas toujours. Je prie pour qu'elles marchent pour toi.

« Ta mère m'a dit que tu étais un sportif et que tu jouais au foot. J'aimerais que tu me considères comme un meneur de jeu spirituel. Les exhortations ne marquent pas de *touchdowns*, n'est-ce pas, mais elles sont parfois utiles. J'ai toutes sortes d'exhortations. J'en ai qui font appel à l'amour, à la compassion, à l'espoir, et puis d'autres qui font appel à des lieux. Pour celles-là, je pense tout simplement à un endroit où j'aimerais être, puis je me répète à moi-même une description des lieux. Par exemple, je me dis que je suis dans une maison en bord de mer. Puis je choisis le moment de la journée et le climat qui me plaisent. Je me dis que je suis dans une maison en bord de mer à quatre heures de l'après-midi et qu'il pleut. Puis je me dis que je suis assis sur une chaise, une chaise à dos droit, et que j'ai un livre sur les genoux. Enfin je me dis qu'une fille que j'aime est sortie faire une course mais qu'elle va revenir. Je me répète tout cela encore et encore. Je me dis que je suis dans une maison en bord de mer à quatre heures et que j'attends une fille que j'aime, qui est allée faire une course mais qui va revenir. Il y a toutes sortes d'exhortations qui font appel à des lieux. S'il y a une ville que tu aimes tout particulièrement – en ce qui me concerne, j'aime Baltimore –, alors tu choisis le moment de la journée, le temps et le contexte, et tu répètes tout cela. À présent, vas-tu faire ce que je te demande ?

– Oui, répond Tony, je ferai n'importe quoi.

– Je veux que tu répètes après moi ce que je vais dire.

– D'accord.

– Je suis dans une maison en bord de mer.

– Je suis dans une maison en bord de mer.

– Il est quatre heures et il pleut.

– Il est quatre heures et il pleut.

– Je suis assis sur une chaise à dossier droit, un livre sur les genoux.

– Je suis assis sur une chaise à dossier droit, un livre sur les genoux.

– Une fille que j'aime est sortie faire une course, mais elle va revenir.

– Une fille que j'aime est sortie faire une course, mais elle va revenir.

– Je suis assis sous un pommier dans des vêtements propres. Je me sens comblé.

– Je suis assis sous un pommier dans des vêtements propres. Je me sens comblé.

– C'était très bien, reprit le swami. À présent, essayons l'exhortation qui fait appel à l'amour. Répète *Amour* cent fois. Tu n'as pas réellement besoin de compter. Répète simplement *amour, amour, amour*, jusqu'à ce que tu te lasses. Nous allons le faire ensemble.

– Amour, amour, amour, amour, amour…

– C'était parfait, conclut le swami. C'était très bien. J'ai pu voir que tu étais sincère. Voyons si tu peux t'asseoir dans ton lit.

– C'est fou, dit Tony, je sais que c'est fou, mais le fait est que je me sens mieux. J'aimerais essayer une autre prière. »

Quand Nailles les entend psalmodier ESPOIR, ESPOIR, ESPOIR, il se sert un autre whisky. Est-ce un prêtre vaudou ? Va-t-il jeter un sort à Tony ? Puisque Nailles affirme ne pas croire en la magie, pourquoi celle-ci aurait-elle le pouvoir de l'effrayer ? Par la fenêtre, il distingue sa pelouse à la lueur des étoiles. ESPOIR, ESPOIR, ESPOIR, ESPOIR. Leurs voix résonnent comme des tambourins. Sa pelouse et leurs incantations proviennent de royaumes différents. Rien n'a de sens.

« À présent, essaie de t'asseoir, recommande le swami. Assieds-toi et vois si tu peux poser les pieds par terre. »

Tony se lève. Il a perdu beaucoup de poids et de muscles. Ses côtes sont apparentes. Ses fesses sont décharnées et des plaies rouges marbrent son dos.

« Fais quelques pas, reprend le swami. Pas beaucoup. Juste deux ou trois. »

Tony s'exécute. Puis il se met à rire.

« Oh, je me sens bien, s'exclame-t-il. Je me sens de nouveau bien. Je suis faible, bien sûr, mais je ne suis plus triste. Ce sentiment effroyable a disparu.

– Eh bien, enfile donc des vêtements et nous descendrons voir tes parents », dit le swami.

Tony s'habille et ils descendent tous les deux.

« Je vais bien mieux, papa, déclare l'adolescent. Je me sens toujours faible, mais cette tristesse effroyable a disparu. Je ne me sens plus triste et la maison ne me semble plus construite avec des cartes à jouer. J'ai l'impression que j'étais mort, et qu'à présent je suis vivant. »

Nellie descend l'escalier, vêtue d'un peignoir, et s'immobilise dans le corridor. Elle est en larmes.

« Comment pouvons-nous vous remercier ? demande Nailles. Pouvons-nous vous offrir un verre ?

– Oh non, merci, réplique le swami de sa frêle voix chantonnante. Ce que j'ai en moi est bien plus stimulant que l'alcool.

– Vous devez me laisser vous payer.

– Oh non, merci. Vous voyez, ce que j'ai – quoi que ce puisse être – est un don et il me faut en être prodigue. Mais vous pouvez me reconduire chez moi. Il est parfois extrêmement difficile de trouver un taxi. »

C'était terminé. Tony retourna au lycée dix jours plus tard et tout redevint aussi merveilleux qu'auparavant, bien que Nailles, chaque lundi matin, continuât à retrouver son pourvoyeur dans le parking du supermarché, les toilettes publiques, la laverie et de multiples cimetières.

DEUXIÈME PARTIE

XI

LA PREMIÈRE fois que j'entendis parler de Nailles (écrivait Hammer), ce fut dans la salle d'attente d'un dentiste, à Ashburnham. Il y avait là une photographie et un bref article au sujet de sa promotion à la direction du Département des Bains de bouche de Saffron. L'article mentionnait qu'il avait passé quelques années à Rome et qu'il était membre de la caserne de pompiers volontaires de Bullet Park, ainsi que du Gorey Brook Country Club. Je ne savais pas, alors, et je ne sais toujours pas aujourd'hui pourquoi j'ai jeté mon dévolu sur lui. La coïncidence de nos noms, sans doute ; et son apparence me plaisait. Je ne pris ma décision que quelques mois plus tard. J'étais assis sur une plage. Je venais de me baigner et j'étais plongé dans la lecture d'un livre.

J'étais seul, à une époque où la famille jouissait d'une considération si aiguë que la condition naturelle du célibat, voire de la solitude, en était venue à inspirer de pénibles soupçons. On allait nécessairement à la plage en compagnie de sa femme, de ses enfants, parfois de ses parents ou de quelques invités. On voyait rarement un homme seul. C'était une plage magnifique, je m'en souviens parfaitement. Dans notre esprit, la nudité est traditionnellement associée aux jugements divins et à l'éternité ; ainsi, ces plages où nous sommes presque nus semblent être le décor de l'apocalypse. Debout dans l'écume des vagues, nous paraissons nous être aventurés le plus innocemment du monde dans un tourbillon moral intemporel. Cet après-midi-là, le jugement semblait avoir été évangélique et le seul signe de tristesse était les pleurs d'un enfant qu'effrayaient les vagues. Bientôt, une tante approcha sur la grève et s'arrêta à trois mètres environ de l'endroit où j'étais allongé. C'était la conséquence directe du fait que j'étais seul. Sa démarche n'était pas menaçante, mais elle était emprunte d'une suffisance indéniable. Il avait un corps attrayant et bronzé, et son maillot de bain était réduit au plus strict minimum. Louchant légèrement, il me lança un regard langoureux, puis il glissa ses pouces dans son maillot de bain et baissa ce dernier de façon à montrer trois ou quatre centimètres de fesses. Au même moment, un autre homme fit son apparition. Il était beaucoup plus âgé que la tapette, proche de la quarantaine peut-être, et arborait les coups de soleil flamboyants d'un homme qui n'a passé sur la plage qu'un nombre restreint d'heures ou de jours. Il n'était ni musclé ni attrayant – c'était un employé de bureau consciencieux, naturellement voûté et dont le postérieur avait été élargi par des années de labeur honnête. Sa femme et deux enfants l'accompagnaient et il essayait de faire voler un cerf-volant. Il se tenait sous le vent en haut des dunes, le cerf-volant refusait de s'élever dans les airs et la ficelle était tout emmêlée. La tante me lança un autre regard en coulisse, puis contempla l'océan et tira de nouveau son maillot vers le bas d'une petite secousse distraite. Je me levai et m'approchai de l'homme au cerf-volant. Je lui expliquai que s'il se plaçait à l'endroit le plus haut de la plage, le cerf-volant s'envolerait probablement, et je l'aidai à démêler la ficelle. Voyant cela, la tante soupira, remonta son maillot et s'éloigna comme j'avais eu l'intention de l'y inciter ; mais l'espace d'un instant le filament de ficelle entre mes doigts, à la fois robuste et fin, qui avait très succinctement déclaré mes intentions au pédéraste, sembla posséder une extraordinaire force morale, comme si le monde dans lequel j'avais déclaré vivre tenait grâce à une longueur de fil similaire – de qualité médiocre, résistant et sans couleur. Une fois la ficelle démêlée, j'emportai le cerf-volant sur les hauteurs et, le brandissant au-dessus de ma tête, je regardai le vent l'enlever tout droit dans le ciel bleu. Les enfants étaient ravis. L'inconnu et sa femme me remercièrent pour mon aide. Je me plongeai à nouveau dans mon livre. La tapette avait disparu, mais j'aspirais à une création morale dont les mandats auraient été plus substantiels que la joie d'enfants, les sourires confiants d'inconnus et une ficelle de cerf-volant.

Je suis un enfant illégitime, le fils de Franklin Pierce Taylor et de Gretchen Shurz Oxencroft, qui fut sa secrétaire à une époque. Je n'ai pas revu ma mère depuis de nombreuses années, mais je l'imagine en cet instant – ses cheveux gris volant au vent, ses yeux bleus et perçants enchâssés dans son visage comme des points d'eau dans une prairie. Elle était née dans une ville de carrière de pierre de l'Indiana et était la quatrième, et de loin la plus laide, de quatre filles. Ni son père ni sa mère n'étaient allés plus loin que le collège. La dureté et l'ennui du Middle West provincial leur avaient inspiré un respect sans nuance et presque liturgique pour les échappatoires du savoir. Un volume des œuvres complètes de Shakespeare trônait sur la table de leur petit salon comme une sorte de masse. Son père était un homme originaire du Yorkshire aux épais cheveux châtains et aux traits épais. Il était mince et vigoureux et se révéla, à la quarantaine, être atteint de la tuberculose. Il avait commencé comme ouvrier dans les carrières, avait été promu contremaître puis, lors d'une récession dans le marché du calcaire, s'était retrouvé au chômage. Dans la maison où elle avait grandi, il y avait un miroir dans un cadre doré et un canapé en poil de cheval, ainsi que la porcelaine et l'argenterie que sa mère avait rapportées de Philadelphie. Rien de tout cela n'était censé prouver une grandeur ou même une aisance perdues, mais Philadelphie ! Philadelphie ! Quelle ville de lumière elle devait sembler être dans les bâtiments de calcaire ! Gretchen détestait son prénom et prétendit selon les époques s'appeler Grace, Gladys, Gwendolyn, Gertrude, Gabriella, Giselle ou Gloria. Alors qu'elle était adolescente, une bibliothèque publique s'ouvrit dans la petite ville où elle habitait et par hasard ou par suite d'un mauvais conseil, elle s'imprégna des œuvres complètes de John Galsworthy. Il lui en resta un léger accent anglais et un conflit irrévocable entre le monde de ses rêveries et le pays du calcaire. En rentrant de la bibliothèque en tramway, un après-midi d'hiver, elle aperçut son père sous un réverbère, sa boîte à casse-croûte à la main. Le conducteur ne s'arrêta pas et Gretchen, se tournant vers une femme assise à ses côtés, s'exclama : « Avez-vous *vu* cette pauvre créature ! Il a fait signe au tramway mais le conducteur l'a tout *bonnement* ignoré. » C'étaient les accents de Galsworthy dans lesquels elle avait été plongée tout l'après-midi, et comment aurait-elle pu intégrer son père à ce décor ? Il n'aurait pas fait l'affaire comme domestique ni jardinier. Il aurait pu à la rigueur être palefrenier, bien que les seuls chevaux qu'il connût fussent les chevaux de trait de la carrière. Elle savait quel homme honorable, courageux et intègre il était, et c'était le sentiment de son intolérable isolement qui l'avait forcée à le désavouer de façon si méprisable. Gretchen – ou plutôt Gwendolyn, comme elle se faisait appeler alors – termina ses études de premier cycle avec mention et reçut une bourse à l'université de Bloomington. Une semaine ou deux après avoir décroché son diplôme de l'université, elle quitta le pays du calcaire pour tenter sa chance à New York. Ses parents l'accompagnèrent à la gare. Son père était ravagé par la maladie. Sa mère portait un manteau élimé. Alors qu'ils lui faisaient des signes d'adieu, un voyageur demanda à Gretchen s'ils étaient ses parents. Il était encore dans la nature de celle-ci d'expliquer avec les accents de Galsworthy que ce n'étaient que de pauvres gens à qui elle avait rendu visite, mais au lieu de cela elle s'exclama : « Oh oui, oui, c'est mon père et ma mère. »

Il existe une principauté mystérieuse et génétique où grandissent les enfants de l'anarchie et du changement, et Gretchen (Gloria, à présent) en avait le passeport. Elle était devenue socialiste au cours de sa dernière année d'université et les malheurs, les injustices, les imperfections, les inégalités et les indécences du monde la touchaient au vif. Elle se lança plus ou moins à l'assaut de New York et fut rapidement embauchée comme secrétaire par Franklin Pierce Taylor. C'était un jeune homme fortuné et visionnaire, membre du parti socialiste. Gretchen devint sa secrétaire, et bientôt sa maîtresse. Au dire de tous, ils étaient très heureux ensemble. Ce qui les sépara – c'est, du moins, ce qu'affirme mon père – fut que l'ardeur révolutionnaire de ma mère eût pris alors la forme du vol ou de la cleptomanie. Ils voyageaient beaucoup, et chaque fois qu'ils quittaient un hôtel, elle emportait les serviettes, les couverts en argent, les cloches recouvrant les plats et les taies d'oreillers. Son idée était de les redistribuer aux pauvres, bien qu'il n'eût jamais vu cela se produire. « Quelqu'un a *besoin* de tout ça », s'exclamait-elle en remplissant leurs valises de ce qui ne lui appartenait pas. En entrant dans le Hay-Adams de Washington, un après-midi, il la trouva debout sur une chaise, occupée à détacher les cristaux du lustre. « Quelqu'un en aurait *l'usage* », dit-elle. Au Commodore Perry de Toledo, elle glissa la balance de la salle de bains dans leur valise, mais mon père refusa de fermer celle-ci avant qu'elle l'ait remise à sa place. Elle vola une radio à Cleveland et un tableau au Palace Hotel de San Francisco. Cette manie incurable – c'est du moins ce qu'il affirmait – les amena à se disputer violemment et ils se séparèrent à New York. Gretchen avait toujours été poursuivie par la malchance dans l'utilisation de quelque ustensile que ce soit – grille-pain, fers à repasser et voitures –, et bien qu'elle eût été dûment équipée d'un dispositif contraceptif, la malchance s'abattit de nouveau sur elle. Peu après leur séparation, elle découvrit qu'elle était enceinte.

Taylor n'avait pas l'intention de l'épouser. Il paya les frais de son accouchement et lui versa un revenu régulier, et elle s'installa dans un petit appartement du West Side. Elle se présentait toujours sous le nom de Miss Oxencroft. Elle agissait ainsi dans le but de déconcerter autrui. Je suppose que notre double illégitimité lui semblait originale. Alors que j'avais trois ans, la mère de mon père vint me voir. Ma chevelure blonde et bouclée l'enchanta. Elle proposa de m'adopter. Après un mois de réflexion, ma mère – qui n'était jamais très conséquente – y consentit. Elle avait le sentiment que c'était son privilège, pour ne pas dire sa vocation, de voyager autour du monde et d'enrichir son esprit. On engagea une nurse et j'allais vivre à la campagne avec ma grand-mère. Mes cheveux se mirent à foncer. Quand j'atteignis mes huit ans, ils étaient très sombres. Ma grand-mère n'était ni amère ni excentrique et elle ne m'en fit jamais véritablement le reproche, mais elle répétait souvent que cela avait été tout à fait inattendu. Le nom de Paul Oxencroft figurait sur mon certificat de naissance, mais on ne le jugea pas satisfaisant et un avocat vint à la maison un après-midi pour régulariser la situation. Tandis qu'ils débattaient du nom à me donner, un jardinier passa devant la fenêtre, un marteau à la main, et je fus baptisé ainsi. Un fidéicommis avait été établi à l'intention de ma mère, et bientôt elle s'en fut pour l'Europe. Cela mit un terme à l'imposture de la prétendue Gloria. Ses chèques, les endos et ses documents de voyage soutenaient qu'elle était Gretchen, et Gretchen elle fut donc désormais.

Quand mon père était un jeune homme, il passait ses étés à Munich. Toute sa vie il souleva des haltères, des barres, etc., et il avait un physique particulier qui ne s'acquiert avec aucune autre sorte d'exercice physique. Même dans son vieil âge, il garda sa prestance et il ressemblait à ces gymnastes vieillissants adeptes de la gymnastique suédoise et de la mélasse raffinée. À Munich, par vanité ou par plaisir, il posa pour le sculpteur architectural Fledspar qui œuvrait à la décoration de la façade de l'hôtel Prinz-Regenten. Il servit de modèle à l'une des cariatides de sexe masculin qui tiennent sur leurs épaules les linteaux d'opéras, de gares, d'immeubles, d'habitations et de palais de justice innombrables. Le Prinz-Regenten fut bombardé dans les années quarante, mais bien avant cela je vis les traits aisément reconnaissables et les épaules développées à outrance de mon père soutenir la façade de ce qui était alors l'un des hôtels les plus élégants d'Europe. Fledspar était très en vogue au début du siècle et je vis de nouveau mon père, en pied cette fois, supportant les trois étages supérieurs de l'hôtel Mercedes à Frankfurt-am-Main. Je le vis à Yalta, à Berlin et dans la partie nord de Broadway, et je le vis perdre son rang et son prestige au fur et à mesure que ce type de façade monumentale passait de mode. Je le vis gisant dans un champ de mauvaises herbes à Berlin-Ouest. Mais tout cela se produisit bien plus tard ; l'amertume qu'auraient pu m'inspirer mon illégitimité et le fait qu'il soit toujours présenté comme mon oncle était éclipsée par le sentiment qu'il tenait sur ses épaules le Prinz-Regenten, les plus belles suites du Mercedes et l'Opéra de Malsburg, qui a également été bombardé. Il semblait digne de confiance et je l'aimais profondément.

Un jour, j'ai fréquenté une femme qui répétait sans cesse qu'elle savait à quoi ressemblait ma mère. J'ignore pourquoi une liaison essentiellement constituée d'étreintes torrides devait conduire à l'évocation de ma vieille mère, mais c'était ainsi. Elle se trompait sur toute la ligne, bien que je ne me sois jamais donné la peine de la détromper. « Oh, je peux l'imaginer, soupirait-elle. Je peux la voir dans son jardin en train de couper des roses. Je sais qu'elle porte des robes de mousseline et de grands chapeaux. » Si tant est que ma mère se trouvait dans son jardin, elle était vraisemblablement à quatre pattes, arrachant les mauvaises herbes avec l'énergie d'un chien creusant la terre. Ce n'était pas l'être fragile et gracieux qu'imaginait mon amie. Étant donné que je n'ai pas de père légitime, il est possible que j'aie attendu davantage de ma mère qu'elle ne pouvait me donner, mais elle me décevait invariablement et me déconcertait parfois. Elle vit aujourd'hui à Kitzbühel jusqu'au milieu du mois de décembre – jusqu'aux premiers flocons de neige – puis elle va s'installer dans une pension dans l'Estoril. Elle regagne Kitzbühel à la fonte des neiges. Ces allées et venues ne sont pas tant dictées par son goût pour le soleil que par des raisons économiques. Elle m'écrit encore au moins deux fois par mois. Je ne peux jeter les lettres sans les ouvrir parce qu'il est possible qu'elles contiennent des nouvelles importantes. Je vous communique la dernière que j'ai reçue afin de vous donner une petite idée de la teneur de sa correspondance.

« J'ai rêvé un film tout entier la nuit dernière, écrit-elle, non pas un scénario mais un film en couleurs au sujet d'un peintre japonais dénommé Chardin. Ensuite, j'ai rêvé que je retrouvais le jardin de la vieille maison de l'Indiana et que tout était tel que je l'avais laissé. Même les fleurs que j'avais coupées voici tant d'années étaient sur la véranda, parfaitement fraîches. Tout était là, non pas tel que dans mes souvenirs, car la mémoire me fait défaut ces temps-ci et je ne pourrais me remémorer quoi que ce soit avec une telle précision, mais comme une offrande provenant de quelque partie de mon esprit plus insondable que ma mémoire. Ensuite, j'ai rêvé que je prenais un train. Par la vitre je voyais une étendue d'eau et de ciel bleus. Je ne savais trop où j'allais, mais en fouillant dans mon sac à main j'ai trouvé une invitation à passer une semaine avec Robert Frost. Il est mort et enterré, bien sûr, et je ne crois pas que nous aurions pu nous entendre plus de cinq minutes, mais cela semblait être un don ou une faveur de mon imagination d'avoir inventé une telle visite.

« Ma mémoire me fait défaut à certains endroits mais par ailleurs, elle est très présente et même ennuyeuse. Elle semble diffuser de la musique en permanence. J'ai l'impression d'entendre continuellement de la musique. Elle résonne dans mon esprit quand je m'éveille et elle se poursuit toute la journée. Ce qui m'ébahit, c'est la grande variété de styles. Parfois, je m'éveille au son du lent mouvement du premier Razumovsky. Tu sais combien je l'aime. Il se peut que j'aie un concert de Vivaldi pour le petit déjeuner, et du Mozart peu après. Mais parfois je suis réveillée par une épouvantable marche de Sousa, suivie d'une réclame pour du chewing-gum et d'un motif de Chopin. Pourquoi donc ma mémoire me tourmente-t-elle en jouant de la musique que j'exècre ? Parfois elle semble encline à me plaire, parfois elle semble malveillante ; et puisque nous parlons de mémoire, je dois évoquer la petite Jamsie. [Jamsie est son border terrier.] Une nuit de la semaine dernière, un bruit étrange m'a réveillée vers trois heures. Comme tu le sais, Jamsie dort près de mon lit et c'était elle qui faisait ce bruit. Elle était en train de compter. Je l'ai distinctement entendue compter. Elle a compté de un jusqu'à douze. Ensuite, elle a récité son alphabet. Elle avait du mal avec les *s*, bien sûr, mais je l'ai clairement entendue réciter l'alphabet. Tu vas penser que je suis folle, je le sais, mais si les marsouins peuvent parler, pourquoi pas Jamsie ? Quand elle a eu fini de réciter l'alphabet, je l'ai réveillée. Elle a paru un peu gênée d'avoir été surprise à réviser ses leçons, mais ensuite elle m'a souri et nous nous sommes rendormies toutes les deux.

« Je suppose que tout cela te semble absurde, mais au moins je ne me passionne pas pour les tarots ou l'astrologie et je n'ai pas l'impression, comme mon amie Elizabeth Howland, que mes essuie-glaces me donnent des conseils sages et cohérents sur mes investissements en Bourse. Pas plus tard que le mois dernier, elle m'a affirmé que ses essuie-glaces la pressaient d'investir dans Merck Chemicals, ce qu'elle a fait en réalisant un profit de plusieurs milliers de dollars. J'imagine qu'elle ment au sujet de ses déboires financiers, à l'image de tous les joueurs. Comme je l'ai dit, les essuie-glaces ne me parlent pas mais j'entends, en effet, de la musique dans les endroits les plus incongrus ; en particulier dans les réacteurs des avions. Habituée comme je le suis au vrombissement assourdi des avions à réacteurs transocéaniques, je suis devenue extrêmement sensible aux mélodies complexes que jouent les vieux DC-7 et Constellation que je prends pour me rendre au Portugal et à Genève. Une fois dans les airs, les harmoniques de leurs réacteurs résonnent à mes oreilles comme une musique universelle, aussi aléatoire, vierge de références et intemporelle que l'essence d'un rêve. Cette musique est loin d'être jubilatoire, mais ce serait une erreur de la qualifier de triste. Les son émis par un Constellation me semblent plus contrapuntiques, et en un sens moins universels que ceux d'un DC-7. Je peux suivre aussi distinctement qu'au cours de n'importe quel concert le passage d'un accord majeur à une septième diminuée, l'ascension à la tonique, la modulation en mineure et la résolution d'un accord. Ces sons ont l'énergie et la grandiloquence de la musique baroque mais jamais, je le sais d'expérience, ils n'atteindront leur apogée et leur résolution. L'église que jeune fille je fréquentais dans l'Indiana employait un organiste qui n'avait jamais terminé ses études de musique, par suite de problèmes financiers ou d'une incurable incapacité à persévérer. Il jouait de l'orgue avec un certain brio et une certaine virtuosité naturels, mais ce qui avait commencé en fugue directe et vigoureuse se décomposait et s'achevait dans la vulgarité. Les Constellation semblent souffrir de la même indécision musicale, de la même incurable incapacité à persévérer. Les première, deuxième et troisième voix de la fugue retentissent avec clarté mais alors, à l'image du jeu de l'organiste, la force de l'invention s'égare dans une série d'errances harmoniques. Les réacteurs d'un DC-7 semblent tout à la fois plus complets et plus limités. Une nuit, sur un vol à destination de Frankfort, je les ai distinctement entendus interpréter la moitié des variations vulgaires que Gounod a faites de Bach. J'ai également entendu la *Jeux d'eaux* de Haendel, le thème de la mort de la *Tosca*, l'ouverture du *Messie*, etc. Mais alors que je me trouvais à bord d'un DC-7, un soir, au départ d'Innsbruck – peut-être était-ce dû au froid intense – j'ai distinctement entendu les réacteurs produire une synthèse exaltante de tous les échos de la vie, sifflets de bateau et d'avion, grincements de portails en fer, ressorts de lit, tambours, rafales de vent chargées de pluie, tonnerre, pas et chants, lesquels semblaient tressés en une corde ou un cordon d'air qui s'est interrompu lorsque l'hôtesse de l'air nous a demandé de respecter les signaux d'interdiction de fumer *(Nicht rauchen)*, une annonce qui, pour moi, en est venue à signifier que si je ne suis pas arrivée à la maison, j'ai du moins atteint ma destination.

« Je sais, bien sûr, que tu juges tout cela dénué d'intérêt. Je n'ignore pas que tu aurais préféré avoir une mère plus conventionnelle, une mère qui t'aurait envoyé des colis de douceurs et se serait souvenue de ton anniversaire, mais il me semble que nous montrons, dans l'observation et l'étude d'autrui, excessivement circonspects et craintifs. Dans nos efforts pour entrevoir l'âme de l'homme – et désirons-nous jamais autre chose ? –, nous affirmons avoir l'honnêteté du désespoir quand, en réalité, nous mettons en place les structures artificielles d'une réalité acceptable et refusons obstinément d'admettre l'existence qui est la nôtre. Avant de terminer cette lettre, je vais t'ennuyer avec une dernière observation. Ce que je vais te dire doit être bien connu de la majorité des voyageurs, pourtant je n'oserais confier ce que je sais à un ami proche de crainte de passer pour folle. Puisque tu es déjà convaincu que je suis folle, je suppose que cela ne peut pas me nuire.

« Au cours de mes voyages, j'ai remarqué que les lits étrangers des hôtels et des pensions où je dors sont entourés d'auras considérablement variées et exercent une profonde influence sur mes rêves. Il est indéniable que nous imprimons quelque chose de nous – de nos esprits et de nos désirs – sur les matelas où nous reposons, et j'ai maintes preuves de ce que j'avance. À Naples, une nuit de l'hiver dernier, j'ai rêvé que je lavais des vêtements en tissu infroissable, ce qui est, comme tu le sais, une chose que je ne ferais jamais. C'était un rêve très détaillé ; je distinguais les vêtements suspendus dans la douche et je sentais l'odeur du tissu humide, bien qu'il ne s'agisse nullement de souvenirs. À mon réveil, il m'a semblé être environnée par une aura qui n'était pas la mienne, timide, sérieuse et chaste. Une présence régnait dans la chambre, c'était indubitable. Au matin, j'ai demandé à l'employé de la réception qui était la dernière personne à avoir occupé mon lit. Il a consulté ses fiches et m'a dit qu'il s'agissait d'une touriste américaine – une certaine Miss Harriet Lowell –, qui avait emménagé dans une plus petite chambre, mais que l'on pouvait voir à l'instant même sortir du salon. Me retournant, j'ai aperçu Miss Lowell, dont j'avais déjà vu la robe en tissu infroissable en rêve et dont l'esprit timide, chaste et sérieux flottait encore dans la chambre qu'elle avait quittée. Tu mettras cela sur le compte d'une coïncidence, je le sais ; mais laisse-moi poursuivre. Un peu plus tard, à Genève, j'ai dormi dans un lit qui semblait exhaler une aura si douteuse et vénérienne que mes rêves en ont été proprement répugnants. J'y ai vu deux hommes nus dans la position d'un cavalier et de sa monture. Au matin, j'ai demandé à l'employé de la réception qui étaient les occupants précédents de la chambre et il a répliqué : « *Oui, oui*, deux *tapettes**. » Ils avaient fait un tel tapage qu'on

---

* Les mots en italique sont en français dans le texte original. (*N.d.T.*)

leur avait demandé de quitter les lieux. Après cela, j'ai pris l'habitude de décider en mon for intérieur qui avait dormi dans mon lit et de vérifier ce qu'il en était auprès de l'employé le matin venu. Dans chaque cas, je tombais juste – c'est-à-dire chaque fois que l'employé était disposé à coopérer. Quand cela impliquait des prostituées, il arrivait qu'il ne souhaite pas répondre. Si je ne trouvais aucune présence dans mon lit, j'en concluais que ce dernier était vide depuis une semaine ou dix jours. Je ne me trompais jamais. Cette année, au cours de mes voyages, j'ai partagé les rêves d'hommes d'affaires, de touristes, de couples mariés, de personnes chastes et ordonnées tout autant que de prostituées. L'expérience la plus surprenante qu'il m'ait été donné de vivre s'est produite à Munich au printemps.

« Je suis descendue au Bristol, comme je le fais toujours, et j'ai rêvé d'un manteau en zibeline. Tu le sais, je déteste la fourrure mais j'ai vu ce manteau dans les moindres détails ; la coupe du col, les peaux de couleur miel, la soie jaune dont il était doublé et, dans l'une des poches doublées de soie, les talons de deux billets pour l'Opéra. Au matin, j'ai demandé à la bonne qui m'apportait le café si l'occupante précédente de la chambre possédait un manteau en fourrure. Elle a joint les mains, a levé les yeux au ciel et répondu que oui, oui, c'était un manteau en zibeline russe, le plus beau manteau qu'il lui avait jamais été donné de voir. Cette femme adorait son manteau. Il était comme son amant. Et la femme qui possédait ce manteau, ai-je demandé en remuant mon café et en prenant l'air innocent, allait-elle parfois à l'Opéra ? Oh oui, oui, a répondu la femme de chambre, elle était venue pour le festival de Mozart et elle était allée à l'Opéra tous les soirs pendant deux semaines, vêtue de son manteau en zibeline.

« Je n'étais pas perplexe outre mesure – j'ai toujours su que la vie était un insondable mystère –, mais ne dirais-tu pas que je possède la preuve irréfutable du fait que nous abandonnons des fragments de nous-mêmes, de nos rêves et de nos esprits dans les chambres où nous dormons ? Mais que pouvais-je faire de cette information ? Si j'avais confié ma découverte à un ami, on m'aurait vraisemblablement prise pour une folle et, après tout, mon aptitude à deviner qu'une vieille fille, une prostituée ou personne n'avait occupé mon lit pouvait-elle être d'une quelconque utilité ? Était-ce un don, ou bien ces faits étaient-ils connus de tous les voyageurs ? Et pouvait-on réellement qualifier de don une aptitude qui ne pouvait servir à rien ? J'ai fini par conclure que l'universalité de nos rêves recouvre absolument tout, y compris les vêtements et les talons de billets pour l'Opéra – et si nous avons vraiment une connaissance aussi intime d'autrui, ne sommes-nous pas plus proches que nous ne l'imaginons d'un monde pacifique ? »

XII

J'AI GRANDI chez ma grand-mère, à Ashburnham, et j'ai fréquenté une petite école primaire de campagne où j'étais externe. J'ai pris mes repas dans l'office jusqu'à l'âge de dix ou onze ans, après quoi j'ai été promu à la grande table du dîner. Il y avait généralement des invités. À cet âge-là, la conversation des adultes me semblait ennuyeuse à mourir. J'imagine que j'étais renfrogné. Quoi qu'il en soit, ma grand-mère me sermonna. « Maintenant que tu es assez grand pour dîner à ma table, déclara-t-elle, j'estime que tu dois contribuer à la conversation. Lorsque des gens se réunissent le soir, ils se réunissent pour dîner mais également pour échanger des opinions, des anecdotes et des nouvelles. Nous apprenons quelque chose chaque jour, n'est-ce pas ? Nous voyons quelque chose d'intéressant chaque jour. Au cours de ta journée, tu apprends ou tu observes sans aucun doute quelque chose qui nous intéressera, moi et mes invités, et je veux que tu participes plus activement à la conversation. » Je demandai à être renvoyé à l'office, mais ma grand-mère ne sembla pas m'entendre. Lorsque je m'assis à table, ce soir-là, j'étais nerveux. La discussion était animée et ma grand-mère m'adressa un sourire pour m'indiquer que mon tour était venu. Tout ce dont je pouvais me souvenir, c'était qu'en rentrant à pied de l'école j'avais vu une dame voler des soucis dans un jardin public. Quand elle avait entendu mon pas, elle avait dissimulé les soucis sous son manteau. Dès que je m'étais éloigné, elle avait recommencé à cueillir des fleurs.

« J'ai vu une dame voler des fleurs dans le parc, déclarai-je.

– Tu n'as rien vu d'autre ? demanda ma grand-mère.

– J'ai vu le match de basket. »

Les adultes se remirent à converser, mais je savais que j'avais échoué et que j'allais devoir me préparer. Je suivais des cours d'histoire ancienne et j'entrepris de mémoriser chaque soir l'essentiel de deux pages de mon manuel scolaire. « De toutes les provinces grecques qui se déployaient de la mer Noire jusqu'aux rivages ouest de la Méditerranée, déclarai-je, aucune n'égalait Athènes, et l'homme à qui l'on devait cet accomplissement se nommait Périclès… » Le lendemain soir, ce fut au tour de Solon à Sardis et le lendemain, de la constitution d'Athènes. À la fin de la semaine, ma grand-mère me dit avec gentillesse : « Je suppose qu'il serait peut-être préférable que tu écoutes la conversation. »

Ma grand-mère était riche, et je n'entrerai pas dans les détails. C'était une femme corpulente au visage sans beauté, mais le fait de n'avoir jamais eu de soucis d'argent lui avait donné, jusque dans sa vieillesse, une fraîcheur peu commune. La chance et l'argent semblaient lui avoir permis d'échapper à l'une des principales sources d'inquiétude. Nous étions très bons amis, même s'il m'arrivait de lui jouer des tours. J'avais douze ans – je n'étais pas encore parti en pension – quand elle invita à dîner un comte du nom de Penwright. Les titres de noblesse l'emplissaient d'exaltation et pour je ne sais quelle raison, l'exaltation que lui inspirait la venue de lord Penwright me mit de mauvaise humeur. Il était prévu que j'assiste au dîner. J'appris que nous allions avoir des huîtres et je me rendis à pied jusqu'à la petite ville, où j'achetai une fausse perle de taille considérable chez Woolworth. À ma demande, Olga, la serveuse, la glissa dans l'une des huîtres sur l'assiette de lord Penwright. Il y avait peut-être douze personnes à table et nous étions en train de bavarder quand lord Penwright s'exclama : « Oh, ça alors » ou « Tiens donc » et brandit sa perle dans les airs. C'était la plus grosse que vendait Woolworth et elle semblait, à la lueur des bougies, d'une valeur inestimable. « Quelle charmante attention ! s'exclama M. le comte.

– Hmm », dit ma grand-mère.

Son visage, d'ordinaire très enjoué, était troublé.

« Je la ferai sertir pour l'offrir à ma femme, poursuivit le comte.

– Mais c'est ma perle, dit ma grand-mère. C'est ma maison. Ce sont mes huîtres. La perle est à moi.

– Je n'y avais pas pensé sous cet angle-là », dit le comte.

Il soupira et tendit la perle à ma grand-mère.

Dès qu'elle eut la perle entre les mains, elle s'aperçut qu'elle venait de Woolworth et, se tournant vers moi, assis à l'extrémité de la table, elle ordonna :

« Va dans ta chambre. » J'allai à la cuisine, je dînai, puis je montai dans ma chambre. Elle ne fit jamais allusion à la perle, mais les choses ne furent plus jamais les mêmes entre nous. En septembre, elle m'envoya en pension.

XIII

MA GRAND-MÈRE mourut durant ma dernière année de lycée et je n'eus nulle part où aller pour Noël. J'avais beaucoup d'amis, pour autant que je m'en souvienne, mais je ne reçus aucune invitation pour Noël, ou encore je les déclinai toutes. Quand le lycée ferma pour les vacances, il ne resta que moi au dortoir. Je me sentais affreusement seul dans le bâtiment désert et mon illégitimité me faisait l'effet d'une injustice cruelle. Tout le monde avait au moins son père ou sa mère tandis que je n'avais personne. Il me semblait que mon père pouvait au moins m'offrir une bière pendant les vacances de Noël. C'était tout ce que j'attendais de lui. Je savais qu'il était marié et qu'il habitait Boston, et ce soir-là je pris l'avion à destination de Boston. Je trouvai son nom dans un annuaire de la banlieue et je me rendis en voiture à Dedham, où il vivait. Je sonnai à sa porte ; quand son épouse m'ouvrit, j'eus la surprise de voir une femme dénuée de tout attrait, aux cheveux blancs. Elle avait un visage cireux et de longues dents mais, étant presque ou entièrement dépourvue de charme physique, elle semblait avoir développé une autre sorte de charme. Elle paraissait gentille et intelligente. Je déclarai que je m'appelais Paul Hammer et que je souhaitais voir M. Taylor. Je crois qu'elle savait qui j'étais. Elle me dit qu'il était en ville.

« Il est allé à une soirée mercredi, ajouta-t-elle, et quand il va à une soirée, il s'écoule en général plusieurs jours avant son retour. Il est descendu au Ritz. »

Son intonation n'était nullement celle d'une femme qui souffre sans se plaindre. Peut-être était-elle ravie de ne pas l'avoir à la maison. Je la remerciai et me rendis au Ritz. Mon père était inscrit dans le registre, mais il ne répondit pas au téléphone et je pris l'ascenseur jusqu'à l'étage où se trouvait sa chambre. Il n'ouvrit pas non plus lorsque je sonnai, mais la porte n'était pas fermée à clef et j'entrai.

Pour une soirée, cela avait été une soirée. Le salon était jonché des bouteilles vides et des verres sales sans lesquels, après tout, il est impossible de faire la fête. Mon père était dans la chambre. Deux lits étaient défaits, dont chacun avait été le théâtre d'innombrables débauches vénériennes. Il était allongé sur l'un d'eux, nu, plongé dans un profond sommeil éthylique. Il avait autour du cou un collier fait de bouchons de champagne – dix-sept – que, supposais-je, ses amis lui avaient enfilé après qu'il eut perdu connaissance. Il avait dépassé la cinquantaine, mais l'haltérophilie avait porté ses fruits et si l'on voyait mal, on pouvait croire qu'il s'agissait d'un homme beaucoup plus jeune. Il était souple, vraiment souple, mais cette souplesse qui n'était plus de son âge semblait obscène. Foudroyé sur son lit par l'alcool, il ressemblait à la silhouette à demi effacée d'un Icare ou d'un Ganymède que l'on aurait pu voir peinte sur les murs d'un restaurant italien vieillot de second rang, constellée d'excréments de mouches et maladroitement dessinée. Je ne crois pas qu'il se serait réveillé si je lui avais hurlé aux oreilles et, quoi qu'il en soit, il avait bien besoin de dormir. J'étais charitable à ce point. Et même plus encore. C'était mon père, l'auteur – avec quelque collaboration – de mon cœur, mes organes, mon esprit, et jusqu'où pouvait aller un homme avec un tel créateur ? Je pouvais le tuer, je pouvais le frapper et je pouvais lui pardonner mais je devais faire quelque chose, aussi j'optai pour une sorte de pardon inconfortable et je m'en fus. Ma destination suivante était Kitzbühel. Si mon père ne m'avait pas offert de bière, peut-être obtiendrais-je une tasse de thé de ma mère.

Nous parlons des voyages – des voyages à travers le monde – comme s'il s'agissait là d'une condition humaine parfaitement naturelle. « M. X, lisons-nous, se rendit ensuite de Boston à Kitzbühel. » Comme la vérité est différente ! Ce soir-là, je pris un avion à destination de Londres à Logan Airport. Le vol avait du retard, je bus cinq Martini au bar de l'aéroport et je traversai l'Atlantique dans un état de torpeur éthylique. Au petit matin nous arrivâmes à Londres, où je m'aperçus qu'on avait perdu mon bagage. J'errai dans l'aéroport jusqu'à trois heures de l'après-midi, après quoi l'on retrouva mon sac et je me rendis en taxi au Dorchester. Je tentai sans succès de dormir un peu, puis j'allai voir un film et m'enivrai dans un bar. Mon vol devait partir à destination de Francfort-sur-le-Main à l'aube, mais ce matin-là un brouillard épais recouvrait Londres et lorsque j'arrivai à l'aéroport, tous les avions étaient cloués au sol. On annonçait à des intervalles d'une demi-heure que le brouillard allait se lever. Je pris le petit déjeuner offert aux voyageurs. À trois heures, l'aéroport fut déclaré fermé pour la journée. Je retournai au Dorchester, mais aucune chambre n'était libre et après avoir essayé quatre autres hôtels, je me retrouvai dans une pension de Parkman Square où des bruits que je préfère ne pas décrire me tinrent éveillé durant la plus grande partie de la nuit. Le lendemain matin, il y avait encore du brouillard mais le temps semblait s'éclaircir et je retournai à l'aéroport. Je bus une tasse d'un café exécrable et un verre d'une eau orange. Ils eurent sur ma digestion un effet foudroyant et je gagnai en hâte les toilettes pour hommes. J'y étais depuis un quart d'heure lorsque j'entendis qu'on annonçait mon vol. Je remontai mon pantalon, traversai l'aéroport en courant et embarquai in extremis dans l'avion pour Francfort. Mes troubles digestifs n'étaient pas terminés et je passai la durée du vol Londres-Francfort dans les toilettes. Des signaux lumineux en trois langues m'enjoignaient de regagner mon siège, mais comment l'aurais-je pu ? Il faisait très froid à Francfort, où je pris l'avion pour Innsbruck. À Innsbruck, je pris le Transalpin jusqu'à Kitzbühel où j'arrivai à quatre heures de l'après-midi, mais il ne me semblait pas, en fait, être arrivé où que ce soit. J'avais seulement l'impression d'avoir répandu mes entrailles et mes organes sur un tiers de tour du monde.

Ma mère était domiciliée à la Pension Bellevue. Sur la façade du bâtiment en bois s'alignaient des cornes et je me demandais si leur lien avec le cocufiage avait échappé aux Tyroliens, ou s'il s'agissait justement d'une pension dans ce genre-là. Quand je demandai à voir ma mère, ils semblèrent tomber des nues. C'était une Fräulein. Une femme de chambre monta à l'étage et redescendit avec ma mère. En me voyant, elle se récria de ravissement et je la pris dans mes bras. Ses cheveux avaient commencé à grisonner, mais elle ne s'était pas épaissie. Ses yeux étaient restés d'un bleu vif.

« Es-tu venu pour Noël, Paul ? demanda-t-elle. Es-tu venu passer Noël avec ta mère ? D'ordinaire je pars pour l'Estoril bien plus tôt, mais il n'a pas encore neigé cette année et je traîne ici en attendant les premiers flocons. »

On me donna une chambre voisine de la sienne et nous montâmes ensemble. Elle fit du thé sur une lampe à pétrole et m'en versa une tasse. À cet instant, la porte s'ouvrit à la volée et une femme anguleuse s'engouffra dans la pièce en s'exclamant : « Vous avez pris notre sucrier ! Vous avez emprunté notre sucrier hier à l'heure du thé et vous avez négligé de nous le rendre !

– Mais je vous l'ai rendu, répliqua poliment ma mère. Je l'ai posé sur votre étagère à livres. C'est là que vous le trouverez. »

Après le départ de l'inconnue, ma mère se tourna vers moi et me demanda :

« Et comment va ton affreux pays ?

– Il n'est pas affreux, maman, dis-je, et c'est le tien aussi.

– Il est vrai que je voyage grâce à un passeport américain, répliqua-t-elle, mais ce n'est qu'un des compromis auxquels il faut se plier lorsqu'on a affaire à une bureaucratie. Cela n'empêche que c'est un endroit affreux. Quand j'étais membre du parti socialiste avec ton père, j'ai répété un nombre incalculable de fois que si le capitalisme américain continuait à porter aux nues des hommes vénals et malhonnêtes, l'économie dégénérerait jusqu'à engendrer des drogues et des modes de vie qui rendraient toute réflexion – toute pensée et toute émotion vraie – impossible. J'avais raison. (Elle pointa le doigt sur moi.) Je vois des magazines américains au café et la majeure partie de leur texte est composée de publicités pour le tabac, l'alcool ou d'absurdes véhicules à moteur qui vous promettent – vous promettent littéralement – de vous permettre d'oublier la misère, la pauvreté spirituelle et la monotonie de l'égoïsme. Jamais, dans toute l'histoire de la civilisation, on n'a vu une grande nation obstinément résolue à se droguer. L'été dernier, je suis allée en Californie…

– Je ne savais pas que tu étais retournée là-bas.

– Eh bien, si. Je ne t'ai pas téléphoné.

– Ça n'a pas d'importance.

– Je savais bien que ça n'en aurait pas, répliqua-t-elle sèchement. Eh bien, pour résumer toute l'histoire, je suis allée rendre visite à des amis à Los Angeles, ils m'ont emmenée faire un tour sur l'autoroute et j'y ai vu un exemple de plus de négligence, de suicide, de corruption municipale et de gaspillage des ressources naturelles. Je n'y retournerai pas, car dans le cas contraire, sais-tu ce que je ferais ?

– Non, maman.

– Je m'installerais dans une ville comme Bullet Park. J'achèterais une maison. Je me fondrais dans le décor. Je jouerais au bridge. Je m'occuperais d'œuvres de bienfaisance. Je recevrais à dîner afin que mon projet reste secret.

– Et que serait ce projet ?

– Je choisirais un homme jeune, de préférence un publicitaire, marié, avec deux ou trois enfants, un parfait exemple d'une existence dénuée de toute valeur et de toute émotion véritables.

– Que lui ferais-tu ?

– Je le crucifierais sur la porte de l'église du Seigneur ! s'exclama-t-elle avec passion. Il ne faudra pas moins d'une crucifixion pour réveiller le monde !

– Et comment le crucifierais-tu ?

– Oh, je n'ai pas encore étudié tous les détails, répondit-elle. (Soudain, c'était de nouveau une gentille vieille femme aux cheveux gris.) J'imagine que je le droguerais ou que je l'empoisonnerais à l'occasion d'un cocktail. Je ne voudrais pas qu'il souffre. »

Je gagnai ma chambre pour défaire mon sac. Le mur de plâtre était mince et j'entendis ma mère parler à travers la cloison. Je crus tout d'abord que quelqu'un lui avait rendu visite après mon départ, mais bientôt je devinai au volume de sa voix qu'elle parlait seule. Je l'entendais clairement. « Mon père était ouvrier dans les carrières, souvent au chômage. J'avais lu quelque part qu'on peut déterminer la trajectoire professionnelle de quelqu'un d'après ses origines et, étant considéré la modestie des miennes, je songeais que si je les acceptais, je finirais serveuse dans un restaurant ou au mieux bibliothécaire dans une petite ville. Je ne cessais d'essayer de les falsifier de façon à disposer de davantage de latitude pour ma carrière. Ayant grandi dans une petite ville, j'étais terrifiée à l'idée de me voir confinée dans l'une d'elles… »

Je sortis dans le couloir et j'ouvris sa porte. Elle avait ôté ses chaussures et elle était allongée sur son lit, tout habillée, s'adressant au plafond ou au vide.

« Au nom du ciel, que fais-tu, maman ?

– Oh, je m'auto-analyse, répliqua-t-elle d'un ton enjoué. J'ai pensé qu'une psychanalyse me serait bénéfique. Je suis allée voir un médecin dans notre petite ville. Il se faisait payer cent schillings de l'heure ; je ne pouvais tout simplement pas me le permettre, mais lorsque je le lui ai dit il m'a conseillé de vendre ma voiture et me restreindre sur mes repas. Imagine un peu ! Alors j'ai décidé de m'auto-analyser. Maintenant, trois fois par semaine, je m'allonge sur mon lit et je me parle durant une heure. Je suis très franche. Je ne m'épargne rien de déplaisant. Cette thérapie semble très efficace et, bien sûr, elle ne me coûte pas un centime. Il me reste encore trois quarts d'heure, alors si tu pouvais me laisser seule… »

Je sortis et je refermai la porte, mais je restai immobile dans le couloir suffisamment longtemps pour l'entendre dire : « Quand je dors couchée sur le dos, mes rêves sont très linéaires, posés et convenables. Quand je suis couchée sur le dos, je rêve souvent d'une villa palladienne. J'entends par là une maison anglaise construite dans l'esprit de Palladio. Quand je dors dans la position du fœtus, mes rêves sont spectaculaires, douteux et parfois érotiques. Quand je dors sur le ventre… »

Je regagnai ma chambre et je bouclai mon sac, fils unique d'une cariatide de sexe masculin soutenant les trois étages supérieurs du Mercedes Hotel et d'une vieille folle. Je laissai un mot l'informant que j'avais soudain eu la bougeotte. En apparaissant pour disparaître aussitôt, je n'avais pas le sentiment de lui jouer un tour cruel. J'avais l'impression qu'elle était si absorbée par ses propres excentricités qu'elle remarquerait à peine mon départ. Je me rendis en taxi à la gare et je repris mes voyages.

J'arrivai à Londres dans la soirée, à l'heure du dîner. C'était le 23 décembre. Après avoir soupé, j'allai me promener. Il neigeait. Je passai devant un théâtre ou un cinéma à l'intérieur duquel un évangéliste dont le nom m'échappe avait réuni ses fidèles. Poussé par la curiosité, j'entrai. La salle était à moitié pleine.

L'évangéliste était un homme quelconque vêtu de façon quelconque, en gris. Il n'était pas laid, mais doté d'un de ces visages déconcertants qui n'ont aucune harmonie. Son nez était rouge et bulbeux. Ses lèvres étaient fines et délicates. Ses cheveux et ses oreilles semblaient avoir été ajoutés là après réflexion. La salle était éclairée et je balayai du regard l'assemblée des fidèles. Nombre d'entre eux appartenaient à la catégorie d'individus qui logent dans des pensions, vieillards esseulés dont la piété trouvait sa source dans la bêtise et l'ennui ; mais je vis également des visages lumineux, des visages jeunes, les visages d'hommes et de femmes qui menaient un combat honorable pour atteindre la paix de l'esprit. L'ardeur avec laquelle ils se recueillaient, l'atmosphère empreinte d'une humanité partagée, m'émurent profondément. Il me sembla que les cruels fardeaux de l'isolement, du soupçon, de la solitude, de la crainte et de l'inquiétude s'étaient volatilisés. La vie était quelque chose de naturel et nous – ainsi réunis – étions des hommes et des femmes pures et naturels. À mes côtés, un homme était profondément recueilli dans l'attitude de la prière. Une fois le sermon terminé, l'évangéliste nous demanda de nous diriger vers l'avant de la salle afin de confesser nos péchés et d'être absous. Les fidèles, par petits groupes, s'exécutèrent et furent bénis.

Quand ils se détournaient, après la bénédiction, ils étaient nombreux à rayonner, et à quoi bon demander combien de temps durerait leur exaltation ? Beaucoup allaient retrouver des chambres vides, un infirme à qui prodiguer des soins, des mariages ratés, le mépris, l'humiliation et le désespoir, mais ils se berçaient de la promesse qui leur avait été faite. Je remontai l'allée en compagnie d'un des derniers groupes. Oh, mon Père, j'ai péché. J'ai mangé plus que ma part de sandwiches lors du pique-nique. J'ai pratiqué la luxure sous toutes ses formes. J'ai laissé mon vélo neuf sous la pluie. Je n'aime pas mes parents. Je me suis admiré dans la glace. Purifiez-moi et absolvez-moi, mon Père infiniment miséricordieux.

Alors, immobile, tête baissée, je me sentis complètement purifié et absous. La vie était simple, une chose naturelle, un privilège. Mon existence avait un but, même s'il n'allait m'être révélé que plus tard. Je regagnai l'hôtel d'un pas joyeux.

XIV

AU COURS DE MA DEUXIÈME ANNÉE D'ÉTUDES à Yale, je déposai auprès du tribunal de New Haven une requête afin de changer mon nom de Paul Hammer en Robert Levy. Je ne sais trop pourquoi. Hammer, bien sûr, était tout sauf un nom de famille. Levy possédait pour moi une sonorité pure et simple et, puisque je n'appartenais véritablement à aucune communauté, j'imagine que j'espérais ainsi m'introduire subrepticement dans la communauté juive. Dans un discours éloquent, mon avocat souligna le fait que j'étais un enfant illégitime, baptisé d'après un outil modeste et rudimentaire aperçu par la fenêtre. Le juge, qui s'appelait Weinstock, rejeta ma requête. Le journal de New Haven publia un article à ce sujet en mentionnant l'origine de mon nom ; à la suite de quoi je fus rayé du Bottin mondain et perdis une bonne dizaine d'amis. J'ai toujours été sidéré de constater que la bâtardise représente encore une menace aux yeux d'une société organisée.

Laissons de côté le lycée et l'université. Alors que j'étais âgé de vingt-quatre ans et que j'habitais à Cleveland, j'investis cinquante mille dollars de la fortune que m'avait léguée ma grand-mère dans une agence de publicité dont le directeur était un jeune homme que j'avais rencontré à l'université. Nous étions tous deux inexpérimentés et l'agence périclita. À la fin de l'année, nous empruntâmes sur hypothèque auprès d'une agence de publicité plus importante qui, six mois plus tard, saisit notre société et empocha mon investissement. Je ne crois pas qu'il y ait un lien – je disposais toujours d'un revenu non négligeable – mais à peu près à cette époque, je commençai à souffrir de mélancolie – de *cafard** –, d'une forme de désespoir qui semblait parfois avoir une apparence tangible. Une ou deux fois, je crois, j'eus l'impression d'entrevoir quelques-uns de ses attributs physiques. Elle était couverte de poils – c'était la *bête noire* classique –, mais en règle générale elle n'était pas plus visible qu'une colonne d'air mouvante. Ce fut alors que je pris la décision de m'installer à New York et de traduire la poésie d'Eugenio Montale. Je louai un appartement meublé, mais je ne connaissais, semblait-il, presque personne à New York et par conséquent, j'étais seul la majeure partie du temps, et la majeure partie du temps en proie au cafard.

Ce dernier s'emparait de moi dans les trains et les avions. Je m'éveillais en pleine forme et débordant de projets, mais j'étais terrassé par le cafard alors que je me rasais ou que je buvais ma première tasse de café. Il était à l'apogée de sa force et j'étais à l'apogée de ma faiblesse lorsque la rumeur de la circulation m'éveillait à l'aube. Ma meilleure défense, mon unique défense,

* Les mots en italique sont en français dans le texte original. (*N.d.T.*)

consistait à me cacher le visage sous l'oreiller et à évoquer des paysages représentant à mes yeux la perfection et la beauté que j'avais perdues. Le premier était une montagne, de toute évidence le Kilimandjaro. Son sommet était un cône parfait, enneigé, illuminé par une lueur fugace. Je vis cette montagne un millier de fois – je priais pour la voir – et lorsqu'elle me devint plus familière, j'aperçus les feux d'un village primitif à son pied. La vision datait, j'imagine, de l'âge du bronze ou de la pierre. À peine moins souvent, je voyais une ville fortifiée médiévale. Il aurait pu s'agir du Mont-Saint-Michel, d'Orvieto ou d'une lamaserie du Tibet ; toujours est-il que la ville fortifiée, comme la montagne enneigée, semblait incarner la beauté, l'enthousiasme et l'amour. Je voyais aussi, moins souvent et avec moins de succès, un fleuve aux rives tapissées d'herbe. Il s'agissait des Champs Élysées, supposais-je, mais j'avais du mal à y accéder et un jour, il me sembla que des rails de chemin de fer ou une voie express avaient détruit la beauté des lieux.

Je m'étais mis à boire copieusement pour vaincre le cafard, et un matin – j'habitais New York depuis un mois et demi –, je bus une rasade de gin tout en me rasant. Puis je retournai me coucher, me cachai la tête sous l'oreiller et m'efforçai de faire apparaître la montagne, la ville fortifiée ou les champs verdoyants ; mais à la place, je vis une femme au teint pâle vêtue d'une chemisette rayée bleu clair. Durant l'instant fugace où je la vis, il me sembla éprouver pour elle des sentiments profonds et sans ambiguïté, mais alors elle disparut.

Ce jour-là, je restai au lit jusqu'à au moins onze heures. Puis je me levai, je descendis au drugstore du coin et je commandai un petit déjeuner. La salle avait commencé à se remplir de la foule de midi et le brouhaha, les odeurs, me donnèrent la nausée. Je bus du café et du jus d'orange, puis regagnai mon appartement où je me servis encore un verre. Je buvais du gin sec. Cela me fit du bien et je bus un troisième verre avant de ressortir pour essayer d'avaler quelque chose. Cette fois-ci, je choisis un restaurant français où ma délicatesse éthylique ne serait pas froissée. Je commandai un Martini, du pâté et une assiette d'œufs brouillés et parvins à avaler tout cela. Puis je rentrai, me déshabillai et me recouchai, tirant les couvertures par-dessus ma tête. Je détestais la lumière du jour, elle semblait être même l'essence de mon cafard, comme si l'obscurité avait été capable d'adoucir mes frustrations, comme si la nuit avait représenté une sorte d'oubli. Je restai au lit, sans être endormi ni éveillé. Quand je me rhabillai et que je sortis, la nuit commençait à tomber. Je retournai au restaurant français où je commandai des escargots et un filet de bœuf, puis j'allai voir un film. C'était un film d'espionnage et il semblait si daté qu'il sapa la perception déjà chancelante que j'avais du temps et de la réalité. Je partis au milieu du film et rentrai me coucher. Il devait être environ dix heures du soir. J'avalai deux somnifères et restai au lit jusqu'au lendemain après-midi, vers deux heures, après quoi je m'habillai et retournai au restaurant où je mangeai une autre assiette d'œufs brouillés. Puis je retournai me coucher et restai au lit jusqu'à dix heures le lendemain matin. Ce dont j'avais envie, alors, c'était de dormir longtemps, longtemps, longtemps, et je disposais d'assez de cachets pour y parvenir. Je jetai les cachets dans les toilettes et tirai la chasse, puis j'appelai l'un de mes rares amis et m'enquis du nom de son médecin. Je téléphonai à ce dernier et lui demandai le nom d'un psychiatre. Il me recommanda un homme nommé Doheny.

Doheny me reçut cet après-midi-là. Sa salle d'attente disposait d'un vaste choix de magazines, mais les cendriers étaient vides, les coussins impeccables et j'eus le sentiment que j'étais peut-être le premier patient qu'il voyait depuis longtemps. Était-ce un psychiatre au chômage, me demandai-je, un psychiatre raté, un psychiatre impopulaire, trompait-il le temps dans son bureau vide comme un avocat, un coiffeur ou un antiquaire désœuvré ? Bientôt, il apparut et me précéda jusqu'à un cabinet meublé d'antiquités. Je me demandai alors si une partie des études d'un psychiatre était consacrée à l'ameublement de son cabinet. S'en occupaient-ils eux-mêmes ? Était-ce leurs femmes ? Ou un professionnel ? Doheny avait de grands yeux bruns et un long visage. Quand je m'assis dans le fauteuil réservé aux patients, il braqua le faisceau de son œil brun sur moi exactement comme un dentiste allume la lampe surplombant ses roulettes, et durant les cinquante minutes qui suivirent il me couva de son regard tandis que je le fixai en retour avec un grand sérieux pour prouver que j'étais honnête et viril. Il semblait avoir deux visages, comme une illusion créée par l'alcool, et il était fascinant de regarder l'une absorber l'autre. Il prenait un dollar la minute.

Après notre quatrième ou cinquième séance, il me recommanda de me masturber en rentrant chez moi et de lui faire part de mes réactions. Je m'exécutai et lui fis part du sentiment de honte que j'avais éprouvé. Il fut ravi de l'entendre ; cela prouvait, déclara-t-il, que mon cafard trouvait son origine dans un sentiment de culpabilité à l'égard du sexe. J'étais un homosexuel travesti refoulé. Je lui avais raconté que mon père avait servi de modèle à Fledspar. Il me dit que cette vision d'un homme nu soutenant des hôtels, des palais de justice et des opéras m'avait complexé et amené à adopter un mode de vie contre nature. Je lui dis d'aller au diable, ajoutant que j'en avais terminé avec lui. C'était un charlatan et j'allais le signaler à l'Association américaine de psychiatrie, affirmai-je. Si ce n'était pas un charlatan, pourquoi n'avait-il pas de diplômes accrochés à ses murs comme les autres médecins ? À ces mots il devint furieux, ouvrit à la volée le tiroir de son bureau et en sortit une liasse de diplômes. Il était diplômé de Yale, de Columbia et de l'Hôpital neurologique. Puis je m'aperçus que tous ces documents étaient au nom d'un certain Howard Shitz et je lui demandai s'il les avait trouvés dans une librairie de livres d'occasion. Il rétorqua qu'il avait changé de nom quand il avait ouvert son cabinet pour des raisons que n'importe quel âne bâté pouvait comprendre. Je pris la porte.

Après Doheny, je n'allais pas mieux – j'allais plus mal encore – et je commençai à me demander sérieusement si je n'avais pas été gravement affecté par l'omniprésence du visage et des épaules de mon père sculptés dans la pierre calcaire. Mais si tel était le cas, que pouvais-je faire ? L'Opéra de Malsburg et le Prinz-Regenten avaient été démolis, mais je ne pouvais enlever la statue paternelle de l'emplacement où elle trônait dans Broadway, et il soutenait toujours le Mercedes de Francfort. Je continuais à boire, plus d'un litre par jour, et mes mains s'étaient mises à trembler affreusement. Quand j'entrais dans un bar, j'attendais que le serveur ait tourné le dos avant d'essayer de porter mon verre à mes lèvres. Il m'arrivait d'asperger tout le bar de gin. Cela amusait les autres clients. Un week-end, j'allai en Pennsylvanie avec des amis portés sur la boisson et revins par un train attendu à Penn Station vers onze heures le dimanche soir. À cette époque, la gare était en train d'être rasée et reconstruite ; c'était un tel labyrinthe de ruines qu'il me sembla y voir une projection effrayante de mes propres errances mentales, et je me dirigeai vers la rue à la recherche d'un bar. Les établissements entourant la gare étaient trop brillamment éclairés pour un homme dont les mains tremblaient et je me dirigeai vers l'est, à la recherche d'un bar plongé dans la pénombre où mon infirmité serait moins voyante. Je m'étais engagé dans une petite rue quand j'aperçus deux fenêtres éclairées et une pièce aux murs jaunes. Il n'y avait pas de rideaux. Je ne voyais que ces murs jaunes. Je posai ma valise à terre pour contempler ces fenêtres. J'étais convaincu que l'homme qui habitait là menait une existence utile et illustre. C'était un homme célibataire, comme moi, mais il était sobre, souverainement intelligent et pragmatique. Les deux fenêtres m'emplirent de honte. Je ne voulais pas que ma vie soit seulement respectable, mais qu'elle soit exemplaire. Je voulais servir à quelque chose, être sobre et serein. Si je ne pouvais changer mes habitudes, je pouvais au moins changer le cadre dans lequel je vivais et je songeai que si je trouvais une chambre aux murs jaunes, je parviendrais à vaincre mon cafard et mon alcoolisme.

Le lendemain après-midi, je fis mes bagages et je me rendis en taxi à l'hôtel Milton, à l'autre bout de la ville, en quête de cette chambre où pourrait commencer mon existence illustre. Ils me donnèrent une chambre située au deuxième étage et donnant sur un puits d'aération. Elle n'avait pas été faite. Une bouteille de whisky vide et deux verres trônaient sur le bureau et seul l'un des deux lits avait été occupé. J'appelai la réception pour me plaindre et l'on me dit que la seule autre chambre disponible était une suite au dixième étage. Je m'y installai. Elle consistait en un petit salon, une chambre double et une collection de photographies de fleurs. Je fis monter du gin, du vermouth et des glaçons et je me saoulai. Ce n'était pas ce que j'avais l'intention de faire, et le lendemain matin j'allai m'installer à l'hôtel Madison.

Au Madison, ma chambre était meublée avec des antiquités du même style que celles qu'avait Doheny dans son cabinet. Il n'y manquait que la photo en couleur de ses trois enfants. Le bureau, du moins en partie, était une ancienne épinette. La table basse était tapissée d'un cuir ouvragé, doré à l'or fin et brûlé par de nombreuses cigarettes. Des miroirs trônaient sur tous les murs, de sorte que je ne pouvais échapper à mon reflet. Je me voyais fumer, boire, m'habiller et me déshabiller et quand je m'éveillai, au matin, la première chose que je vis fut moi-même. Le lendemain, j'allai m'installer au Waldorf où l'on me donna une chambre agréable et haute de plafond. La vue était panoramique. Je distinguais le dôme de St Bartholomex, le Seagram Building et l'un de ces bâtiments jaunes dont la façade est pourvue de terrasses et de fenêtres mais dont l'arrière de brique jaune est plat, dépourvu du moindre signe de vie à l'exception d'une gouttière. Il semblait avoir été découpé à l'aide d'un couteau. Où que vous soyez à New York, dès lors que vous êtes au-dessus du quinzième étage vous distinguez des cariatides, des naïades, des réservoirs sans attrait et des arches florentines, et j'étais en train de les admirer lorsqu'il me vint à l'esprit qu'il me serait extrêmement facile d'échapper au cafard en me jetant dans la rue. Je réglai ma note et pris un avion pour Chicago.

À Chicago, je descendis au Palmer House. Ma chambre se trouvait au seizième étage. Le mobilier semblait dater d'une période indéfinie mais plus je l'examinais, plus il me semblait s'agir d'une improvisation inoffensive ; puis je m'aperçus que les meubles étaient identiques à ceux de ma chambre au Waldorf. J'entrouvris les lattes du store vénitien. Ma fenêtre donnait sur une cour et je distinguais, en haut, en bas et sur les côtés, une centaine, une centaine de fenêtres exactement semblables à la mienne. Le fait que ma chambre ne soit en rien unique semblait sérieusement menacer l'unicité de ma propre personne. J'étais en proie à un intense vertige émotionnel. Je n'avais pas peur de tomber, mais de disparaître. Si rien ne distinguait ma chambre d'une centaine d'autres, peut-être rien ne me distinguait-il des autres hommes, et je rabattis les lattes du store avant de quitter la pièce. Alors que j'attendais l'ascenseur, un homme me lança le regard suave et plein d'espoir de la tante en goguette et je me dis que la similitude des fenêtres de l'hôtel l'avait peut-être conduit à affirmer son identité par des pratiques sexuelles contre nature. Je baissai chastement les yeux. Je bus trois Martini au bar du rez-de-chaussée, puis j'allai au cinéma. Je passai deux jours à Chicago, après quoi je pris le Zephir à destination de San Francisco. J'avais espéré qu'un wagon de train pourrait m'offrir un cadre où commencer ma nouvelle vie, mais je m'étais trompé. À San Francisco, je passai deux nuits au Palace et deux autres au St Francis, puis je descendis en avion vers le sud et pris une chambre au Los Angeles Biltmore. Rien n'aurait pu être plus éloigné de ce que je cherchais et je partis m'installer au Château Marmont. Je quittai ce dernier pour m'installer à Beverly Hills et le lendemain, je pris l'avion pour Londres. Je voulus descendre au Connaught mais ils étaient complets, aussi je me contentai du Dorchester où je tins deux jours. Puis je pris l'avion pour Rome et louai une chambre à l'Eden. Mon cafard m'avait suivi tout autour du monde, et je buvais toujours autant. Un matin, allongé dans mon lit à l'Eden, le visage caché sous l'oreiller, je tentai de faire apparaître le Kilimandjaro et son village primitif, les Champs Élysées, la ville fortifiée. Il me revint alors à l'esprit avoir pensé que la ville était peut-être Orvieto. Je louai une Fiat au concierge de l'hôtel et partis en direction du nord.

L'heure du déjeuner était passée lorsque j'atteignis Umbria, et je m'arrêtai dans une ville ceinte de murs où je mangeai des pâtes et bus du vin. C'était une région de blé, plus boisée que le reste de l'Italie et très verte. Comme la plupart des voyageurs, je ne cessai de remarquer sottement la similarité des choses, de me dire qu'à en croire ce que j'avais sous les yeux, j'aurais tout aussi bien pu être dans le New Hampshire ou dans la banlieue de Heidelberg. Mais à quoi bon ? Il était presque sept heures du soir lorsque, suivant la route en lacets, je m'engageai dans la vaste vallée qui entoure Orvieto.

Je m'étais trompé au sujet des tours, mais tout le reste semblait correspondre. La ville était haute, ses immeubles semblaient être une variation de la butte de pierre et elle ressemblait au lieu que j'avais vu tandis que je luttais contre le cafard. Elle semblait concorder avec ma vision. J'étais fébrile. Il s'agissait de ma vie, de ma santé mentale. Dans sa position prédominante, la cathédrale papale m'inspira bien naturellement un respect mêlé de crainte, de l'admiration et un sentiment proche de l'effroi, comme si une partie de mes souvenirs étaient ceux d'un hérétique s'apprêtant à être interrogé par les évêques. Traversant la ville basse, je gagnai la cité juchée sur la butte et descendis à l'Hotel Nazionale où l'on me donna une vaste chambre européenne luxueuse pourvue d'une armoire gigantesque et d'un lustre en verre. Ce n'était pas la chambre que je cherchais. J'allai déambuler dans les rues et juste avant la nuit, dans un bâtiment proche de la cathédrale, je vis les fenêtres éclairées et les murs jaunes.

Il me sembla, alors que je les contemplais depuis le trottoir, me tenir au seuil d'une nouvelle vie. Ce n'était pas un sanctuaire, c'était l'œil de l'ouragan, mais c'était un endroit où le cafard ne pouvait pénétrer. La porte de l'immeuble était ouverte et je gravis un escalier. Les deux pièces jaunes se trouvaient au deuxième étage. Elles étaient vides, comme je m'y attendais, et fraîchement repeintes. Tout était prêt pour que j'emménage. Un homme était en train de poser des étagères destinées à mes livres. Je lui demandai à qui appartenaient ces pièces ; il me répondit qu'elles étaient à lui. Je lui demandai si elles étaient à vendre ou à louer, et il sourit et répondit que non. Alors je lui dis qu'il me les fallait absolument et que son prix serait le mien, mais il continua à refuser en souriant. Puis j'entendis dans l'entrée des hommes qui portaient quelque chose de lourd. J'entendais leurs voix tendues par l'effort, leur respiration haletante, et l'objet, quel qu'il fût, qui cognait contre les murs. Il s'agissait d'un grand lit, qu'ils portèrent dans la seconde des deux chambres. Le propriétaire des lieux m'expliqua alors que c'était son lit de noces. Il se mariait le lendemain dans la chapelle de la cathédrale et c'était là qu'il allait commencer sa vie conju gale. J'étais encore tellement persuadé que les pièces m'appartenaient – spirituellement du moins – que je lui demandais s'il ne préférait pas habiter l'un des appartements neufs de la ville basse. Je paierais la différence entre les loyers, et j'étais prêt à lui offrir un cadeau conséquent pour son mariage. Il se montra inflexible, bien sûr. Comme tous les futurs mariés, il avait si souvent imaginé le moment où il ramènerait sa fiancée dans les pièces jaunes qu'aucune somme d'argent n'aurait pu chasser ce souvenir du recoin qu'il occupait dans son esprit. Je lui souhaitai quand même bonne chance et je redescendis l'escalier. J'avais trouvé mes pièces jaunes et je les avais perdues. Le lendemain matin, je quittai Orvieto pour Rome, et le jour suivant je quittai Rome pour New York.

Je passai une nuit dans mon appartement, une nuit durant laquelle je bus un litre de whisky. Le lendemain après-midi, j'allai en Pennsylvanie rendre visite à un ancien camarade d'université – Charlie Masterson – et sa femme. Ils avaient une bonne descente et nous nous retrouvâmes à court de gin avant le dîner. J'allai en voiture jusqu'à la petite ville de Blenville, me ravitaillai chez le caviste et pris le chemin du retour. Je tournai au mauvais endroit et me retrouvai sur une petite route de terre battue rouge qui semblait ne mener nulle part. Puis, sur ma gauche, en retrait et un peu en hauteur par rapport à la route, j'aperçus les murs jaunes pour la troisième fois.

Je coupai le moteur, j'éteignis les phares et je descendis de voiture. Un ruisseau coulait entre la route et la maison et je le franchis sur un pont en bois. Une pelouse ou un champ – l'herbe avait besoin d'être coupée – montait en pente douce jusqu'à une terrasse. C'était une maison en pierre rectangulaire, une vieille ferme pensylvanienne, et seule la pièce jaune était éclairée. Les murs étaient de la même teinte que ceux d'Orvieto. Je me glissai sur la terrasse, aussi concentré qu'un voleur. Une femme était assise dans la pièce jaune, plongée dans la lecture d'un livre. Elle portait une robe noire et des escarpins à talons, et un verre de whisky était posé sur une table auprès d'elle. Son visage était pâle et séduisant. Je lui donnai une vingtaine d'années. La robe noire et les escarpins à talons semblaient déplacés à la campagne et je me demandai si elle venait d'arriver de la ville ou si elle s'apprêtait à s'en aller, bien que la taille du verre à whisky rende cette hypothèse improbable. Cependant, ce n'était pas la femme, mais la pièce, que je désirais – carrée, ses murs jaune citron simplement éclairés – et j'avais le sentiment que si je pouvais seulement posséder cela, je redeviendrais moi-même, diligent et respectable. Elle leva brusquement les yeux, comme si elle sentait ma présence, et je m'éloignai de la fenêtre. J'étais empli de bonheur. Sur le chemin de ma voiture, je déchiffrai le nom *Emmison* peint sur une boîte aux lettres à l'extrémité de l'allée. Je retrouvai mon chemin jusque chez les Masterson et demandai à Mrs. Masterson si elle connaissait quelqu'un du nom d'Emmison. « Bien sûr, répliqua-t-elle. Dora Emmison. Je crois qu'elle est à Reno.

– Il y avait de la lumière chez elle, objectai-je.

– Mais enfin, qu'est-ce que vous faisiez chez elle ? .

– Je m'étais perdu.

– Eh bien, elle était à Reno. Je suppose qu'elle vient de rentrer. Est-ce que vous la connaissez ?

– Non, répondis-je, mais j'aimerais beaucoup.

– Eh bien, si elle est rentrée, je l'inviterai à prendre un verre demain. »

Elle vint le lendemain après-midi, portant sa robe noire et les mêmes escarpins à talons. Elle se montra un peu réservée mais je la trouvai fascinante, non à cause de ses charmes physiques et intellectuels, mais parce qu'elle possédait les murs jaunes. Elle resta dîner et je l'interrogeai au sujet de sa maison. Peu après, je lui demandai si elle n'envisagerait pas de la vendre. Elle n'était nullement intéressée. Alors je lui demandai s'il m'était possible de la voir et elle accepta avec indifférence. Elle avait l'intention de rentrer tôt, et si j'avais envie de la voir je pouvais l'accompagner, ce que je fis.

Dès que je pénétrai dans la pièce jaune, je ressentis la tranquillité d'esprit à laquelle j'aspirais depuis que j'avais pour la première fois aperçu ces murs dans un immeuble près de Pennsylvania Station. Parfois, vous pénétrez dans une sellerie, l'atelier d'un menuisier ou la poste d'une petite ville de campagne, et vous vous y trouvez étrangement en paix avec le monde. C'est généralement le crépuscule. Il y règne une odeur agréable (il me faut ajouter les boulangeries). Le visage du palefrenier, du menuisier, de l'employé des postes ou du boulanger est si limpide, si vierge de soucis, que vous avez le sentiment qu'il ne s'est jamais rien produit et qu'il ne se produira jamais rien de mauvais en ce lieu, un sentiment d'harmonie et de sainteté qu'aucune église, d'après mon expérience, n'est jamais parvenue à inspirer.

Elle me servit un verre et je lui demandai à nouveau si elle envisageait de vendre. « Pourquoi vendrais-je ma maison ? rétorqua-t-elle. J'aime cette maison. Je n'ai que celle-là. Si vous cherchez une villa dans la région, celle des Barkham est à vendre et elle est beaucoup plus attrayante que celle-ci.

– C'est celle-ci que je veux.

– Je ne comprends pas pourquoi elle vous plaît autant. Si j'avais le choix, je préférerais habiter celle des Barkham.

– Eh bien, je vais acheter celle des Barkham et vous l'échanger contre celle-ci.

– Je n'ai aucune envie de déménager », répliqua-t-elle.

Elle jeta un coup d'œil à sa montre.

« Puis-je dormir ici ? demandai-je.

– Où ?

– Ici, ici, dans cette pièce.

– Mais pourquoi voulez-vous dormir ici ? Le canapé est dur comme du bois.

– J'aimerais beaucoup, voilà tout.

– Eh bien, j'imagine que oui, si vous voulez. Mais pas d'embrouilles.

– Pas d'embrouilles.

– Je vais chercher des draps. »

Elle monta à l'étage, revint avec des draps et une couverture et prépara mon lit.

« Je crois que je vais aller me coucher, ajouta-t-elle en se dirigeant vers l'escalier. J'imagine que vous saurez vous y retrouver. Si vous voulez vous servir un autre verre, il reste des glaçons dans la carafe. Je pense que mon mari a laissé un rasoir dans l'armoire à pharmacie. Bonne nuit. »

Son sourire était courtois, sans plus. Elle gravit l'escalier.

Je ne me servis pas à boire. Je n'en avais pas besoin. Assis dans un fauteuil près de la fenêtre, je sentis le calme des murs jaunes me ressusciter. J'entendais le ruisseau, une chouette, des feuilles agitées par le vent ; tous les bruits du monde de la nuit me semblaient également adorables, comme si j'avais littéralement porté à la nuit l'amour qu'on peut porter à une femme, que j'avais aimé indifféremment les étoiles, les arbres et les herbes folles, comme on peut aimer avec la même ardeur les seins d'une femme et le trognon de pomme qu'elle a laissé dans un cendrier. J'aimais tout et tout un chacun. Ma vie avait pris un nouveau départ et, à la lumière de ce nouveau départ, je voyais combien je m'étais éloigné d'une trajectoire naturelle. La réalité était cela – une construction agréable, bénie et utile, dans laquelle je trouvais pleinement ma place. Je sortis sur la terrasse. Le temps s'était couvert, mais l'on distinguait encore quelques étoiles. Le vent était en train de tourner et était chargé d'une senteur de pluie. Je descendis jusqu'au pont, me déshabillai et plongeai dans un trou d'eau qui formait un bassin. L'eau était dense et un peu saumâtre à cause des marécages dont elle sourdait mais, à l'inverse du saphir aseptisé d'une piscine, elle avait quelque chose d'indéniablement et de fortement érotique. Je me séchai avec les pans de ma chemise et regagnai la maison, nu, avec le sentiment de fouler une terre tout entière vouée à mon plaisir. Je me brossai les dents et j'éteignis la lumière ; à l'instant où je me glissai dans les draps, il se mit à pleuvoir.

Depuis au moins un an, le bruit de la pluie ne signifiait que parapluies, imperméables, caoutchoucs, les sièges mouillés des décapotables ; mais à présent il semblait ajouter encore à mon bonheur, m'être prodigué telle quelque manne céleste. Il semblait accroître encore mon sentiment d'agilité et d'innocence, et je luttai contre le sommeil pour l'écouter avec l'oreille attentive et curieuse que nous prêtons à la musique. Quand je m'endormis enfin, je rêvai de la montagne, de la ville fortifiée et des berges de la rivière – dans cet ordre-là – et lorsque je me réveillai à l'aube, toute trace de déprime avait disparu. Je retournai plonger dans le bassin, puis je m'habillai. À la cuisine je trouvai un melon, préparai du café et fis rissoler du bacon. L'arôme du café et du bacon semblait être celui du renouveau et je mangeai de bon appétit. Elle descendit un peu plus tard, vêtue d'un peignoir, et me remercia d'avoir fait du café. Quand elle porta la tasse à ses lèvres, sa main tremblait tellement que du café se répandit. Elle alla chercher une bouteille de whisky à l'office et corsa son café. Elle ne s'excusa pas, ne fournit aucune explication, mais grâce à la rasade d'alcool sa main cessa de trembler. Je lui demandai si elle aimerait que je tonde la pelouse. « Eh bien oui, honnêtement, répondit-elle, si vous n'avez rien de mieux à faire. Il est affreusement difficile de trouver quelqu'un pour faire quoi que ce soit, par ici. La tondeuse se trouve dans la cabane à outils et je crois qu'il y a de l'essence. »

Je trouvai la tondeuse et l'essence, et je tondis le gazon. C'était une grande pelouse et il me fallut jusqu'à midi ou plus tard encore. Elle était assise sur la terrasse, plongée dans son livre, un verre à portée de main –

empli d'eau avec des glaçons ou de gin. Je l'y rejoignis, me demandant comment je pouvais lui devenir non seulement utile, mais indispensable. J'aurais pu lui faire des avances, mais si nous étions devenus amants cela aurait signifié partager la pièce jaune et ce n'était pas ce dont j'avais envie.

« Si vous voulez manger un sandwich avant de partir, vous trouverez du jambon et du fromage dans le frigo, déclara-t-elle. J'attends quelqu'un qui doit arriver par le train de seize heures, mais j'imagine que vous voudrez vous en retourner avant. »

Je fus pris d'effroi. Retourner, retourner, retourner aux eaux vertes et huileuses du Léthé, à ma lâcheté méprisable, au refuge de mon lit où je tremblais devant le vide ; recommencer à m'anesthésier au gin afin de pouvoir avaler une assiette d'œufs brouillés... Je m'interrogeai sur le sexe de la personne qu'elle attendait. S'il s'agissait d'une femme, ne pouvais-je rester en qualité d'homme à tout faire, pour ainsi dire, déjeunant à la cuisine et dormant dans la pièce jaune ?

« Si je peux faire quoi que ce soit d'autre pour vous rendre service, avançai-je. Du bois pour la cheminée ?

– J'achète mon bois de chauffage à Blenville.

– Voudriez-vous que je vous coupe du petit bois ?

– Pas vraiment.

– Il y a du jeu dans les gons de la porte-moustiquaire. Je pourrais la réparer. »

Elle ne parut pas m'entendre. Elle rentra et revint un peu plus tard avec deux sandwiches.

« Voulez-vous de la moutarde ? demanda-t-elle.

– Non merci », dis-je.

Je pris le sandwich comme une sorte de sacrement, puisque ce serait la dernière chose que je pourrais considérer avec quelque appétit jusqu'au moment où je retrouverais la chambre jaune, et qui savait quand cela se produirait ? J'étais désespéré.

« La personne qui vous rend visite est-elle un homme ou une femme ? m'enquis-je.

– Je ne crois vraiment pas que cela vous regarde, rétorqua-t-elle.

– Je suis désolé.

– Je vous suis reconnaissante d'avoir tondu la pelouse. Ce n'était vraiment pas du luxe, mais vous devez comprendre que je ne peux pas laisser un inconnu dormir sur mon canapé sans que ma réputation n'en souffre et ma réputation n'est pas absolument à toute épreuve.

– Je m'en vais », dis-je.

Je regagnai New York, alors condamné à l'exil et redoutant sincèrement mon penchant pour l'autodestruction. À peine eus-je fermé la porte de mon appartement que je retombai dans le cercle vicieux du gin, du Kilimandjaro, des œufs brouillés, d'Orvieto et des Champs Élysées. Le lendemain matin, je restai au lit jusqu'à une heure avancée. Je bus un verre de gin en me rasant, puis je sortis boire un café. Devant mon immeuble, je tombai nez à nez avec Dora Emmison. Elle était vêtue de noir – je ne l'ai jamais vue porter autre chose – et m'annonça qu'elle était venue passer quelques jours à New York afin de faire les boutiques et d'aller au théâtre. Je lui proposai de déjeuner avec moi mais elle répliqua qu'elle n'avait pas le temps. Dès que nous nous séparâmes, je sautai dans ma voiture et regagnai Blenville.

La maison était fermée à clef, mais je brisai un carreau de la fenêtre de la cuisine et m'introduisis à l'intérieur. Le fait de me trouver seul dans la pièce jaune fut tout ce à quoi je m'attendais. J'éprouvais un sentiment de bonheur, de sérénité et de force. J'avais apporté le Montale et je passai l'après-midi à lire et à prendre des notes. Le temps passait avec légèreté, et je n'avais plus le sentiment que les aiguilles de ma montre s'inspiraient de procuste. À six heures, j'allai nager quelques brasses, je bus un verre et me préparai à dîner. Les placards étaient pleins et je fis une liste de ce que je volais afin de le remplacer avant mon départ. Après dîner, je repris ma lecture en espérant que les fenêtres éclairées n'éveilleraient pas la curiosité d'un voisin. À neuf heures, je me déshabillai, m'enveloppai dans une couverture et m'étendis sur le canapé pour dormir. Quelques minutes plus tard, je vis les phares d'une voiture s'engager dans l'allée.

Je me levai, me réfugiai dans la cuisine et fermai la porte. J'étais dévêtu, bien sûr. Si c'était elle, je pourrais sans doute m'enfuir par la porte de derrière. Si ce n'était pas elle, s'il s'agissait d'un ami ou d'un voisin, ils finiraient bien par s'en aller. Le visiteur frappa à la porte, que je n'avais pas fermée à clef. Puis un homme ouvrit et demanda à mi-voix : « Doree, Doree, tu dors ? Réveille-toi, fillette, réveille-toi, c'est Tony, le vieux tombeur. »

Gravissant l'escalier, il continua à appeler d'un ton interrogateur : « Doree, Doree, Doree ! » Lorsqu'il entra dans la chambre et s'aperçut que le lit était vide, il marmonna : « Ah, merde. » Puis il redescendit l'escalier et s'en fut. Je restai dans la cuisine, frissonnant, jusqu'à ce que j'entende sa voiture s'éloigner sur la route.

Je retournai m'étendre sur le canapé, mais environ une demi-heure plus tard une autre voiture s'engagea dans l'allée. Je me réfugiai de nouveau dans la cuisine et un homme du nom de Mitch suivit à peu de chose près le rituel du précédent. Il monta l'escalier en appelant la jeune femme, lança une exclamation de dépit et s'en fut. Tout cela m'emplit d'un sentiment de malaise ; le lendemain matin, je fis le ménage, vidai les cendriers et regagnai New York.

Dora m'avait dit qu'elle comptait passer quelques jours à New York. Par « quelques » on entend généralement quatre, et il s'en était déjà écoulé deux. Le jour où j'imaginais qu'elle allait rentrer chez elle, j'achetai une caisse du bourbon le plus cher et je repris le chemin de Blenville en fin d'après-midi. Lorsque je m'engageai dans le chemin de terre battue rouge, il faisait déjà nuit. Les fenêtres étaient éclairées. Je regardai d'abord à travers la vitre et vis qu'elle était seule, plongée dans sa lecture, comme le jour où j'avais découvert les lieux. Je frappai à la porte. Quand elle ouvrit et m'aperçut, elle sembla surprise et irritée.

« Oui ? lança-t-elle. Oui ? Au nom du ciel, qu'est-ce que vous voulez encore ?

– J'ai un cadeau pour vous, annonçai-je. Je voulais vous offrir quelque chose pour vous remercier de votre gentillesse, vous remercier de m'avoir laissé dormir ici.

– Ce n'était vraiment pas nécessaire, répondit-elle, mais il s'avère que j'ai une faiblesse pour le bon bourbon. Entrez, je vous prie ! »

Je déposai la caisse dans l'entrée, en arrachai le couvercle et en sortis une bouteille.

« Ne devrions-nous pas le goûter ? demandai-je.

– Eh bien, j'ai prévu de sortir, dit-elle, mais j'imagine que j'ai le temps de boire un verre. C'est très généreux de votre part. Entrez, entrez, je vais chercher des glaçons. »

Elle était, constatai-je, de ces buveurs consciencieux à l'extrême qui préparent leurs ustensiles avec le même soin qu'un dentiste prépare les siens avant une extraction. Sur la table située près de sa chaise, elle disposa méticuleusement les verres, le seau à glaçons, une carafe d'eau ainsi qu'un coffret de cigarettes, un cendrier et un briquet. Ayant tout cela à portée de main, elle s'installa confortablement et je remplis nos verres.

« Tchin, tchin, dit-elle.

– À la vôtre.

– Vous êtes venu de New York en voiture ? s'enquit-elle.

– Oui.

– Comment est la route ?

– Il y a du brouillard sur l'autoroute à péage. Beaucoup de brouillard.

– Bon sang. Je dois me rendre en voiture à une soirée à Havenswood et je déteste prendre l'autoroute par temps de brouillard. Vraiment, j'aimerais ne pas être obligée de sortir mais les Helmley donnent une petite fête pour une fille avec qui j'ai fait mes études et j'ai promis de passer.

– Où avez-vous fait vos études ?

– Vous avez vraiment envie de le savoir ?

– Oui.

– Eh bien, je suis allée à Brearley pendant deux ans. Puis à Finch pendant un an. Puis j'ai été externe pendant deux ans dans un établissement scolaire du nom de Fountain Valleyo, dans une petite ville. J'ai fréquenté un collège public à Cleveland pendant un an. Puis je suis allée au collège international de Genève pendant un an, au collège Parioli de Rome pendant un an, et quand nous sommes rentrés aux États-Unis j'ai étudié à Putney pendant un an, et ensuite à Masters pendant trois ans. J'ai obtenu mon diplôme de fin d'études à Masters.

– Vos parents voyageaient beaucoup ?

– Oui. Mon père était employé par le ministère des affaires étrangères. Et vous, que faites-vous dans la vie ?

– Je traduis Montale.

– Vous êtes traducteur professionnel ?

– Non.

– Vous faites ça juste pour vous amuser ?

– Pour m'occuper.

– Vous devez avoir de l'argent, remarqua-t-elle.

– En effet.

– C'est aussi mon cas, Dieu merci. Je détesterais être sans le sou.

– Parlez-moi de votre mariage », dis-je.

Cela aurait pu sembler inconvenant, mais je n'ai jamais connu d'homme ou de femme divorcés qui ne soient pas disposés à parler de leur mariage.

« Cela a été un lamentable gâchis, déclara-t-elle, un gâchis long de huit années. Il buvait et m'accusait de coucher avec d'autres hommes. Il a envoyé à la plupart de mes amis des lettres anonymes où il m'accusait d'avoir la moralité d'une catin. Je l'ai payé pour qu'il s'en aille, j'ai dû le payer, je lui ai filé un paquet d'argent et je suis allée à Reno. Je suis rentrée le mois dernier. Je crois que je vais prendre un dernier petit verre, annonça-t-elle, mais d'abord je vais aller pisser. »

Je la resservis. Nous avions presque fini la première bouteille. Quand elle revint des toilettes, elle ne titubait pas, mais sa démarche était beaucoup plus souple, emplie de beaucoup plus de grâce et d'assurance. Je me levai et la pris dans mes bras, mais elle me repoussa – sans colère – et répliqua :

« Oh non, je vous en prie. Je ne suis pas d'humeur ce soir. Je me suis sentie terriblement patraque toute la journée et le bourbon m'a remise d'aplomb, mais je ne suis toujours pas d'humeur. Parlez-moi plutôt de vous.

– Je suis un enfant illégitime, dis-je.

– Oh, vraiment ? Je n'en ai jamais connu. Comment est-ce ?

– Plutôt moche, en fait. Je veux dire que j'aurais bien aimé avoir mes deux parents.

– Les parents peuvent être une calamité, bien sûr, mais j'imagine que cela vaut mieux que ne pas en avoir du tout. Les miens étaient une calamité. »

Elle laissa tomber une cigarette allumée sur ses genoux, mais la ramassa avant que l'extrémité incandescente n'ait brûlé l'étoffe de sa jupe.

« Vos parents sont-ils toujours en vie ?

– Oui, ils habitent Washington. Ils sont très vieux. (Elle laissa échapper un soupir et se leva.) Eh bien, si j'ai vraiment l'intention aller à Havenswood, reprit-elle, je suppose que je ferais mieux de partir. »

À présent, elle avait peine à conserver son équilibre. Elle versa une petite rasade de whisky dans son verre et la but sans eau ni glaçons.

« Pourquoi allez-vous à Havenswood ? demandai-je. Pourquoi ne leur passez-vous pas un coup de fil pour dire qu'il y a du brouillard sur l'autoroute ou que vous avez un rhume ou je ne sais quoi ?

– Vous ne comprenez pas, rétorqua-t-elle d'une voix rauque. C'est l'une de ces fêtes auxquelles on est obligé d'aller. Comme les anniversaires ou les mariages.

– Je crois qu'il vaudrait mieux que vous n'y alliez pas.

– Pourquoi ? »

À présent, elle était agressive.

« Je crois que cela vaudrait mieux, voilà tout.

– Vous pensez que je suis ivre ?

– Non.

– Mais si, hein ! Vous pensez que je suis ivre, espèce de sale fouineur ! De toute façon, qu'est-ce que vous faites ici ? Je ne vous connais pas. Je ne vous ai jamais demandé de venir, et vous ne me connaissez pas. Vous ne savez rien de moi, à part l'endroit où j'ai fait mes études. Vous ne connaissez même pas mon nom de jeune fille, si ?

– Non.

– Vous ne savez rien de moi, vous ne connaissez même pas mon nom de jeune fille et pourtant vous avez le culot de me dire froidement que je suis ivre. J'ai pas mal bu, c'est vrai, et je vais vous dire pourquoi. Je ne peux pas conduire sans risque sur ce maudit *Jersey Turnpike* en étant à jeun. Cette route – comme toutes les autoroutes et les voies express – a été conçue pour les clowns et les ivrognes. Si vous n'êtes pas un clown aux nerfs d'acier, alors vous devez être ivre. Aucun être doué de sensibilité et d'intelligence ne peut conduire sur ces routes. Un de mes amis, en Californie, fume un joint avant de prendre l'autoroute. C'est un excellent conducteur, un conducteur fabuleux, et quand il y a des bouchons, il s'injecte de l'héroïne. On devrait trouver des joints et du bourbon en vente libre dans les stations-service. Il y aurait bien moins d'accidents.

– Eh bien, buvons un autre verre, dans ce cas ! dis-je.

– Sortez d'ici, ordonna-t-elle.

– Très bien. »

Je sortis de la pièce jaune et m'immobilisai sur la terrasse. Je l'observai par la fenêtre. Elle vacillait. Elle fourra quelques objets dans un sac à main, noua un foulard autour de sa tête, éteignit les lumières et verrouilla la porte. Je la suivis à une distance raisonnable. Quand elle arriva près de sa voiture, elle laissa échapper ses clefs dans l'herbe. Elle alluma les phares et je la regardai tâtonner dans l'herbe jusqu'à l'instant où elle retrouva les clefs. Puis la voiture s'engagea sans douceur dans l'allée et son phare droit accrocha le poteau de la boîte aux lettres. Je l'entendis jurer, et un bref instant plus tard j'entendis un tintement de verre brisé. Pourquoi ce bruit semble-t-il être de si mauvais augure, pourquoi évoque-t-il tant la sonnerie d'un glas ? Je songeai avec soulagement qu'elle ne poursuivrait pas sa route jusqu'à Havenswood, mais je me trompais. Elle fit marche arrière, éloignant le véhicule de la boîte aux lettres, et s'en fut. Je passai la nuit dans un motel de Blenville et le lendemain matin, je téléphonai à la police de la route. Elle avait survécu environ un quart d'heure.

XV

JE PROCÉDAI à l'achat de la maison par l'entremise de mon avocat. Je pus l'obtenir, ainsi que huit acres de terrain, pour trente-cinq mille dollars. Mrs. Emmison se déplaça depuis Washington pour déménager les effets personnels de sa fille ; trois semaines plus tard, je m'installai et je commençai mon existence exemplaire. Je me réveillais tôt, nageais dans le bassin, prenais un copieux petit déjeuner et me mettais au travail devant une table dans la pièce jaune. Je travaillais avec plaisir jusqu'à au moins treize heures, après quoi je déjeunais d'un bol de soupe. J'achetai des outils et je passai mes après-midi à défricher les bosquets entourant la maison, à couper du bois de chauffage et à en faire des stèles. À dix-sept heures, je me baignais à nouveau et je buvais le premier de mes trois whiskies quotidiens. Après dîner, j'étudiais l'allemand jusqu'à dix heures et demie, après quoi j'allais me coucher, éprouvant le sentiment d'être agile, propre et las. Lorsqu'il m'arrivait de rêver, mes rêves étaient d'une innocence et d'une pureté incomparables. Je n'avais plus aucun besoin de la montagne, de la vallée et de la ville fortifiée.

J'avais un chat du nom de Schwartz, non parce que j'aime les chats, mais pour empêcher les souris et les musaraignes d'envahir la vieille maison. Il m'avait été donné par l'homme du drugstore de Blenville et j'ignorais tout de son passé. Il me semblait s'agir d'un chat d'âge mûr et il paraissait être d'un caractère irascible, si tant est que cela soit possible chez un animal. Deux fois par jour, je le nourrissais de boîtes pour chat. Il y avait une marque qu'il n'aimait pas et si j'oubliais et que je lui en donnais, il se glissait dans la pièce jaune et crottait au beau milieu du plancher. Il était on ne peut plus clair et tant que je lui donnais ce qu'il aimait, il se conduisait bien. Nous avions établi une relation pragmatique et dénuée d'affection. Je n'aime pas avoir un chat sur les genoux, mais de temps à autre je le prenais consciencieusement dans mes bras et le caressais pour lui montrer que j'étais un chic type. Au moment des premières gelées, les mulots commencèrent à envahir les lieux et Schwartz fit une victime presque chaque nuit. J'étais fier de lui. À l'apogée de son efficacité de ratier, Schwartz disparut. Un soir, je le laissai sortir et il ne revint pas au matin. Je ne m'y connaissais guère en matière de chats mais j'imaginai qu'ils étaient fidèles à leur foyer, et j'en conclus qu'un chien ou un renard avait tué mon compagnon. Un matin, une semaine plus tard (il était tombé un peu de neige), Schwartz s'en revint. Je lui donnai une boîte de sa marque préférée et le caressai consciencieusement. Il dégageait une forte senteur de parfum français. Soit quelqu'un qui se parfumait l'avait pris sur ses genoux, soit on l'en avait aspergé. C'était une senteur acide et musquée. La maison la plus proche de chez moi appartenait à des fermiers polonais et la femme, je le savais, dégageait une puissante odeur d'étable et rien d'autre. L'autre maison se trouvant à proximité était inoccupée pour l'hiver et je ne pouvais imaginer qui, à Blenville, aurait pu porter du parfum français. Schwartz resta une semaine ou dix jours chez moi, puis il disparut de nouveau pendant une semaine. À son retour, il dégageait les mêmes fragrances que le rez-de-chaussée de Berdorf Goodman lors des bousculades de Noël. J'enfouis mon nez dans son pelage et l'espace d'un moment, j'eus la nostalgie de New York et de ses femmes. Cet après-midi-là, je sillonnai au volant de ma voiture les petites routes qui me séparaient de Blenville, cherchant une maison susceptible d'abriter une femme jouant de ses charmes. J'avais le sentiment qu'elle en jouait et m'attirait délibérément en aspergeant mon chat de parfum. Je ne vis que des fermes ou des maisons dont je connaissais les propriétaires, et je fis halte au drugstore et racontai mon histoire. « Schwartz, dis-je, ce chat, ce ratier que vous m'avez donné, disparaît toutes les deux semaines et quand il revient, il sent aussi fort qu'un bordel le dimanche matin.

– Il n'y a pas de bordel par ici, rétorqua l'homme.

– Je sais, mais où croyez-vous qu'il trouve le parfum ?

– Les chats vagabondent.

– Sans doute, mais vendez-vous du parfum de marque française ? Je veux dire que si je trouvais qui en a acheté…

– Je ne me souviens pas en avoir vendu depuis Noël dernier, répliqua-t-il. Le fils des Avery en a acheté un flacon pour sa petite amie.

– Merci », dis-je.

Ce soir-là, après dîner, Schwartz se dirigea vers la porte et demanda à sortir. J'enfilai un manteau et sortis derrière lui. Il traversa sans hésiter le jardin et s'engouffra dans les bois situés sur la droite de la maison tandis que je le suivais. J'étais aussi excité qu'un amant. La senteur des bois exaltée par l'humidité du ruisseau, les étoiles au-dessus de ma tête – en particulier Vénus –, semblaient être des prolongements de mon idylle. J'imaginais une femme dotée de cheveux couleur de jais, avec une pâleur de marbre et une unique veine bleue sur la tempe. Je l'imaginais ayant la trentaine. (J'avais vingt-trois ans.) De temps à autre, Schwartz laissait échapper un miaulement, de sorte qu'il n'était pas trop difficile de le suivre. Je traversai joyeusement la forêt, puis le champ des Marshman et enfin leur bois. Ce dernier n'avait pas été défriché depuis plusieurs années et les rejets me cinglaient le pantalon et le visage. Puis je perdis la trace de Schwartz. Je l'appelai à perdre haleine. Schwartz, Schwartz, Schwartz, ici Schwartz ! Si quelqu'un m'avait entendu dans la forêt sombre, aurait-il reconnu la voix d'un amoureux ? J'errai à travers les bois, appelant mon chat, jusqu'à ce qu'un arbrisseau de bonne taille me décoche un violent coup entre les deux yeux, après quoi j'abandonnai. Je rebroussai chemin, empli d'un sentiment de frustration et de solitude.

Schwartz revint à la fin de la semaine. Je le pris dans mes bras et humai sa fourrure pour m'assurer que l'inconnue jouait toujours de ses charmes. C'était le cas. Cette fois, il resta dix jours chez moi. La nuit où il disparut, il avait neigé et, au matin, ses empreintes étaient suffisamment nettes pour que je puisse les suivre. Je me frayai un chemin à travers le bois des Marshman et à leur lisière, je tombai sur une petite maison à charpente de bois peinte en gris. Elle était fonctionnelle et dénuée de grâce, le genre de bâtisse qu'aurait pu construire pendant ses samedis, ses dimanches et ses longues soirées d'été un charpentier amateur dur à l'ouvrage. Je commençais sérieusement à douter que ce soit le repaire d'une beauté à la chevelure de jais. Les empreintes du chat contournaient la maison et se dirigeaient vers une porte de service. Quand je frappai, un vieillard vint m'ouvrir.

Il était petit – plus petit que moi, du moins –, avec des cheveux fins et gris, pommadés et soigneusement peignés. Un bouton blanc, relié à un cordon, était niché dans son oreille droite. À en juger par ses rides et la pâleur de son visage, je lui donnais dans les soixante-dix ans. Il semblait se jouer en lui un conflit entre les faits inéluctables de la vanité et ceux du temps. Il était vieux mais portait une chevalière en diamant tape-à-l'œil et ses souliers étaient vernis, sans oublier toute cette pommade. Il ressemblait un peu à ces hommes coquets qui tiennent des cinémas dans les régions désolées du Middle-West.

« Bonjour, dis-je. Je suis à la recherche de mon chat.

– Ah, alors vous devez être le maître de ce cher Henry, s'exclama-t-il. Je me suis souvent demandé où il logeait quand il n'était pas chez moi. Henry, Henry, ton second maître est venu nous rendre visite ! »

Schwartz était endormi sur une chaise. Il ne broncha pas. La pièce était un mélange de cuisine et de laboratoire de chimie. On y voyait des ustensiles de cuisine traditionnels et, sur un long banc, un assortiment d'éprouvettes et de cornues. L'air était empreint d'un lourd parfum.

« J'ignore tout des capacités olfactives des chats, mais Henry semble apprécier le parfum, n'est-ce pas, Henry ? reprit le vieil homme. Permettez-moi de me présenter. Je suis Gilbert Hansen, chimiste de Beauregarde et Cie à la retraite.

– Hammer, dis-je. Paul Hammer.

– Ravi de faire votre connaissance. Asseyez-vous, je vous prie.

– Merci. Vous fabriquez des parfums ici ?

– Je procède à des expériences avec diverses senteurs, répondit-il. Je ne suis plus impliqué dans la production de parfums, mais si je trouve quelque chose qui me plaît, je vendrai le brevet, bien sûr. Quoique certainement pas à Beauregarde et Cie. Après avoir passé quarante-deux ans chez eux, j'ai été remercié sans motif ni préavis. Quoiqu'il semble s'agir d'une pratique courante dans l'industrie de nos jours. Bien sûr, je touche quand même le revenu des brevets que j'ai déposés. Je suis l'inventeur d'*Étoile de Neige*, de *Chous-Chous*, de *Muguet de Nuit* et de *Naissance de Jour**.

– Vraiment, dis-je. Et comment se fait-il que vous ayez choisi un endroit comme celui-ci – à l'écart de tout, au milieu des bois – pour vos expériences ?

– Eh bien, il n'est pas aussi isolé qu'il y paraît. J'ai un jardin où je cultive moi-même mon thym, ma lavande, mes iris, mes roses, ma menthe, ma gaulthérie, mon céleri et mon persil. J'achète mes citrons et mes oranges à Blenville ; Charlie Hubber, qui habite au carrefour, me piège des castors et des rats musqués. Je

* Tous les noms en italique sont en français dans le texte original. (*N.d.T.*)

trouve le musc de ces castors aussi tenace que celui de la civette et ils me coûtent une fraction du prix du marché. J'achète de la gomme résine, du salicylate de méthyle et du benzaldehyde. Les parfums de fleurs ne sont pas mon point fort, puisqu'ils ont des pouvoirs aphrodisiaques très limités. L'ingrédient principal de *Chous-Chous* est l'écorce de cèdre, tandis que du persil et du céleri entrent dans la composition de *Naissance de Jour*.

– Avez-vous étudié la chimie ?

– Non. J'ai appris mon métier en étant apprenti. À mes yeux, il s'agit davantage d'alchimie que de chimie. L'alchimie, comme vous le savez, consiste en la transmutation de métaux vulgaires en métaux nobles, et quand un extrait de musc de castor, d'écorce de cèdre, d'héliotrope, de céleri et de gomme résine est capable d'éveiller un désir immortel chez un homme, nous sommes proches de l'alchimie, ne croyez-vous pas ?

– Je vois ce que vous voulez dire.

– L'idée que l'homme est un microcosme qui contient tous les éléments de l'univers est d'essence babylonienne. Les éléments sont immuables, et les distillations, les transmutations, libèrent leurs pouvoirs naturels. Cela ne s'applique pas seulement à l'élaboration du parfum ; de fait, je crois que ces transmutations peuvent s'appliquer au développement de la personnalité. »

J'entendis des talons de femme résonner dans la pièce voisine – un pas léger, rapide, celui d'une jeune femme. Puis Marietta entra dans la cuisine.

« Voici ma petite-fille, déclara le vieillard, Marietta Drum.

– Paul Hammer, me présentai-je.

– Oh, bonjour. (Elle alluma une cigarette.) Huit, annonça-t-elle.

– Combien depuis hier ? s'enquit-il.

– Seize, mais seulement douze la veille. »

Elle portait un manteau de toile sur l'épaule duquel était posé un fil blanc. Elle avait les cheveux châtain. Elle n'était pas superbe – pas encore. Quelque chose, une certaine solitude, une certaine tristesse, semblait masquer ou assombrir ses traits. Il serait mensonger de prétendre qu'un fil blanc traînait toujours sur ses vêtements – que même si je lui avais offert un manteau de vison, un fil blanc s'y serait posé –, mais ce fil blanc était doué d'un mystérieux pouvoir, comme s'il était une catalyse transfigurant mes sentiments. Cela semblait être de la magie et, quand elle ôta le fil blanc de son manteau et le laissa tomber à terre, la magie ne s'évanouit pas.

« Où vas-tu comme ça ? demanda-t-il.

– Oh, je me suis dit que j'irais faire un tour à New York, répliqua-t-elle.

– Pourquoi ? Que veux-tu aller faire à New York ? Tu n'as rien à y faire.

– Je trouverai bien quelque chose. J'irai au musée d'Histoire naturelle.

– Et les courses ?

– Je les ferai plus tard. Je rentrerai avant la fermeture des magasins. »

Elle disparut.

« Eh bien, au revoir, Schwartz, dis-je. Rentre à la maison quand tu en auras envie. J'ai toujours des ribambelles de souris. Ravi d'avoir fait votre connaissance, ajoutai-je à l'intention du vieillard. Vous devriez venir prendre un verre avec votre petite-fille, un jour J'habite l'ancienne demeure des Emmison. »

Je rentrai en marchant et en courant à travers les bois enneigés, changeai de vêtements et pris la route de New York. J'étais amoureux de Marietta, j'en reconnaissais tous les symptômes. Ma vie était sans limite – mes jambes étaient en coton. Cela n'était nullement dû au fait que j'avais inhalé les vapeurs aphrodisiaques d'*Étoile de Neige*, de *Chous-Chous*, de *Muguet de Nuit* et de *Naissance de Jour*. Cet engouement soudain aurait pu paraître immature, mais la vérité est qu'il m'arrive souvent de tomber brusquement amoureux d'hommes, de femmes, d'enfants et de chiens. Ces attachements sont imprévisibles, passionnés et nombreux.

Un jour, par exemple, du temps où je travaillais encore dans l'édition, j'avais rendez-vous avec un imprimeur à New York. Je lui téléphonai du hall de l'hôtel et il me demanda de le rejoindre dans sa chambre. Lorsqu'il m'ouvrit et qu'il se présenta, j'aperçus par-dessus son épaule son épouse, immobile au milieu de la pièce. Ce n'était pas une beauté, mais son charme, son éclat, étaient renversants. Je ne discutai avec elle que le temps nécessaire à son mari pour prendre son chapeau et son manteau, mais durant ce bref instant je semblai tomber amoureux. J'insistai pour qu'elle vienne déjeuner avec nous, mais elle rétorqua qu'elle devait se rendre à Bloomingdale, au rayon ameublement. Nous nous dîmes au revoir, puis l'imprimeur et moi-même allâmes déjeuner. Notre discussion d'affaires m'ennuyait et j'avais du mal à me concentrer sur les contrats dont nous étions censés discuter. Je ne pouvais penser qu'à sa blondeur, sa sveltesse, l'éclat avec lequel, semblait-il, elle s'était tenue au beau milieu de cette chambre d'hôtel lorsque son mari avait ouvert la porte. Je déjeunai en toute hâte, déclarai que j'avais un autre rendez-vous et me précipitai au rayon ameublement de Bloomingdale, où je la trouvai occupée à déchiffrer l'étiquette de prix d'une commode.

« Bonjour, lançai-je.

– Bonjour, dit-elle, j'avais bien le sentiment que vous alliez peut-être venir… »

Elle me prit le bras et nous quittâmes Bloomingdale sur un nuage, puis nous allâmes dans un restaurant où elle but un thé et moi un verre. Nous semblions nous immerger l'un dans l'autre ; elle semblait générer une chaleur, une lumière, dont j'avais besoin. J'ai presque tout oublié des paroles que nous avons échangées, mais je me souviens avoir été incroyablement heureux et je me souviens que tous ceux qui nous entouraient – serveurs et barmans – semblaient partager notre bonheur. Le couple habitait dans le Connecticut et elle m'invita à leur rendre visite le week-end suivant. Je la reconduisis jusqu'à l'hôtel, l'embrassai et la laissai dans le hall, puis déambulai dans les rues pendant une heure, si exalté que mes oreilles tintaient. Le vendredi, je me rendis dans le Connecticut. Elle vint me chercher à la gare. De nombreux baisers furent échangés dans la voiture. Je lui dis que je l'aimais ; elle me dit qu'elle m'aimait. Ce soir-là, après dîner, pendant que son mari était aux toilettes à l'étage, nous eûmes une discussion sérieuse au sujet de leurs enfants – ils en avaient trois – et elle m'annonça que son mari suivait une analyse depuis sept ans. À ce stade de son existence, toute perturbation aurait été catastrophique. Le plaisir que nous éprouvions à nous trouver ensemble devait être manifeste car le samedi, le mari commença à bouder. Le dimanche, il se montra franchement hostile et morose.

Il affirma détester par-dessus tout les hommes désaxés qui convoitaient le bonheur d'autrui. Il prononça cinq fois le mot « parasite ». J'annonçai que je partirais pour Cleveland le lundi matin et elle déclara qu'elle me conduirait à l'aéroport. Il rétorqua que non. Ils se disputèrent et elle pleura. Quand je partis, le lendemain matin, ils dormaient encore et il n'y eut personne à qui faire mes adieux, sauf le chat.

Il me fallut environ un mois pour l'oublier, mais dans l'intervalle je dus me rendre à Londres. L'homme assis à côté de moi dans l'avion était sympathique et nous commençâmes à discuter. Il ne fut rien dit d'important, mais nous avions beaucoup d'affinités. À un moment, il me demanda si j'avais envie de dormir ou si je préférais que nous continuions à bavarder ; je répondis que je souhaitais continuer à parler et nous discutâmes pendant tout le vol au-dessus de l'Atlantique. À Londres, nous prîmes un taxi ensemble. Je descendais au Connaught et il avait réservé une chambre à l'Army-Navy. Quand nous nous séparâmes, il proposa que nous nous retrouvions pour déjeuner. Je n'avais pas d'autre engagement et il me rejoignit au Connaught un peu plus tard. Après le déjeuner, nous partîmes nous promener et nous déambulâmes dans tout Londres – jusqu'à Westminster et l'Embankment ; quand les bars ouvrirent, nous allâmes boire quelques verres dans un pub. Il déclara qu'il connaissait un bon restaurant près de Grosvernor Square et nous allâmes y dîner, nous attardant jusqu'à minuit, après quoi nous nous dîmes au revoir. Nous échangeâmes nos cartes et promîmes de nous appeler à New York mais nous ne le fîmes pas, et je ne le revis jamais.

Il n'y avait, pour autant que je puisse juger, rien de tendancieux dans cette brève relation, mais les choses ne sont pas toujours aussi simples. À la fin de l'hiver, j'allai jouer au golf dans le sud, à Wentworth. Au bar, le soir de mon arrivée, un homme chaleureux me proposa de jouer en équipe avec lui puisque notre niveau semblait être à peu près le même. Le lendemain matin, au troisième ou quatrième trou, je m'aperçus qu'il louait mon style, et qu'il le louait de façon exagérée. Il n'est rien dans mon style qui mérite des louanges et je commençai à éprouver le sentiment que ses flatteries – puisque ce n'était rien d'autre – étaient teintées d'un soupçon d'attirance amoureuse. Puis j'eus l'impression qu'il me laissait délibérément gagner, qu'il jouait mieux que moi mais qu'il cochait ses coups pour me donner un léger avantage. Nous fîmes un parcours de dix-neuf trous, durant lequel il se comporta – c'était du moins mon impression – d'une façon toujours plus sentimentale et protectrice. Je gardai mes distances dans les douches et lorsque nous allâmes au bar, j'eus le sentiment très net qu'il y avait anguille sous roche. Il ne cessait de se cogner contre moi et de m'effleurer. Je n'éprouvais pas de répugnance, mais je n'avais pas envie de m'investir sexuellement dans une coucherie d'un soir avec un inconnu à Wentworth et je m'en fus le lendemain matin.

Pour ce qui est des enfants, un seul exemple suffira. Un jour, j'allais passer un week-end chez Maggie Fowler, dans les Hamptons. Son fils était là, un petit garçon de huit ou neuf ans. C'était l'enfant de son premier mariage et de toute évidence, il passait la majeure partie de son temps chez son père ou en pension. Il semblait se comporter de façon quelque peu distante à l'égard de Maggie. Il manifestait l'extraordinaire réserve que cultivent certains enfants. Peut-être était-elle la conséquence des épreuves d'un divorce, mais je l'ai vue chez toutes sortes d'enfants. Le samedi matin, je me levai tôt et, le trouvant au rez-de-chaussée, je me rendis avec lui à la plage pour nager quelques brasses. Il me tint la main en chemin, un geste inhabituel chez un enfant de cet âge, et je songeai qu'il devait se sentir seul ; mais si j'expliquais ainsi sa conduite, je devais moi-même me sentir seul puisque je prenais plaisir à sa compagnie. Peut-être me rappelait-il ma propre enfance. L'écho d'une profonde affection, sans doute en partie le fruit de mes souvenirs, voilà ce que j'éprouvais alors. Nous nous baignâmes, puis nous prîmes notre petit déjeuner ensemble. Après quoi il me demanda timidement si j'avais envie de jouer à la balle. Nous passâmes environ une heure sur la pelouse à nous renvoyer une balle. Puis les autres descendirent, nous commençâmes à boire des Bloody Mary et à nous livrer aux activités habituelles du week-end, dont la plupart excluent un garçon de son âge. Ce soir-là, alors que nous étions en train de nous changer pour sortir, Maggie frappa à ma porte et me dit que son fils voulait que j'aille lui souhaiter bonne nuit. Je m'exécutai. Quand je me levai, le dimanche matin, il était assis sur une chaise près de la porte de ma chambre et nous allâmes de nouveau à la plage. Durant la journée de dimanche, je ne le vis presque pas mais il me semblait avoir toujours conscience de son existence – de ses pas, de sa voix, de sa présence dans la maison. Je m'en fus le dimanche après-midi et je ne le revis jamais, pas plus que je n'entendis parler de lui, mais durant les quelques heures que nous avions passées ensemble j'avais indéniablement éprouvé à son égard quelque chose qui s'apparentait à de l'amour.

En ce qui concerne les chiens, je m'en tiendrai aussi à un seul exemple. Au printemps dernier, j'allai passer un week-end chez les Powers, dans le Connecticut. Le dimanche, après le déjeuner, nous décidâmes de gravir ce qu'ils appelaient une montagne. En fait, c'était une colline. Leur vieille chienne, un colley malpropre du nom de Francey, nous accompagna. Près du sommet se trouvait un pan de roche trop escarpé pour Francey et je pris celle-ci dans mes bras afin de la porter jusqu'au sommet. Elle resta à mes côtés durant le reste de la montée. Quand nous rebroussâmes chemin, je la portai jusqu'au pied de la paroi escarpée. Plus tard, tandis que nous prenions l'apéritif, Francey resta à côté de moi et je frictionnai les longs poils de son cou. Je prenais autant de plaisir à sa compagnie, je pense, qu'elle en prenait à la mienne. Quand je montai me changer à l'étage, elle m'emboîta le pas et se coucha sur le plancher. Je me mis au lit à minuit. À l'instant où je m'apprêtais à fermer la porte de ma chambre, Francey surgit dans le couloir et me rejoignit. Elle dormit à mes pieds. Le dimanche, nous fûmes inséparables. Elle me suivait comme mon ombre et je lui parlai, lui donnai des biscuits apéritifs, caressai et frictionnai les poils de son cou. Quand ce fut l'heure de m'en aller, Francey, au moment où je prenais congé, traversa l'allée en flèche et s'engouffra dans ma voiture. Je fus flatté, bien sûr, mais la flatterie fait partie de nos sentiments et durant tout le chemin du retour je songeai tendrement au vieux chien, comme si je venais de quitter une femme aimée.

Il me fallut une heure et demie pour me rendre à New York, et vingt minutes de plus pour trouver une place de parking près du musée. Les chances de retrouver la jeune femme dans ce labyrinthe étaient hasardeuses, je le savais, mais le fait même qu'il s'agisse d'un labyrinthe, sinueux, crépusculaire et caverneux, s'accordait parfaitement à ma quête et c'est le cœur très léger que j'entrai dans le musée par une porte en sous-sol. C'était un lieu où je m'étais rendu une ou deux fois par an du plus loin que remontaient mes souvenirs, et bien qu'il ait subi des changements, ceux-ci avaient été moins nombreux – beaucoup moins nombreux – que de l'autre côté des murs. En quinze ans, le canoë de guerre de l'Alaska avait parcouru environ vingt-cinq mètres, laissant place à une galerie de totems faisant office de vestibule. Derrière les vitrines, des femmes esquimaux se livraient aux mêmes tâches humbles que lorsque j'étais enfant et que je serrais la main de Gretchen Oxencroft dans la mienne. Je décidai de commencer par le dernier étage et de descendre jusqu'au rez-de-chaussée. Je pris l'ascenseur et entamai mes recherches dans une salle où étaient exposés des bijoux et des représentations en verre de particules moléculaires. L'éclairage me posait problème ; si les salles avaient été bien éclairées j'aurais pu, en me tenant au seuil de n'importe laquelle, voir si la jeune femme s'y trouvait ou non, mais nombre d'entre elles étaient plongées dans la pénombre et je dus aller d'une exposition à l'autre en cherchant son visage dans la faible lumière. Je pus embrasser d'un seul regard la salle Pléistocène – la vertigineuse construction d'os préhistoriques, l'odeur intensément humaine de l'étoffe humide ; et la salle où étaient exposées les vipères cuivrées empaillées était également bien éclairée. Je longeai la baleine bleue et l'oryctérope empaillé, puis je pénétrai dans une autre salle crépusculaire dont le seul éclairage provenait des vitrines où trônaient des protozoéraires agrandis. Descendant d'un étage, je gagnai l'obscurité plus dense encore de la salle de l'Afrique, et enfin celle où étaient regroupées les espèces indigènes d'Amérique du Nord. Là, dans l'obscurité poussiéreuse et vaste, j'éprouvai un exaltant sentiment d'intemporalité. Là se trouvaient des paysages, des saisons, des scènes qui n'avaient pas changé d'une feuille ou d'un flocon depuis ma naissance. Les flamants roses volaient exactement comme ils volaient lorsque j'étais enfant. Les élans en rut luttaient toujours, ramures contre ramures, les loups gris se faufilaient toujours dans la neige bleue vers la paroi de verre qui les séparait du chaos et du changement, et pas une feuille de l'éclatant feuillage automnal n'était tombée. L'ours de l'Alaska était toujours dressé sur ses pattes arrière à l'extrémité d'un couloir qui semblait être son domaine et ce fut là que je la trouvai, en train d'admirer l'ours.

« Bonjour, dis-je.

– Oh, bonjour », répondit-elle.

Voilà qui était rapide. Elle me prit le bras et ajouta :

« J'ai une idée merveilleuse. Pourquoi ne m'inviteriez-vous pas à déjeuner au Plaza ? »

Nous traversâmes le parc en direction du Plaza.

« Je ne crois pas que j'ai assez d'argent pour payer le déjeuner, dis-je, et il n'y a pas d'endroit par ici où je pourrais encaisser un chèque. »

Je comptai l'argent dans mon portefeuille. J'avais dix-sept dollars.

« Mais dix-sept dollars, c'est assez pour m'inviter à déjeuner, rétorqua-t-elle. Vous pourriez bien vous passer de déjeuner une fois dans votre vie, non ? »

C'est ce que nous fîmes. Elle commanda un déjeuner avec entrée et dessert et une bouteille de vin. Je racontai au serveur que j'avais déjà déjeuné, mais je bus un verre de vin. Elle me quitta devant l'hôtel.

« Je dois regagner Blenville à temps pour faire les courses de Grand-père, déclara-t-elle. Regagner ma prison, regagner à ma cellule… »

J'achetai un hamburger et une orangeade au coin de la rue, puis je repris à mon tour le chemin de Blenville.

Je frappai à sa porte le lendemain après-midi, vers quatre heures. Elle m'ouvrit. Elle portait une robe grise avec un fil blanc posé sur l'épaule.

« Avez-vous pu manger quelque chose ? demanda-t-elle.

– Un hamburger.

– Je suis désolée d'avoir dépensé tout votre argent.

– Ne vous inquiétez pas. Il m'en reste. Pourquoi ne viendriez-vous pas chez moi ?

– Où habitez-vous ?

– J'ai racheté l'ancienne maison de Dora Emmison.

– Je vais chercher mon manteau. J'ai l'impression d'être prisonnière, ici. »

Chez moi, je fis du feu et je nous servis à boire, puis nous nous installâmes dans la pièce jaune cependant qu'elle me racontait son histoire. Elle avait vingt-trois ans et n'avait jamais été mariée. Elle avait vécu en France jusqu'à l'âge de douze ans, après quoi ses parents s'étaient tués dans un accident et son grand-père était devenu son tuteur. Elle avait étudié à Bennigton. Quand son grand-père s'était installé à la campagne, elle avait pris un appartement et trouvé un emploi de réceptionniste chez Macy. Elle s'ennuyait et se sentait seule à New York, et à l'automne elle était venue à Blenville dans l'espoir de trouver un emploi, mais le seul commerce de la petite ville était le motel et elle n'avait aucune envie d'être prostituée ou femme de chambre.

Tandis qu'elle parlait, nous entendîmes un bruyant coup de tonnerre. Les orages étaient rares à cette époque de l'année – la fin de l'hiver – et quand j'entendis la première explosion, je crus qu'un avion avait passé le mur du son. Le second grondement – un long roulement percutant – était indubitablement un coup de tonnerre.

« Zut, murmura-t-elle.

– Qu'y a-t-il ?

– J'ai peur du tonnerre. Je sais que c'est absurde, mais cela n'y change rien. À l'époque où j'étais réceptionniste chez Macy et où j'habitais seule, j'allais me cacher dans un placard chaque fois qu'il y avait de l'orage. J'ai fini par consulter un psychiatre pour voir s'il pouvait faire quoi que ce soit. Il m'a dit que j'avais peur du tonnerre parce que j'étais incroyablement égocentrique. Il m'a dit que je me croyais si importante que la foudre allait me choisir pour cible. C'est peut-être vrai, mais cela ne m'empêche pas de trembler. »

Elle tremblait en cet instant même, je la pris dans mes bras, et nous devînmes amants avant que l'orage n'ait fini de survoler mon toit.

« C'était agréable, murmura-t-elle, c'était très agréable. Vous avez été adorable.

– Je ne me suis jamais senti aussi bien, déclarai-je. Marions-nous. »

Six semaines plus tard, nous nous mariâmes dans l'église de Blenville. Marietta portait un tailleur gris sur le revers duquel était posé un fil blanc. (D'où venaient tous ces fils ? Plus tard, lors de notre voyage en Europe, un fil blanc ferait parfois son apparition sur son épaule.) Après la cérémonie, nous nous rendîmes à Curaçao et nous passâmes deux semaines à St. Martha's Bay. Ce fut merveilleux et quand nous regagnâmes Blenville je possédais, semblait-il, tout ce que je pouvais désirer au monde. Quand j'eus fini le Montale et que j'allai le présenter à New York, je m'aperçus que les poèmes avaient déjà été traduits mais, pour une raison ou une autre, je n'en fus pas déçu. Rien, à cette époque, ne semblait pouvoir me décevoir. J'ignore quand la lune de miel s'acheva… J'opterais pour une nuit, à Blenville. Onze heures. En tâtonnant, je m'aperçus que le côté du lit où dormait Marietta était vide. La cuisine était éclairée. Le rectangle lumineux de la fenêtre se déployait sur la pelouse. Marietta était-elle malade ? Je dormais nu, et c'est nu que je descendis l'escalier et entrai dans la cuisine. Marietta se trouvait au milieu de la pièce, portant son alliance et rien d'autre. Elle piochait avec une fourchette tordue à même une boîte de saumon en conserve. Quand je l'enlaçai, elle me repoussa avec colère et s'exclama : « Tu ne vois pas que je mange ? » Il se dégageait du saumon une senteur d'océan, fraîche et gaie. Quand je la touchai de nouveau, elle cria : « Laisse-moi tranquille, laisse-moi tranquille ! Est-ce qu'il est impossible de manger quoi que ce soit sans subir de sévices sexuels ? » Après cette nuit-là –

s'il s'agit de cette nuit-là –, je vis plus d'irascibilité que de tendresse, et je dormis souvent seul ; mais bien que ses accès de mauvaise humeur fussent violents, ils ne duraient pas plus longtemps que le vent. De fait, ils semblaient parfois être influencés par le vent. Le printemps et ses zéphyrs incertains – toute forme de douceur – semblait provoquer en elle une perturbation atmosphérique qui déclenchait ses plus violents mécontentements. La violence, bien au contraire, les ouragans, les orages et les blizzards, adoucissaient son caractère. À l'automne, lorsque les cyclones portant des prénoms féminins s'abattaient sur les Bermudes et survolaient Hattera en remontant vers le nord-est, elle pouvait se montrer douce, soumise et aimante. Quand la neige bloquait les routes et immobilisait les trains, elle était angélique ; un jour, à l'apogée d'un blizzard mémorable, elle me dit qu'elle m'aimait. Elle semblait considérer l'amour comme un dilemme universel, engendré par les convulsions de la nature et de l'histoire. Je n'oublierai jamais quelle tendresse elle déploya le jour où nous abandonnâmes l'étalon-or, et sa passion ne connut aucune limite le jour où le Roi de Parthes fut abattu d'un coup de feu. (Il récitait ses prières dans la basilique.) Lorsque ce que nous partagions se résumait à un toit et quelques meubles, elle me dévisageait comme si j'étais une brute répugnante à laquelle un cruel trafiquant d'esclaves l'aurait vendue ; mais quand les chariots du tonnerre roulaient avec fracas, quand le couteau de l'assassin frappait, quand les gouvernements tombaient et que les tremblements de terre réduisaient les murs de la ville en poussière, elle était ma splendeur et elle était mon enfant.

Un praticien comme Shitz aurait affirmé qu'il y avait eu des signes avant-coureurs, mais il se serait trompé. Mon erreur était d'avoir considéré l'amour comme un distillat fortement concentré de nostalgie, une force de la mémoire ayant résisté à la cybernétique. Nous ne *tombons* pas amoureux, me disais-je, nous *re-gagnons* l'amour, et j'étais tombé amoureux d'un souvenir – un fil blanc et un orage. Mon véritable amour était un fil blanc, c'était ainsi.

Puisque je dormais seul – et cela se produisait souvent –, je me vis contraint d'adopter les rêveries d'un adolescent, d'un troufion ou d'un prisonnier. Afin de sublimer mes besoins physiques et de remédier à mes insomnies, je pris l'habitude d'inventer des jeunes femmes de rêve. Je sais quel abîme sépare une rêverie d'une bonne baise qui vous laisse en sueur par un dimanche après-midi orageux, mais, à l'image d'un prisonnier dans sa cellule d'isolement, je ne pouvais faire appel qu'à mes souvenirs et mon imagination. Je commençai par mes souvenirs et me racontai que je couchai coucher avec une jeune femme que j'avais connue à Ashburnham. Je me souvenais en détail de sa blondeur cendrée et j'avais l'impression de sentir sa toison pubienne contre ma hanche. Nuit après nuit, j'évoquai toutes les jeunes femmes qu'il m'était arrivé de courtiser. Nuit après nuit, elles se présentèrent, seules et parfois à deux, de sorte que je reposais sur le ventre comme un bienheureux, flanqué de deux femmes nues. Dans un premier temps, je les sollicitai mais bientôt elles semblèrent venir de leur propre gré. Comme tous les hommes esseulés, je tombais amoureux – éperdument amoureux – des jeunes femmes trônant sur la couverture de magazines et des mannequins en jarretelles des publicités. Je n'allais pas jusqu'à glisser leurs photos dans mon portefeuille mais j'étais tenté de le faire, et une fois épris de ces inconnues, je m'aperçus qu'elles me rejoignaient bien volontiers sous les draps. Ainsi entouré des femmes de mes souvenirs et de celles que j'avais admirées en photo, j'assistai à l'apparition d'un troisième groupe de consolatrices engendrées, je suppose, par quelque recoin secret de ma psyché. Il s'agissait de femmes que je n'avais jamais vues. Un jour, m'éveillant à minuit, je me trouvai allongé près d'une Chinoise imaginaire dotée de seins très menus et d'une voluptueuse chute de reins. Elle fut suivie d'une Noire pleine de vivacité, à qui succéda une femme attrayante mais très grosse, aux cheveux roux. Pour autant que je m'en souvienne, je n'avais jamais courtisé de grosse femme. Mais elles venaient à moi, elles me réconfortaient et lorsque je m'éveillais au matin, je me sentais raisonnablement optimiste.

J'enviais les hommes comme Nailles, lequel pouvait, j'imagine, en regardant Nellie, se souvenir du nombre et de la diversité des lieux où il l'avait possédée. Sur les plages de l'Atlantique et du Pacifique, de la mer Tyrrhénienne et de la Méditerranée, dans des voiliers, des bateaux à moteur, des hors-bords, des yachts de croisière et des paquebots de grande ligne ; dans des hôtels, des motels, des châteaux, sous des tentes ; sur des lits, des canapés, des planchers, des tertres herbeux, des aiguilles de pin, les saillies pierreuses de montagnes tièdes de soleil ; à toute heure du jour et de la nuit ; en Angleterre, en France, en Allemagne, en Italie et en Espagne ; alors que moi, en regardant Marietta, je me remémorais le nombre d'endroits où j'avais essuyé ses rebuffades. Au motel de Stockbridge, elle s'était enfermée dans la salle d'eau jusqu'à ce que je m'endorme. Lorsque je l'avais emmenée en croisière durant deux semaines, elle avait oublié sa plaquette de pilules et le médecin du bord n'en vendait pas. À Chicago, elle m'avait gratifié d'un coup de pied dans l'entrejambe. À Easthampton, elle s'était défendue à l'aide d'un couteau. Ses règles semblaient fréquentes et prolongées et la plupart du temps, le soir, elle se précipitait au lit et se couvrait le visage de la couverture avant que j'aie eu le temps de me déshabiller. Je suis trop fatiguée, prétendait-elle, j'ai trop sommeil. J'ai un rhume de cerveau. J'ai une indigestion. J'ai la grippe. Sur la plage de Nantucket, elle s'était sauvée à toutes jambes et plus tard, alors que je croyais l'avoir à ma merci sur le voilier, elle avait plongé par-dessus bord et regagné la rive à la nage.

Après un an ou deux, la peinture jaune des murs avait commencé à se craqueler, à pâlir, et Marietta téléphona au peintre de Blenville pour lui demander d'apporter des échantillons de couleur. Je ne lui avais jamais parlé de l'importance des murs jaunes, aussi n'y eut-il aucune intention malveillante dans le fait qu'elle choisisse du rose, mais rose fut bel et bien la teinte qu'elle choisit. J'aurais pu protester, mais l'obsession que je vouais à la couleur jaune avait commencé à me paraître absurde. J'avais certainement bien assez de force de caractère pour vivre avec un spectre ordinaire et je laissai le peintre se mettre à l'ouvrage. Deux ou trois semaines après que les ouvriers avaient achevé leur travail, je me réveillai en proie au cafard. Lorsque je me levai, je présentais tous les symptômes d'une attaque de panique. J'avais les lèvres enflées, du mal à respirer et les mains tremblantes. Je m'habillai et bus deux rasades de gin avant le petit déjeuner. Je fus ivre durant la majeure partie de la journée. Je devais changer de rythme de vie, je le savais, et le vendredi suivant nous prîmes l'avion pour Rome.

Le cafard me suivit tout au long de ce voyage, mais il me suivit sans déployer une grande ruse, soit parce qu'il était paresseux, soit parce que c'était un assassin si sûr de sa proie qu'il n'avait nul besoin de se fatiguer. Le samedi matin, je m'éveillai plein d'enjouement et d'énergie. J'étais tout aussi enjoué le dimanche, mais le lundi, au réveil, je souffrais d'une neurasthénie si profonde qu'il me fallut me tirer du lit et me traîner, un pas après l'autre, jusqu'à la douche. Le mardi, nous prîmes le train jusqu'à Fondi, puis nous traversâmes les montagnes en taxi pour nous rendre à Sperlonga, où nous habitâmes chez des amis. Je passai deux journées agréables, mais au matin de la troisième la *bête noire* me rattrapa et nous allâmes à Formi prendre le train pour Naples. À Naples, je passai quatre bonnes journées. La *bête noire* avait-elle perdu la trace de sa victime, ou se déplaçait-elle simplement avec la nonchalance d'un assassin chevronné ? Le cinquième jour fut abominable et nous regagnâmes Rome en train l'après-midi. De nouveau, je passai trois bonnes journées, mais le quatrième jour je m'éveillai en craignant pour ma vie et je sortis me promener, mettant avec difficulté un pied devant l'autre. Dans une rue large et incurvée dont j'ai oublié le nom, je vis approcher une file de motards de la police se déplaçant à une allure si lente qu'ils devaient sans cesse prendre appui sur l'asphalte pour maintenir leurs engins droits. Derrière eux défilaient quelques centaines d'hommes et de femmes brandissant des pancartes où était écrit PACE, SPERANZA et AMORE. Je compris qu'il s'agissait d'un cortège à la mémoire du délégué communiste Mazzacone, qui avait été abattu d'un coup de feu dans sa baignoire. Tout ce que je savais de lui, c'était que *L'Unità* l'avait comparé à un saint. J'ignorais tout de ses convictions et je n'avais lu aucun de ses discours, mais j'éclatai soudain en sanglots. Il m'était impossible de sécher mes larmes. Elles ruisselaient sur mes joues et trempaient ma veste, elles étaient torrentielles. Je me joignis au cortège ; à peine commençai-je à défiler que je sentis le cafard s'envoler. Des gardiens de la paix portant des brassards de crêpe faisaient régner l'ordre dans nos rangs et nous avions été sommés de rester silencieux, de sorte que nous traversâmes Rome sans le moindre bruit hormis le chuintement et le crissement du cuir de chaussures dont la plupart étaient usées et, à cause de notre nombre, une rumeur sonore, étrange et organique, un soupir qu'un homme tournant le dos au cortège aurait pu prendre pour le bruit de la mer.

Nous nous dirigeâmes vers le Colisée en traversant le quartier de Venezia. Nous marchions fièrement, hommes, femmes et enfants, en dépit du chuintement de nos pas. La peine que nous partagions – par pur hasard, en ce qui me concernait – me rappelait combien nous avions peu d'autres choses en commun. J'éprouvais, le temps de parcourir trois pâtés d'immeubles, un amour infini pour ces inconnus. Une messe du souvenir fut dite dans le Colisée – rien d'aussi émouvant que le défilé, mais lorsque je regagnai mon hôtel, je me sentais bien. Peu après, nous rentrâmes à New York. Ce fut assis sur une plage, l'été suivant (j'avais déjà vu la photographie dans le magazine dentaire), que je décidai, en vertu d'une ficelle de cerf-volant, que le projet de ma vieille mère folle – crucifier un homme – était judicieux et que j'irais m'installer à Bullet Park afin d'assassiner Nailles. Plus tard, je changeai d'objectif et choisis Tony pour victime.

TROISIÈME PARTIE

XVI

NAILLES invita Hammer à une partie de pêche. Voici comment cela se produisit. Nailles était membre de la brigade des sapeurs-pompiers volontaires, où sa tâche consistait à conduire le vieux camion rouge LaFrance. Lorsqu'il déboulait à travers les collines et les vallées de Bullet Park en pleine nuit, faisant retentir sa cloche et actionnant sa sirène, il avait le sentiment d'atteindre l'apogée de son existence aux diverses facettes. Bains de bouche, camions de pompiers, tronçonneuses et *touch football* ! La petite ville semblait se dresser à la verticale sous la clarté des étoiles et les seules lumières brillaient aux fenêtres des salles de bains. C'était son heure de gloire.

Comme tous les premiers jeudis du mois, la brigade des sapeurs-pompiers organisait une réunion et un dîner et en cette occasion, Nailles était présent. Le camion rouge était garé à l'extérieur du bâtiment. L'intérieur du garage avait été balayé puis nettoyé au jet d'eau, et des tables couvertes de draps étaient dressées en guise de buffet et de bar. Deux apprentis pompiers astiquaient les verres et dans un coin du garage Charlie Maddux, cuistot autoproclamé de la caserne, arrosait le rôti mijotant au-dessus d'un fourneau à gaz. Charlie était vendeur de voitures d'occasion. Il pesait presque cent quarante kilos. Il aimait acheter de la nourriture, la cuisiner et la manger, et il rêvait très probablement de gigots et de plats de fruits de mer. Son épouse, comme il fallait s'y attendre, était une femme frugale qui suivait un scrupuleux régime de mélasse et de germe de blé. Lorsqu'il portait le tablier de cuistot de la caserne de pompiers, Charlie semblait jouir d'un sentiment de réalité qu'il ne goûtait ni avec son épouse ni avec ses voitures d'occasion et il remuait, arrosait, assaisonnait, goûtait et servait le dîner avec une concentration absolue. Comme la plupart des cuisiniers amateurs, il était incorrigiblement en avance et commençait à servir une demi-heure avant que quiconque soit prêt. Nailles monta à la salle de réunion située à l'étage.

La brigade, à cette époque, comptait environ trente membres. Une vingtaine d'entre eux étaient réunis. L'atmosphère des lieux tenait en partie au fait que les pompiers avaient eux-mêmes converti ce vaste espace en une salle de club habitable. Ils avaient consacré leurs samedis et dimanches à poser du lino, peindre les panneaux de revêtement et installer l'éclairage. Ils étaient bien naturellement fiers de leur travail. Il va sans dire que la réunion était strictement réservée aux hommes mais c'était, à l'exception des vestiaires du country club, le dernier lieu spécifiquement masculin de la ville et cette exclusivité s'était vue menacée. Certaines de leurs épouses avaient voulu prendre part à la réunion mensuelle, ne serait-ce que pour surveiller la préparation du dîner. Elles avaient le sentiment que Charlie Maddux était un usurpateur et que ses factures de courses étaient probablement exorbitantes. Elles en avaient été empêchées, mais l'idée que la virilité des lieux était menacée conférait à ceux-ci l'atmosphère rassurante et feutrée d'une cabane dans un arbre. Cette atmosphère s'étendait aux rituels cérémonieux qui s'y déroulaient. Ce jour-là encore, le chef de la brigade déclara la séance ouverte en frappant un coup de son marteau, après quoi le secrétaire dévoila un drapeau américain en soie rigide ornée d'une épaisse frange dorée. Le secrétaire lut le compte rendu de la réunion précédente, qui fut approuvé, et le trésorier annonça que la caisse contenait quatre-vingt-trois dollars et quatorze cents. Tout cela, et ce qui suivit, fut accompli avec une solennité immuable qui n'aurait pu s'expliquer par les quelques faits et chiffres dont il était question. Une discussion fort grave dénonça le comportement de ces pompiers qui, lorsqu'on lavait le camion, se contentaient de boire des bières. Si quelqu'un s'était permis une remarque humoristique, cela aurait été méjuger de la gravité de ces rites. « Nous avons reçu une nouvelle demande d'adhésion, déclara le secrétaire. M. Hammer, voulez-vous bien quitter la pièce pendant que nous débattons de votre candidature, s'il vous plaît ? »

Nailles se retourna et aperçut Hammer, assis au dernier rang. Celui-ci quitta la pièce. « M. Hammer, reprit le secrétaire, habite Powder Hill et semble être le genre d'homme qui trouverait parfaitement sa place parmi nous, mais quand nous nous sommes enquis de ses expériences passées, il nous a répondu qu'il avait été membre d'une brigade dans une ville du nom de Ashburnham. Elle se trouve du côté de Cleveland. Nous avons donc envoyé un courrier pour réclamer ses références, mais la lettre nous est revenue. Il n'y a pas de brigade de pompiers à Cleveland. Il n'y en a jamais eu. Je n'aime pas accuser un homme d'être un menteur, mais d'un autre côté, nous ne voulons pas d'un charlatan dans notre équipe, n'est-ce pas ?

– Comment pouvons-nous savoir qu'il n'y a pas de brigade de pompiers à Ashburnham ? demanda Nailles.

– La lettre nous a été retournée.

– Il peut s'agir d'une erreur de la poste. Pourquoi ne pas accepter sa candidature ? La brigade n'est pas au complet et même s'il n'a aucune expérience, il pourrait aider à laver le camion.

– Souhaitez-vous que cela fasse l'objet d'une motion ?

– Je propose que Paul Hammer soit élu membre de la brigade.

– Je valide cette motion.

– Que tous ceux qui sont d'avis favorable disent « Je vote pour ».

– Je vote pour !

– Des avis contraires ?

– Ça fait vingt minutes que tout est prêt, vociféra Charlie Maddux dans l'escalier, et si vous ne ramenez pas vos fesses immédiatement, tout va être fichu. Ça ne me dérange pas de cuisiner, mais je n'aime pas que ça refroidisse ! »

La réunion fut ajournée. Eliot rejoignit Hammer au bar et lui demanda s'il aimait la pêche. Il était entièrement motivé par la gentillesse. Hammer répondit que oui.

« Le samedi matin, je vais parfois pêcher dans une petite rivière à Venable, enchaîna Eliot. Si ça vous tente, je peux passer vous prendre vers huit heures. À cette période de l'année, j'utilise des appâts vivants. »

Le samedi matin, Eliot – avec Tessie sur la banquette arrière – passa prendre Hammer et ils s'engagèrent sur la route 61 en direction du nord. C'était l'une des plus dangereuses et, en apparence, l'une des plus inhumaines des nouvelles autoroutes. Elle avait aussi fondamentalement changé la nature du paysage de l'est du pays que l'aurait fait quelque bouleversement sismologique, le forçant à adopter, semblait-il, l'apparence de certaines régions du Montana. Au moins cinquante hommes et femmes trouvaient chaque année la mort sur ce ruban d'asphalte. Le samedi matin, le mélange de circulation industrielle et familiale était apocalyptique. Des poids lourds aussi imposants et hauts que les châteaux des anciens barbares dévalaient triomphalement les pentes et se hissaient au pas jusqu'en haut des côtes. À les doubler encore et encore, ce trajet anodin prenait les allures d'un périple guerrier. Nailles se souvenait des routes au temps où il était jeune homme. Elles suivaient les contours du paysage ; il faisait frais dans les vallées, tiède au sommet des collines. On pouvait mesurer les distances grâce à son nez. L'air était empreint de senteurs d'eucalyptus, d'érables, d'herbe, du fumier d'une étable et, quand on s'engageait dans les montagnes, de la fragrance des sapins. Le paysage était parsemé de points de repère – des fermes abandonnées, une tour en pierre, un lac bleu. Aux fenêtres des maisons devant lesquelles on passait, on apercevait un chat, une rangée de géraniums, le visage d'un enfant ou d'un vieillard. Il se remémorait tout cela comme un paysage intime, humain et agréable, comparé à cet espace nu et inquiétant où les barbares roulaient à tombeau ouvert.

Une fois parvenus à Venable, ils quittèrent la route 61, achetèrent des appâts en ville et s'enfoncèrent dans les bois. Il leur fallait marcher environ trois kilomètres et Tessie boitillait vaillamment à leurs côtés, bien que ce soit une épreuve pour la vieille chienne. Alors qu'ils descendaient une pente menant à une vallée, ils entendirent le bruit du ruisseau. C'étaient les sonorités d'un rire, il était impossible de s'y tromper – d'un rire et de rien d'autre. Un rire étourdi, celui des jeunes écervelées et des nymphes, résonnait dans les bois mornes du printemps. Le ruisseau était peu profond – cela expliquait le rire écervelé et ininterrompu – et ils le longèrent en direction de l'amont jusqu'à trouver un profond trou d'eau.

« Je vais le remonter encore un peu et pêcher en redescendant vers l'aval, déclara Nailles. Retrouvons-nous ici même vers midi, si vous voulez bien. Je veux être rentré pour le déjeuner. »

Il s'éloigna, suivi de Tessie.

Quand ils se retrouvèrent à midi, Nailles avait pêché deux truites. Hammer n'avait rien attrapé. Tous deux s'étaient munis de flasques de bourbon et, assis sur les berges du ruisseau – immergés dans les rires liquides –, ils burent quelques gorgées. Ils faisaient à peu de choses près le même poids, mesuraient la même taille, avaient le même âge et chaussaient tous deux du quarante-et-un. Les cheveux de Nailles étaient bruns et suffisamment longs pour lui couvrir le front. Il avait l'habitude de les peigner ou de les repousser avec ses doigts. Autrefois son père critiquait ce geste, et peut-être Nailles l'avait-il conservé en signe de rébellion et d'indépendance. Hammer avait les cheveux châtain foncé et très courts. Le visage de Nailles était le plus large et le plus ouvert. Celui de Hammer était fin et il l'effleurait souvent du bout des doigts – une sorte de tâtonnement donnant l'impression qu'il cherchait quelque chose qu'il aurait perdu. De temps à autre, sa main droite palpait son visage comme une main peut palper une étagère où l'on aurait posé une clef dans un placard sombre. Son rire était abrupt – trois éclats discordants, explosifs. Il avait une certaine manière d'incliner nerveusement la tête, de serrer les mâchoires et de carrer les épaules comme si sa pensée consistait en un enchaînement de résolutions et de décisions. Je dois réduire ma consommation de cigarettes. (Serrer les mâchoires.) La vie peut être magnifique. (Carrer les épaules.) Je suis souvent incompris. (Relever vivement la tête.) L'attitude de Nailles était beaucoup plus sereine.

Aux yeux de ce dernier, la force de l'amitié – une force qu'il n'avait jamais entendu décrire – était presque aussi importante que l'amour, bien que l'une et l'autre ne se ressemblent nullement. L'amour et son cortège d'érotisme, de jalousie, de nostalgie et d'exaltation, était plus aisément identifiable que l'amitié qui semblait ne s'accompagner de rien (si ce n'est de divers équipements sportifs). Aussi loin que remontaient ses souvenirs, Nailles avait eu une multitude d'amis. La plupart étaient des partenaires de jeu – de ski, de pêche, de cartes ou de boisson. Il puisait un profond contentement dans la compagnie de ses amis, au nombre desquels il compterait désormais Hammer, mais c'était un contentement vierge de jalousie, d'érotisme ou de nostalgie. Il se souvenait avoir connu à l'époque où il était adolescent – et même adulte – des amis tout à la fois jaloux et possessifs ; il n'avait honnêtement pas le souvenir d'avoir jamais éprouvé de tels sentiments. Des luttes résiduelles et adolescentes dont l'enjeu était la popularité – ou peut-être l'amour – agitaient les clubs dont il était membre, mais il n'y prenait aucune part. Ce n'était pas de l'insensibilité. Il éprouvait à dévaler à skis la pente d'une montagne en tandem avec un ami un sentiment de profonde allégresse, mais son bonheur défiait toute analyse. Il était sincèrement ravi de voir un vieil ami, mais n'éprouvait aucune tristesse quand ils se séparaient. Ses amis jouaient un rôle concret dans ses rêves, sans pour autant tenir la moindre place dans ses aspirations. Quand ils étaient loin, il ne leur écrivait pas – c'est tout juste s'il se souvenait de leur existence – mais sa joie, lorsqu'il les retrouvait, était sans nuance. C'était une affection véritable, dépouillée de tous les sentiments qui constituent les signes distinctifs de l'affection. Nailles était parfaitement heureux de boire du bourbon dans les bois en compagnie de Hammer.

Quant à Hammer, le fait de projeter d'assassiner son compagnon de pêche ne lui semblait, en cet instant, nullement anormal. Alors qu'il regardait sa victime, il songeait qu'il aurait aimé dépouiller sa condamnation de tous les clichés qui forgeaient son indignation. Il savait que Nailles s'occupait de la commercialisation de Spang et il avait vu les pires réclames à la télévision (*Si vous aviez honte de vos vêtements, n'en changeriez-vous pas ? Si vous aviez honte de votre maison, ne l'amélioreriez-vous pas ? Si vous aviez honte de votre voiture, ne vous en débarrasseriez-vous pas ? Alors pourquoi avoir honte de votre haleine quand Spang peut vous donner une haleine exquise pendant au moins six heures...*) Il était puéril de s'élever contre ce genre de choses, songeait Hammer. C'était le lot de ce pays depuis vingt-cinq ans et cela n'avait guère de chances de s'arranger. Il aspirait au changement et à la nouveauté, mais il voulait que ses désirs soient matures. Pourquoi mépriser Nailles parce que ce dernier affectionnait le briquet en or qu'il tirait en cet instant de sa poche ? L'économie était résolument capitaliste et qui, hormis un enfant, aurait été choqué de constater que son principal talisman était l'or ? La femme qui rêvait d'un manteau de vison, raisonnait Hammer, possédait davantage de bon sens que celle qui aspirait au paradis. L'homme était pourvu d'une nature terrifiante et singulière et son environnement était le chaos. Il aurait été faux de considérer que les observances religieuses de Nailles étaient une imposture. Hammer devinait qu'elles étaient confuses et peut-être empreintes de sentimentalisme, mais puisque l'église du Seigneur était le seul endroit de Bullet Park où était professé le Mystère et que nombre de choses étaient mystérieuses dans l'existence de Nailles (les cuisses de Nellie, l'amour qu'il vouait à son fils), on ne pouvait lui reprocher de s'agenouiller une fois par semaine. Hammer avait choisi sa victime pour son excellence.

« Est-ce que je n'ai pas vu votre fils faire office de voiturier chez les Brown ? s'enquit Hammer.

– Oui, répondit Nailles en riant. C'est ce qu'il fait lors des soirées. Il a été affreusement malade.

– Que lui est-il arrivé ?

– Mononucléose.

– Qui est votre médecin ?

– Eh bien, nous allions chez Mullin jusqu'à ce qu'il soit obligé de fermer son cabinet, puis nous avons consulté le vieux Dr Feigart, mais ni l'un ni l'autre n'a vraiment réussi à soigner Tony. C'était très étrange. Il était malade depuis un mois quand quelqu'un nous a parlé de ce gourou, un homme qui se fait appeler Swami Rutuola. Il habite au-dessus du salon funéraire de River Street. Un soir, il est venu chez nous et je ne sais pas comment il a fait, mais il a guéri Tony.

– Est-ce que c'est un saint homme ?

– Vraiment, je l'ignore. Je ne sais rien de lui. Je ne sais même pas ce qu'il a fait. Je n'ai pas eu le droit d'entrer dans la chambre. Mais il a remis Tony sur pied. Mon fils va tout à fait bien, à présent. Il joue au basket et fait office de voiturier dans les soirées. Il faut que je lui rappelle que les Lewellen reçoivent vendredi. Bon, on y va ? »

Ils rebroussèrent chemin à travers bois, le bourreau et sa victime, tandis que la vieille chienne setter peinait sur leurs talons. Nailles rangea leur équipement de pêche dans le coffre, puis ouvrit la portière arrière à l'intention de Tessie. « Grimpe, Tessie, encouragea-t-il. Grimpe, ma fille. » Tessie poussa un gémissement. Puis elle s'élança maladroitement en direction de la banquette et retomba à terre. « Pauvre vieille fille », soupira Nailles. Il la prit dans ses bras tel un ballot malcommode à porter, ses pattes dépassant dans les airs, et la déposa sur la banquette arrière de la voiture.

« Pourquoi ne vous occupez-vous pas d'elle ? demanda Hammer.

– Eh bien, j'ai fait tout ce qui était en mon pouvoir ou presque tout, rétorqua Nailles. Il y a une sorte de sérum, un distillat de Novocaïne, qui est censé prolonger la vie des chiens, mais cela coûte quinze dollars la piqûre et il leur en faut une chaque semaine.

– Ce n'est pas ce que je voulais dire, répliqua Hammer.

– Qu'est-ce que vous vouliez dire ?

– Pourquoi est-ce que vous ne l'abattez pas ? »

L'insensibilité grossière de ce nouveau compagnon, l'impitoyable brutalité qu'impliquait l'idée d'assassiner un vieux chien confiant et aimé, suscitèrent en Nailles une rage si immense et si pure qu'il aurait pu, l'espace d'un instant, tuer Hammer.

Il ne dit mot et ils regagnèrent Bullet Park.

XVII

AVEZ-VOUS jamais commis un meurtre ? Avez-vous jamais éprouvé le merveilleux sentiment de légitimité de l'assassin ? Les gens honnêtes vivent comme les citoyens d'un pays limitrophe pluvieux qui connaissent une dizaine d'hymnes nationaux et dont les passeports sont tamponnés de multiples visas ; mais ils seront incapables d'amour et d'allégeance tant qu'ils n'auront pas enfreint la loi. Vous êtes-vous jamais éveillé un beau matin d'été en prenant conscience que c'est le jour où vous allez tuer un homme ? La splendeur péremptoire d'un tel matin est sans pareille. Soulevez une feuille pour trouver un défaut, vous n'en verrez aucun. L'ombre de chaque brin d'herbe est parfaite. Ce matin-là, Hammer tondit sa pelouse. L'imposture était exaltante. Regardez M. Hammer qui tond sa pelouse ! Quel brave homme ce doit être !

Marietta était allée passer le week-end à Blenville. Hammer s'occupa de la pelouse jusqu'à midi, puis il but un verre. Il se rendit au supermarché et acheta une bombe de gaz lacrymogène ainsi qu'une matraque plombée au rayon des accessoires de self-défense. Tout était prêt, tout sauf l'essence. Il secoua le bidon avec lequel il avait rempli le réservoir de la tondeuse. Le bidon était vide. Il alla le faire remplir, puis s'assit sur sa terrasse. À trois heures, la camionnette du facteur passa dans la rue, faisant halte devant les boîtes aux lettres trônant à l'entrée des allées destinées aux piétons ou aux voitures. Il n'y avait pas de courrier pour Hammer, mais de toutes les demeures sauf la sienne surgit quelqu'un – une cuisinière, une belle-mère, un infirme – qui ouvrit sa boîte aux lettres d'une manière furtive, intime, presque sexuelle. Un peu comme s'ils déboutonnaient leur pantalon. Ils tâtonnaient à l'intérieur de la boîte dans l'espoir d'y trouver quelque lien avec le monde tumultueux – des factures, des lettres d'amour, des chèques et des invitations. Puis ils rentraient chez eux. Le ciel était sans nuages. Hammer avait l'impression que le chant des oiseaux perchés dans les arbres déclinait une liste d'invitations ou les noms de cabinets d'avocats. *Tichnor*, *Cabot*, *Ewing*, *Trilling* et *Swope*, chantaient-ils. Il fit un tour dans l'office, souriant à la vue des bouteilles. Il y retourna trois fois et, à sa quatrième visite, se versa un verre bien tassé. Il buvait, se disait-il, non pour se donner du courage ou de l'énergie, mais pour rendre supportable l'extase de son propre anarchisme. Il but trop. Hammer n'était pas de ces buveurs qui se répètent, titubent et constituent une menace au volant ; mais ses pensées s'étaient dangereusement enflammées. Vers le crépuscule, il eut envie de raconter ses projets à quelqu'un ; il eut besoin d'un confident.

Il opta pour le saint homme qui logeait au-dessus du salon funéraire et ce, si résolument qu'il avait dû inconsciemment prendre sa décision plus tôt. Il se rendit en voiture dans les quartiers pauvres et tambourina à la porte du Temple de Lumière.

« Entrez », lança Rutuola.

Il était assis dans un fauteuil, couvrant son œil aveugle de sa main droite.

« Vous êtes le saint homme ? s'enquit Hammer.

– Oh, non, non, vraiment pas. Je n'ai jamais prétendu l'être. Vous devez m'excuser ; je suis très fatigué ce soir.

– Vous soignez les malades ?

– Parfois, parfois. Je les aide grâce à mes prières, mais ce soir je suis si fatigué que je ne peux rien même pour moi. Je me suis répété une centaine de fois que j'étais assis dans une maison de bord de mer à quatre heures de l'après-midi et qu'il pleuvait, mais je sais qu'il est cinq heures et demie et que je suis assis dans un vieux fauteuil au-dessus d'un salon funéraire.

– Vous vous souvenez de Tony Nailles ?

– Oui.

– Je vais le tuer, annonça Hammer. Je vais l'immoler par le feu sur l'autel de l'église du Seigneur.

– Sortez d'ici, ordonna le swami. Sortez du Temple de Lumière. »

Les invités des Lewellen étaient attendus pour sept heures et demie. Tommy Lewellen était sorti sur sa terrasse. L'idée qu'il se faisait d'une fête correspondait à la journée et la nuit qu'il avait passées autrefois à Berlin-Ouest en compagnie de trois putes du Kürfurstendamm. Ça, c'était une fête. Les choses étaient différentes à Bullet Park, songeait-il en regardant les serveurs dresser des tables pour cinquante invités sous une tente éclairée de lanternes en papier. « Amalgated Development Corporation et Mrs. et M. Thomas Lewellen ont le plaisir de vous inviter… » Le nom de la société figurait sur l'invitation de sorte que Lewellen puisse faire passer la réception en frais professionnels. Si les impôts l'acceptaient, la soirée ne lui coûterait pas un centime et il encaisserait mille dollars net. Lewellen se préoccupait davantage de l'aspect financier des réceptions qu'organisait son épouse que de toute autre chose. Parfois, il s'ennuyait si profondément qu'il avait le sentiment de voir, au-delà du déploiement de faste, les factures, les chèques refusés et jusqu'aux clous du plancher. Qu'avait-il à reprocher aux bavardages amicaux, aux hommes et aux femmes élégamment vêtus dégustant du jambon et du poulet ? Rien, rien, absolument rien, si ce n'est que l'insipidité du spectacle le révulsait. Personne n'allait se saouler, personne n'allait se battre, personne, vraisemblablement, ne se ferait culbuter, il n'y aurait aucune célébration, aucune commémoration, aucune annonce. Si la réception qui se préparait oscillait à la frontière de quoi que ce soit, c'était à la frontière de la débauche. Par pure gentillesse, songeait-il, un homme pouvait être amené à accueillir ses invités simplement vêtu d'un minuscule cache-sexe. Quelques indécences publiques et grossières auraient ôté à la soirée son intemporalité et l'auraient fortement reliée à la mort. Les serveurs disposaient des vases de fleurs sur les tables. Les bouquets paraissaient relativement frais, mais Lewellen devinait qu'ils avaient passé l'après-midi dans une réception de mariage et que, après une nuit au frigo, ils se faneraient au cours d'un déjeuner d'œuvres caritatives à Greenwich, dans le Connecticut.

Lewellen ignorait presque tout des forces du changement, mais que le scène à venir se veuille absolument exempte de changement en faisait une moitié de scène, une moitié de tout et n'importe quoi, une photographie découpée dans un magazine et collée contre le ciel du crépuscule. Et comme ce ciel était déprimant, songeait Lewellen, une ennuyeuse étendue de bleu où quelques nuages d'orage s'empilaient à l'ouest comme les gratte-ciel d'un hôtel démodé du West Side, dernière résidence en date de veuves hongroises à la propreté douteuse qui déposaient leur vaisselle sale dans le couloir. Comme le ciel était assommant ! Un coup de tonnerre retentit. Le rythme du tonnerre, songea Lewellen, évoquait celui d'un puissant orgasme. Cela lui plaisait.

Devant les dernières lueurs du crépuscule, au nord-ouest, il voyait des nuages de fumée noire s'élever du ghetto situé sur les berges du fleuve. Le vent soufflait du sud et, si des coups de feu avaient retenti, il ne les aurait pas entendus.

Tony Nailles, qui allait faire office de voiturier, s'approcha sur la pelouse, une lampe torche à la main.

« Salut, Tony, s'exclama Lewellen. Tu veux boire quelque chose ?

– J'aimerais bien une bière, répondit l'adolescent.

– Nous n'en avons pas, répliqua Lewellen, pourquoi ne prendrais-tu pas un gin-tonic ? »

Alors que Tony se dirigeait vers l'un des deux bars, une voiture s'engagea dans l'allée et se gara sur la pelouse. C'étaient les Wickwire. Ils étaient, comme à l'accoutumée, impeccablement vêtus et dégageaient un charme incandescent, mais M. Wickwire portait des lunettes noires et une bande de gaze lui couvrait l'œil. « Quelle idée merveilleuse d'avoir installé une tente ! » s'exclama son épouse. Elle était en fauteuil roulant.

Entrant dans la salle de bains, Nailles y trouva Nellie dénudée et la prit dans ses bras. « Tant qu'à faire l'amour, déclara-t-elle, faisons-le avant que je prenne mon bain. » Ce qu'ils firent. Puis Nailles s'apprêta à s'habiller. Nellie avait préparé ses vêtements sur le lit ; planté devant eux, il éprouva une profonde réticence à l'idée de les enfiler. Ce dont il avait fait l'expérience en train l'avait instruit des mystérieuses polarités qui l'animaient, et il se demanda ce qu'il adviendrait si sa répugnance à s'habiller se muait en phobie. Passerait-il le reste de son existence à déambuler nu dans sa chambre tandis que la pauvre Nellie s'efforcerait de dissimuler la situation au reste du monde ? Il n'affectionnait pas sa nudité, mais il détestait son costume. Ce dernier, disposé sur le lit, semblait incarner une rectitude et une uniformité violemment contraires à sa nature. Aurait-il voulu se rendre à la soirée vêtu d'une feuille de vigne, d'une peau de tigre, nu comme la paume ? Quelque chose comme ça.

Nailles songea à sa mère. Le mardi précédent, il lui avait rendu visite dans la soirée. « Tu te sens mieux, maman ? avait-il demandé. Cela te ferait plaisir que Tony vienne te rendre visite ? Y a-t-il quoi que ce soit que je puisse t'apporter ? » Cela faisait presque un mois qu'elle ne lui avait pas répondu. Puis, d'un recoin de son esprit plus insondable que sa mémoire, il avait entendu fredonner :

« *Auprès d'un sycomore elle était tout en pleurs,*
Le saule vert, chantez le saule,
Le front sur le genoux et la main sur le cœur,
*Saule, saule, saule, chantez le saule**. »

Une fois habillé, Nailles se mit en quête de son portefeuille. Ce dernier devait logiquement se trouver dans la poche de la veste du costume qu'il portait cet après-midi-là. Mais quand il plongea la main dans sa poche, il n'y trouva rien. Cette poche vide lui fit mystérieusement l'effet d'un mauvais présage, comme s'il avait posé de graves questions au sujet de la souffrance et de la mort et n'avait reçu aucune réponse, qu'il s'était entendu dire qu'il n'en existait pas. « Je suis entré dans la maison, déclara-t-il à voix haute, je me suis servi un verre, puis je suis monté à l'étage où je me suis déshabillé avant de prendre une douche ; il doit donc se trouver quelque part dans la chambre. » Il devait avoir posé le portefeuille sur un quelconque meuble de la pièce, et à présent il les passait tous en revue – la coiffeuse, la commode, etc. Le portefeuille n'était nulle part. Il n'avait pas le souvenir d'être allé dans les autres chambres, mais il les inspecta quand même. Il entendit le tintement des talons de Nellie approcher dans le couloir. « J'ai perdu mon portefeuille »,

---

* *Othello*, de Shakespeare, acte IV, scène III. (*N.d.T.*)

déclara-t-il. « Oh, Seigneur », soupira-t-elle. Elle savait qu'il n'aurait pas besoin de son portefeuille ce soir-là, mais elle savait également qu'il n'irait pas à la soirée sans. La perte de tout objet était, à leurs yeux, aussi grave que si leur existence avait reposé sur une infrastructure composée de talismans. « Je suis entré dans la maison, répétait inlassablement Nailles, je me suis servi un verre, puis je suis monté à l'étage où je me suis déshabillé et j'ai pris une douche, donc il est forcément quelque part par là. »

Pendant au moins une demi-heure, ils gravirent et dévalèrent l'escalier du premier étage, entrèrent et sortirent du salon, ouvrirent des tiroirs condamnés où ils découvraient un fouillis de vieux rubans de Noël, cherchèrent à l'aveuglette sous les fauteuils, soulevèrent journaux et magazines, secouèrent des oreillers, tâtonnèrent sous les coussins. L'expression de leur visage laissait à croire qu'ils avaient perdu leur Saint-Graal, leur croix, leur ancre. Pourquoi Nailles ne pouvait-il se rendre à la soirée sans son portefeuille ? Il ne le pouvait pas. « Je suis entré dans la maison, répétait-il, je me suis servi un verre, puis je suis monté à l'étage où je me suis déshabillé et j'ai pris une douche. – Oh, le voilà ! », s'écria Nellie. C'était la voix pure d'un ange, libérée des liens mortels de toute vulgarité, de toute aspiration. « Il était dans l'office, sous le compte rendu de ta dernière réunion. Tu as dû le poser là quand tu es allé te servir à boire. – Oh ! merci, ma chérie, merci », dit Nailles à celle qui l'avait sauvé. Ils se mirent enfin en route. Le tonnerre grondait. Une fois encore, ce grondement rappela à Nailles ce qu'il éprouvait jadis à être jeune et sans soucis. « J'ai été incroyablement heureux l'été où j'ai fait l'ascension du Tyrol, tu sais, confia-t-il. J'ai gravi le Grand Kaiser et le Pengelstein. Dans le Tyrol, quand un orage éclate, ils font sonner toutes les cloches des églises. D'un bout à l'autre de la vallée. C'est très excitant. Je ne sais pas pourquoi je te raconte tout cela. Ça doit être à cause de l'orage, j'imagine. »

Eliot et Nellie arrivèrent à la soirée à huit heures moins le quart. Dix minutes plus tard, Hammer se gara à l'extrémité de l'allée. Il était complètement saoul et n'avait pas changé de vêtements. Il portait un chandail. Tony lui lança :

« Avancez votre voiture jusqu'ici, s'il vous plaît. Il y a largement la place sur la pelouse. Avancez votre voiture jusqu'ici, s'il vous plaît ! »

Constatant que Hammer ne bronchait pas, l'adolescent dévala l'allée à petites foulées.

« Avancez jusqu'à l'extrémité de l'allée, s'il vous plaît, demanda-t-il. Il reste encore largement la place en haut de la côte.

– C'est que je dois partir tôt, répliqua Hammer, et je me disais que j'aurais moins de mal à m'en aller si je me garais ici.

– Vous n'aurez aucun problème. Ils n'attendent qu'une trentaine de voitures.

– Eh bien, montez, dans ce cas, reprit Hammer, et je vous conduirai en haut de la côte. »

À peine Tony se fut-il glissé dans la voiture que Hammer lui vaporisa un jet de gaz lacrymogène dans les yeux. L'adolescent laissa échapper un rugissement de douleur, rauque et sonore, et s'effondra en se cognant le crâne contre le tableau de bord. Hammer lui administra un coup violent et meurtrier à l'aide de la matraque. Puis il parcourut la faible distance le séparant de l'église dont la porte était, comme à l'ordinaire, ouverte à la prière et à la méditation.

Il était plus chanceux qu'il ne s'en doutait. Miss Templeton avait fini de disposer les roses sur l'autel dix minutes plus tôt. Il traîna Tony dans le narthex et retourna chercher l'essence à la voiture. Puis il verrouilla la porte du narthex, l'unique porte de l'église hormis celle de la sacristie. La seule lumière provenait d'un cierge, et dans sa faible clarté il traîna Tony le long de l'allée et jusqu'au chœur. Il trouva l'interrupteur des lampes du chœur et s'apprêtait à déverser l'essence sur Tony lorsqu'il lui vint l'idée de fumer d'abord une cigarette. Il était fatigué et à bout de souffle. Il se mit à rire quand il remarqua avec quelle habileté l'Agneau de Dieu, sur l'autel, crochait de son sabot le support en bois de la Chrétienté. Il entendit un bruissement s'élever dans le narthex et crut que son cœur allait exploser jusqu'à ce qu'il se rende compte que ce n'était rien. Il s'était mis à pleuvoir. C'était tout.

Quand Rutuola descendit d'un taxi devant la demeure des Lewellen, le maître d'hôtel l'intercepta.

« Si c'est pour une livraison, dit-il, vous allez devoir passer par l'entrée de service.

– Il faut que je voie M. Nailles, rétorqua le swami.

– Vous ne pouvez pas entrer.

– M. Nailles, M. Nailles ! cria Rutuola. M. Nailles, venez vite, s'il vous plaît ! »

Nailles, qui se trouvait devant l'un des bars, entendit son nom et sortit de la tente.

« Allez à l'église du Seigneur, lança Rutuola. Ne me posez aucune question. Allez immédiatement à l'église du Seigneur. »

À la voix de Rutuola, Nailles sentit que Tony était en danger mais il ne se précipita pas vers sa voiture et, d'une manière générale, ne fit rien à la hâte. Il avait les lèvres gonflées. Il se sentait étrangement maître de ses nerfs. Des voitures en provenance de la gare où le dernier train venait d'arriver le ralentirent, mais il ne prit pas le risque d'essayer de les doubler. Lorsqu'il arriva devant l'église il reconnut la voiture de Hammer. En un sens, il s'était attendu à cela. Il tambourina à la porte verrouillée.

« Qui est-ce ? lança Hammer.

– Nailles.

– Vous ne pouvez pas entrer. J'ai verrouillé toutes les portes.

– Qu'est-ce que vous êtes en train de faire ? Qu'est-ce que vous faites ?

– Je vais tuer Tony. »

Nailles regagna sa voiture. Dans ses oreilles retentissait un sifflement sonore et douloureux qui semblait faire partie de sa détermination. Il n'éprouvait ni frayeur ni désarroi. Il alla tout droit chez lui, à Chestnut Lane, remonta la tronçonneuse de la cave et retourna à l'église.

« Hammer ?

– Oui.

– Est-ce que Tony va bien ?

– Pour l'instant, oui, mais je vais le tuer. Je veux d'abord finir cette cigarette. »

Nailles cala un pied sur la poignée de la tronçonneuse et tira la drisse lance-moteur d'un geste ferme. Les cylindres émirent une toux bruyante puis, à l'instant où la chaîne de transmission embraya, le mugissement de la tronçonneuse s'éleva dans les airs. La porte en ogive était constituée de panneaux mais leurs interstices étaient en bois peu épais, et la scie de la tronçonneuse fit voler celui-ci en éclats avant de le fendre. Nailles effectua une découpe en diagonale dans la porte et brisa facilement cette dernière d'un coup d'épaule. Hammer était assis sur un banc dans l'une des premières rangées, secoué de sanglots. Le bidon d'essence rouge était posé près de lui. Nailles souleva son fils étendu sur l'autel et l'emporta au-dehors, sous la pluie. Il pleuvait à torrent. L'eau semblait emplir toute la lumière du jour. L'averse tombait avec une telle force qu'elle arrachait les feuilles des arbres et que l'air était chargé d'un relent de fond de cale. Ce fut la pluie froide qui fit reprendre conscience à Tony.

« Papa, marmonna-t-il. Papa. Qui était cet homme portant un chandail ? Qu'est-ce qu'il voulait ?

– Es-tu blessé ? Je veux dire, es-tu sérieusement blessé ? Crois-tu que nous devrions aller à l'hôpital ?

– Non, je vais bien. J'ai mal à la tête et j'ai les yeux qui brûlent, mais je préférerais rentrer à la maison. »

Les journaux évoquèrent l'incident.

« Une tronçonneuse déjoue une étrange tentative d'homicide. Eliot Nailles, domicilié à Chestnut Lane, Bullet Park, New York, a découpé à l'aide d'une tronçonneuse la porte verrouillée de l'église du Seigneur, hier en début de soirée, parvenant ainsi à sauver la vie de son fils, Anthony. Paul Hammer, résidant également à Bullet Park, a reconnu être coupable de tentative de meurtre et a été placé à l'hôpital psychiatrique pour criminels dangereux. Il a avoué avoir enlevé l'adolescent dans une réception organisée par M. et Mrs. Thomas Lewellen, de Malborough Circle. Il l'a ensuite emporté jusqu'à l'église afin de l'immoler dans le chœur. Il souhaitait, a-t-il déclaré, réveiller le monde. »

Le lundi suivant, Tony retourna au lycée et Nailles – drogué – s'en fut au bureau, et tout fut aussi merveilleux, merveilleux, merveilleux que par le passé.

TABLE

Impression réalisée sur CAMERON par

BUSSIÈRE CAMEDAN IMPRIMERIES

GROUPE CPI

à Saint-Amand-Montrond (Cher)
en avril 2003

Dépôt légal : mai 2003.
Numéro d'impression : 032161/1.

Imprimé en France